国家社科基金重大专项（项目编号：21VGQ019）
湖北省社科基金项目（项目编号：2020275）
湖北师范大学校级项目（项目编号：HS2020RC009）共同资助

易卜生
戏剧人物形象谱系研究

王 阅 ◎著

光明日报出版社

图书在版编目（CIP）数据

易卜生戏剧人物形象谱系研究 / 王阅著. -- 北京：光明日报出版社，2025.1. -- ISBN 978-7-5194-8397-5

Ⅰ. I533.073

中国国家版本馆 CIP 数据核字第 20258AU042 号

易卜生戏剧人物形象谱系研究
YIBUSHENG XIJU RENWU XINGXIANG PUXI YANJIU

著　　者：王　阅	
责任编辑：杨　茹	责任校对：杨　娜　乔宇佳
封面设计：中联华文	责任印制：曹　诤

出版发行：光明日报出版社
地　　址：北京市西城区永安路 106 号，100050
电　　话：010-63169890（咨询），010-63131930（邮购）
传　　真：010-63131930
网　　址：http://book.gmw.cn
E - mail：gmrbcbs@gmw.cn
法律顾问：北京市兰台律师事务所龚柳方律师
印　　刷：三河市华东印刷有限公司
装　　订：三河市华东印刷有限公司
本书如有破损、缺页、装订错误，请与本社联系调换，电话：010-63131930

开　　本：170mm×240mm	
字　　数：205 千字	印　　张：15.5
版　　次：2025 年 1 月第 1 版	印　　次：2025 年 1 月第 1 次印刷
书　　号：ISBN 978-7-5194-8397-5	
定　　价：95.00 元	

版权所有　　翻印必究

自 序

弗洛德·海兰德（Frode Helland）教授在《现代生活的创伤》（第104—105页）[①] 一文写道："当海达告诉乐务博格她'不再相信（葡萄酒叶）'"之时，这个短语将海达置于易卜生笔下不抱幻想的理想主义者之中，因为这句话清晰地呼应了《玩偶之家》中娜拉和《罗斯莫庄》中罗斯莫所说的几乎相同涵义的台词，即 Nora：[……] jeg tror ikke længer på noget vidunderligt [我不再相信奇迹了]（挪文版《易卜生文集》第七卷第378页）与 Rosmer：[……] jeg tror ikke længer på min evne til at forvandle mennesker [我不再相信我拥有改变人们的能力了]（挪文版《易卜生文集》第八卷第483页）。娜拉丧失了对"奇迹"（det vidunderligste）的信仰，亦即，她不再相信海尔茂会牺牲自己去救她，而罗斯莫丧失了对他自己能改变他人的信仰，他不再相信内在自我能号召并使人变得高贵。这两个例子都同作为中介者的人之潜能有关：娜拉失去对丈夫勇敢行动能力的信仰，这导致她更加独立勇敢的行动；而罗斯莫失去对他自己的信仰（他自己就是这个中介），或者说对他能影响他人思考与行动的能力之信仰。除了幻想破灭这个时刻之外，三者都是这样一个故事的一部分：一位女性

[①] HELLAND F. The Scars of Modern Life：Hedda Gabler in Adorno's Prism [M] //GJESDAL K. Ibsen's Hedda Gabler：Philosophical Perspectives. Oxford：Oxford University Press，2018：92-111.

希望一位男士做某件她自己无法完成的伟大事情。在易卜生笔下，内心强大的女性之中，最强者莫过于娜拉、吕贝克和海达，她们的共同困境在于：不得不忍受、包容、经历一个显然比她们自身更弱的男性。

　　据此，我们思考的第一个问题是研究易剧的内在联系从哪个视角入手合适。经过长期的揣摩最终我们认为戏剧最重要的元素还是人物形象。从人物形象入手，在众多的人物形象间发掘其内在关系是比较恰当的选择。美国学者哈罗德·布鲁姆认为，"具有真正剧作家的神秘禀赋"的易卜生，"他慷慨给予其角色的生命要多过他本人所拥有的生命"，西格弗莱德·曼德尔则认为："易卜生内心琢磨人物的举手投足，……钻入他们的内心，'渗透到他们灵魂的最后折皱'……'连最后一颗纽扣也不漏过'。易卜生努力使他的人物成为可信的、有血有肉的真人。"认真研读易卜生剧本及其中的人物形象，不仅可以看到易卜生以他独特的生命知觉与灵感直觉创造的活灵活现的人物形象，还可以通过考察他创作中使用的细致观察与体验生活的方法，将其创造出的一个个的生动人物，作为有着生命连续性的整体进行深入探讨与剖析，无疑具有重大意义。

　　第二个问题是，易卜生创造的比较明晰的各种人物有三百多个，如何理清这些人物之间的关系，或者说如何对众多人物进行分类，也是一个需要认真对待的问题。国内外相关研究成果多专注于对易卜生戏剧人物做单个分析，即使有时将几个人物联系起来分析比较，也仅仅是述及而论，缺乏相对稳定的研究方式。本研究侧重于关注易卜生戏剧人物之间的内在联系，无疑要涉及人物之间的研究，在人物之间架设起相互联系的桥梁，让人物之间有一条生命信息交流的通道。为此，我们在传统研究的基础上，重新建构易卜生戏剧人物的形象谱系，创设一个研究人物关系特别是内在关系的研究方式。

　　第三个问题是，分布于不同戏剧中的人物之间是否可以归于相同或相似的类别。其实易卜生自己已经说到这一点，只有将他"所有的作品作为一个持续发展的、前后连贯的整体来领会和理解，读者们才能准确地感知我在每一部作品中所力求传达的意象与蕴涵"①。由此我们可以判断，"持续发展"和"前后连贯"恰好说明我们应该打破剧与剧之间的阻隔，才能够形成一个整体。这说明完全可以将不同作品中人物形象归拢起来展开研究。

第四个问题，在易卜生研究领域中，那些完善的理论传统与文艺批评的典范，也发生了不同程度的改变，其中不乏一些较剧烈的变化。仅以我们对《玩偶之家》一剧的认识与对易卜生主义的理解为例，《玩偶之家》不再仅仅是妇女解放运动的宣言与代名词，而易卜生主义的意涵也不再仅以萧伯纳与胡适所做的经典阐释为标准原则，当然他们的经典评述仍是极富参考价值的，代表那个时代典型的文艺评论的主流观点。鉴于当今的学术评论一直朝向更多元、更丰富、更复杂的趋势发展，学界也因此逐渐确立起新的文艺批评话语体系，对易卜生笔下的戏剧人物进行形象谱系研究产生重大影响。由于形象谱系研究正是为顺应这一理论范式转型的学术潮流而产生的，本书作者祈愿以提出形象谱系的基本观念、术语与理论框架的雏形并以易卜生戏剧人物为范例，而为这一研究趋向贡献一点新的资源。

最后一个问题，就是研究方法及创新点。我们在易卜生戏剧人物形象谱系研究中，创造性地采用了一套谱系法。在这个方法中创立了"四象"及"谱系"等概念。四象，就是本象、类象、反象和超象。所谓本象，"本"，本初，原本；"象"指具体可感的人物形象；本象指的是易卜生戏剧中具有代表性的典型人物形象，具有某类人物的本质属性，它往往体现出易卜生思考与揭示的人的本质属性。本象一经创造出来，该形象就会沉淀于作者心理的深层结构中，在以后的创作中再次出现或部分再次出现，

---

① 易卜生为德文版和丹麦文版《易卜生文集》所写的卷首序言．易卜生．易卜生书信演讲集［M］．汪余礼，戴丹妮，译．北京：人民文学出版社，2012：410．

或是某些本象的元素再次出现。

所谓类象指的是本象的继续与拓展，类有类似之意。类象本质上靠近本象，本象所具备或体现的本质属性在类象身上占主流，但类象也有某些溢出本象的本质属性或特点，不是本象的直接统一。类象也可以理解为本象的泛化或拓展化。

反象之"反"，则是受到易卜生研究者们的一些启发而来。李兵教授曾指出："《群鬼》一剧应该与《玩偶之家》（1877）相参照而阅读。它不仅是《玩偶之家》的续篇（sequel），也是其反题（antithesis）的演绎。托莉·莫伊（Toril Moi）教授（挪威裔）认为，在《罗斯莫庄》剧本内部，彼得·摩腾斯果是罗斯莫的极反面（Mortensgaard is the polar opposite of Rosmer）：如果未来属于摩腾斯果，人类灵魂将葬身于资产阶级的现代性之中，它们无处容身。"① 正是受此"反题"以及人物的"极反面"之启发，我们提出了反象的概念。反象人物产生于人物形象内部的逆运动，是对本象人物与类象人物的逆转。它与本象的生命个性相对峙、对抗。但它也可能仍然保持着本象的某些属性，并在人物形象的自我矛盾运动中不断演变、发展和完成自我。这种人物形象往往明知自己难逃悲剧命运却依然义无反顾地努力与之抗争，在抗争中找寻自我的归宿却求而不得。

超象是本象在合目的性的潜在可能性在新的人物形象上的实现。"超"，有超越之意。超象事实上是一种更为复杂的形象，不是简单地在结果上超越本象的形象，而是在生命的内在矛盾运动中经历了超越本象甚至反象的生命历程。它必须不断地通过自我否定改变自己、反对自己、纠正自己而实现向自我复归的形象。超象产生于本象或类象所进行的痛苦的"努力寻找自我生命本质"的活动，它内在蕴含着从本象或类象到反象又回归本象或类象的复杂而长期的运动，它最终静止于超象自身，凸显出易

---

① MOI T. Henrik Ibsen and the Birth of Modernism: Art, Theater, Philosophy [M]. Oxford: Oxford University Press, 2008: 277.

卜生的内在自我，达到他灵魂自审与艺术自审的目的。超象人物通常在经历了复杂的内在生命运动之后最终实现最高境界的自我意识，达到精神与灵魂的最高点，体现出易卜生自审精神的最高艺术境界。

在上述概念基础上我们塑造了形象谱系的框架："四象"相互作用，彼此联系，共同构成易卜生戏剧中的人物形象谱系。整个形象谱系是以本象为原点的动态生命过程的统一。形象谱系整体通过自身演绎发展的过程而实现，也就是说，形象谱系通过四象的展开而趋于完成。我们所说的形象谱系，它就是展示艺术作品人物关系与精神结构之间的一个张力系统，谱系内的本象、类象、反象与超象之间彼此相近相通而又相互对立；彼此冲突而又相互转化最后合而为一，构成了多层次、多重结构复合而成的系统形象组合体。研究易卜生戏剧中的形象谱系，有助于把握易卜生的艺术思维与思想真髓。

也就是说，易卜生戏剧中的人物形象有明显的序列化倾向，各类形象在易卜生从早期到晚期的剧作中经历了奇妙的演变过程。从形象谱系的视角切入，可将易卜生戏剧中的主要人物形象分为四个不同的系列：布朗德系列、索尔尼斯系列、索尔薇格系列以及娜拉系列。按照形象谱系内诸人物性格发展的不同阶段，可将每个系列的人物形象分为"本象""类象""反象"与"超象"。

从形象谱系的视角来看，每类形象在不同作品中以不同的形式连续地表现出互相联系的共同特质来。在英雄/反英雄系列（布朗德系列）中，类英雄斯多克芒出现于英雄形象布朗德与反英雄形象培尔·金特之后，他既为崇高理想和高尚信仰而自我牺牲，同时在行动上保持人的本来面目，是对奉行山妖主义、"为自己就够了"的培尔·金特的批判与否定；道德超人（超英雄）罗斯莫身上则显现出"合"的意境：他不仅甘愿为崇高的精神事业付出一切，容不得自己的戴罪之躯去玷污伟大的精神解放运动，宁肯以死谢罪，以实际行动践行布朗德"全有或全无"的信条，而且给予克罗尔和摩腾斯果以斯多克芒式的辩论和斗争，同时，他终究超越了过往那个自欺欺人的金特式自我，展示出一种突破性的自我超越精神。这类英雄/反英雄形象整体体现出作家在理想主义与游戏主义之间不断徘徊以及对如何选择合适的人生观这一问题的反复考量。在艺术家/反艺术家系列（索尔尼斯系列）中，艺术家索尔尼斯一心认定自己受上帝指派需要完成建造房屋的任务，为此他甘愿牺牲家人的幸福甚至生命，同时费尽心思压制有才华的同行；类艺术家艾尔富吕也想一心为学，但即便失去了小艾友夫，他也仍旧没写出关于责任的学术论著，未尽到为人父亲的职责，终日生活在忏悔之中；反艺术家博克曼事业失败后便将自己封闭起来，拒斥与外界交流；超艺术家鲁贝克尽管将雕塑艺术和现实生活分开，却在与爱吕尼重逢时无法抵抗内心重燃的"复活"之火。这类艺术家/反艺术家形象整体体现出作家对"艺术家实现个人理想是否必然牺牲家庭幸福"这一问题的深刻反思。在自我牺牲者/自我毁灭者（索尔薇格系列）中，本象索尔薇格是富有自我牺牲精神的道德化身，能像圣母一样宽恕人性的弱点；类象碧爱特与索尔薇格类似，富有自我牺牲精神，散发出积极的正能量；反象海达的个性之中则有着与索尔薇格之神性相对抗的魔性因素，最终走向自我毁灭；超象吕贝克秉持解放的人生观，她并不赞同碧爱特那种泯灭自我个性的宽容、忍耐，但为了罗斯莫，她宁愿牺牲自己的幸福乃至生命。这类自我牺牲者/自我毁灭者形象整体体现出作家对"以女性的自我牺牲拯救男性"这一问题的深入思考。在反叛婚姻者/出走失败者（娜拉系列）中，本象娜拉是反叛婚姻者，反象阿尔文太太是没能成功出走的娜拉，类象泰娜是成功出走以后的娜拉，超象艾梨达是回归原来家庭的娜拉。可见，出走成为这类形象的本质联系。这类反叛婚姻者/出走失败者形象整体不仅体现出作家对女性在婚姻、家庭中必然自我牺牲这一问题的反复思量，同时也体现出作家对女性在现实社会中的生存状态与生存方式的深切关怀。

自 序

　　本书以形象喻示法、形象比较法、文本分析法、精神辩证法、逻辑推理法、演绎归纳法为研究方法，结合易卜生个人生平资料与文献中的相关信息，逐一分类阐明各形象的寓意，然后从横向与纵向两方面分析并讨论各类人物形象的间际关系与同一类人物形象内部之间的相互作用关系，从而得出结论：深入研究本书列出的四类形象谱系，可以发现易卜生艺术灵魂的两极及其运转机制。在这两极之间，存在诸多"混合体"和"变体"，且两极之间的运动隐合黑格尔的精神辩证法。经纵向分析易卜生戏剧人物谱系，可以发现"圆圈/循环"的图式，而横向观察易卜生戏剧人物谱系，可以发现"交叉网格"的图式。易卜生戏剧人物形象谱系显示出易卜生的内在自我随世事变迁、艺术情感的流动而不断深化、内省、质疑、自否的内转性创作思维与艺术倾向。晚年的易卜生不再像青年时那样仅仅关注人的"精神革命"，注重揭示与批判社会问题，而是将重心转到提升自我的精神境界上来，这对于艺术家的个人精神修炼而言是一种质的飞跃。晚年易卜生所追求的提升自我的精神境界，是以他本人经过反复思索、充分认识到"普通而平常"的重要性为基本前提的。正是作家的这种"不修之修"与"灵心妙悟"使其作品获得了超经验、超道德、超功利的文艺价值与审美品格，成就了作家的精神事业。形象谱系的构建工作力图把易卜生所塑造的重要形象放在易剧整体中洞察，了解它们在易剧形象谱系中的位置以及与其他形象的关联，进而深入理解易卜生艺术思维的思辨性，探寻易卜生的艺术思维与思想进程，找寻其创作与思想的关系，发掘究竟何为易卜生剧作之内核及其成因。

目　录
CONTENTS

绪论　形象谱系：易卜生戏剧研究的新视角 …………………… 1

第一章　布朗德系列：在上升与坠落之间 ………………… **24**
 第一节　炽热锋利的刀剑：本象布朗德 ………………… 25
 第二节　陨落深渊的星辰：反象培尔·金特 …………… 31
 第三节　根除痼疾的医者：类象斯多克芒 ……………… 35
 第四节　夜半太阳的光芒：超象罗斯莫 ………………… 38
 第五节　布朗德形象谱系的寓意 ………………………… 42

第二章　索尔尼斯系列：在神性与魔性之间 ……………… **45**
 第一节　塔尖的花环：本象索尔尼斯 …………………… 48
 第二节　未竟的责任：类象艾尔富吕 …………………… 52
 第三节　冰冷的病狼：反象博克曼 ……………………… 54
 第四节　顶峰的复苏：超象鲁贝克 ……………………… 59
 第五节　索尔尼斯形象谱系的寓意 ……………………… 63

第三章　索尔薇格系列：在圣洁与污浊之间 ……………… **66**
 第一节　曦光中等待：本象索尔薇格 …………………… 67
 第二节　圣光中疾逝：类象碧爱特 ……………………… 70

1

第三节　烈焰中燃烧：反象海达 …………………………………… 72
　　第四节　泥沼中升腾：超象吕贝克 ………………………………… 78
　　第五节　索尔薇格形象谱系的寓意 ………………………………… 96

第四章　娜拉系列：在独立与依附之间 ……………………………… 99
　　第一节　牺牲与自救：本象娜拉 …………………………………… 101
　　第二节　束缚与消亡：反象海伦·阿尔文太太 …………………… 106
　　第三节　伴生与重生：类象泰娴·爱尔务斯泰太太 ……………… 110
　　第四节　觉醒与复归：超象艾梨达 ………………………………… 132
　　第五节　娜拉形象谱系的寓意 ……………………………………… 136

第五章　从形象谱系看易卜生的创作思维与思想进程 …………… 139
　　第一节　从男性形象谱系看易卜生的创作思维与思想进程 ……… 140
　　第二节　从女性形象谱系看易卜生的创作思维与思想进程 ……… 144
　　第三节　综合四个形象谱系来看易卜生的创作思维与思想进程 …… 147

第六章　从形象谱系看易卜生戏剧的独特价值 …………………… 157
　　第一节　从形象谱系的纵向联系看易卜生戏剧的独特价值 ……… 157
　　第二节　从形象谱系的横向联系看易卜生戏剧的独特价值 ……… 161
　　第三节　易卜生戏剧人物形象谱系的"二元四象" ……………… 163

结语　易卜生戏剧人物形象谱系：精神与价值 …………………… 168
附录一　易卜生年谱简编 …………………………………………… 173
附录二　近百年来易卜生研究论著述评 …………………………… 192
参考文献 ……………………………………………………………… 207
后记 …………………………………………………………………… 227

绪论

形象谱系：易卜生戏剧研究的新视角

易卜生以"现代戏剧之父""世界文化名人"著称，近年又被誉为"拯救西方文明的救生筏"，他的作品素来受到人们高度重视。尤其是在中国，自五四运动以来，鲁迅、胡适、袁振英、刘大杰、茅盾、陈西滢、余上沅、李长之、郭沫若、田汉、焦菊隐、洪深、曹禺、潘家洵、黄雨石、王忠祥、石琴娥、王宁、何成洲等一大批学者、作家不断向国内读者引介、阐释易卜生的作品，几乎使得"易卜生的灵魂飘在中国上空"[①]。由于推介者甚多，易卜生在中国的影响颇大，诚如著名学者董健先生所言，"就易卜生对中国现代戏剧的影响之大、之深而言，没有一位西方剧作家可以望其项背"[②]。那么，易卜生是否还值得我们继续深入研究呢？或者说，在易卜生研究领域内，还有没有什么问题特别值得我们关注呢？

一、本书关注的核心问题及其研究价值

通读易卜生戏剧全集，可以发现：易卜生戏剧中的人物形象有明显的序列化倾向，各类形象在易卜生早期到晚期的剧作中经历了奇妙的演变过程。实际上，易卜生本人也希望读者理解其作品的内在联系，他认为"我觉得，读者们对我后期作品经常产生的隔膜与误读，在很大程度上是由于

[①] 傅谨. 易卜生的灵魂飘在中国上空 [J]. 中国图书评论，2007 (1)：21-24.
[②] 周安华. 20世纪中国问题剧研究 [M]. 北京：中国戏剧出版社，2000：2.

他们对作品之间的内在联系缺乏意识。只有把我所有的作品作为一个持续发展的、前后连贯的整体来领会和理解,读者们才能准确地感知我在每一部作品中所力求传达的意象与蕴涵"①。那么,易卜生戏剧之间的内在联系究竟是什么;他笔下的人物形象到底经历了怎样的演变过程;根据这些形象及其之间的内在联系,我们是否能组建出一系列形象谱系;它们体现出作家怎样的创作思维与思想进程。只有搞清楚这些问题,才能真正理解易卜生的本意——完整的本意,把握易卜生思想多维复杂的张力结构,进而把握易卜生戏剧的真髓。

为什么要研究易卜生戏剧的"内在联系",也就是说,研究其内在联系的价值何在。首先,鉴于这一问题是基于他本人的创作意图而提出的,一旦我们解决了这个问题,就能真正理解与把握易卜生的创作思维,充分领悟作家进行文艺创作的思想进程,从而切实了解到易卜生进行戏剧创作的奥秘与真谛,这对于指导现实创作实践而言具有启发意义。其次,研究易卜生戏剧的"内在联系",即研究易卜生戏剧作品之间的相互联系,对于研究易卜生本身而言也是一种推进。同时这也有助于重审作为整体的易卜生作品——理解易卜生戏剧的内在联系以后,再将之重新置于当时的历史环境下进行解读,也许能有新发现;理解易卜生戏剧的内在联系之后,再将之与易卜生同时代作家的作品进行比照,也许能解读出新东西。最后,在研究易卜生戏剧"内在联系"(内部研究)的基础之上,我们才能更易于理解易卜生的作品与其他作家作品的联系(外部研究),进而有利于推进比较研究、关系研究或平行研究的进程,比如,"易卜生如何推进了莎士比亚的悲剧艺术"等课题。此外,这种研究作家作品"内在联系"的研究范式,亦可广泛推广到其他作家作品的研究中去(比如,莎剧研究、鲁迅研究、但丁研究等),作为一种研究路径,持续地"发光发热"。

---

① 易卜生为德文版和丹麦文版《易卜生文集》所写的卷首序言。易卜生. 易卜生书信演讲集 [M]. 汪余礼,戴丹妮,译. 北京:人民文学出版社,2012:410.

二、国内外相关研究成果述评

关于易剧的内在联系，学者们大体有以下三类看法。第一类看法，其思维倾向是将易卜生在不同时期创作的戏剧作品看作一个连续的有机整体。比如，匈牙利学者卢卡契在《现代戏剧发展史》"易卜生创作一种资产阶级悲剧的尝试"一节中指出，易卜生的创作是一个连续的过程，"在许多不连贯的生活和生活片段的事业中，他（易卜生）的著作是作为一个伟大的有机整体而存在的"，"易卜生戏剧的统一性来自他的思想发展过程"，"跟以往相比，每一个阶段都是新的，所以整个的思想发展过程才真正是整体。"[1] 尽管卢卡契接下来在该文的第一部分以易卜生的多部主要剧作（包括早期、中期和后期作品）为例阐释了他的观点，并在文章的第二部分具体列出了易卜生为创作资产阶级悲剧而使用的多种戏剧技巧，但他还没有对易卜生的戏剧整体进行明确清晰的分类梳理与深入研究。英国文学研究者布里安·约翰斯顿（Brian Johnston，1932—2013）认为，易卜生从《社会支柱》到《复活日》这十二部剧形成了三个系列。他认为，易卜生戏剧的这三个系列恰好同黑格尔在《精神现象学》第二部分探讨的人类精神发展过程类似，形成了一种辩证的进化综合体，易卜生的精神戏剧系列之纵深发展过程类似于黑格尔提出的人类精神意识的进化过程。这一过程主要包含三种不同的精神活动：一、社会政治生活的客观世界（正题）；二、个人意识的主观世界，区别于客观世界（反题）；三、前两者的综合（合题）——关于对世界产生影响的艺术、宗教与哲学的意识形态世界[2]。中国当代易卜生研究者汪余礼先生指出："易卜生在不同时段的作品

---

[1] 卢卡契. 易卜生创作一种资产阶级悲剧的尝试［M］//易卜生. 易卜生文集：第八卷. 潘家洵，萧乾，译. 北京：人民文学出版社，1995：239-326.

[2] JOHNSTON B. The Ibsen Cycle: The Design of the Plays from Pillars of Society to When We Dead Awaken［M］. Boston: Twayne Publishers，1975：30.

中对艺术、对人性、对生活、对存在之不同侧面不同层次的思考,构成了其作品之间的内在联系","如果说在易卜生晚期的八个戏剧之间确实存在或隐或显的'内在联系',那么这种'内在联系'可以说是由灵魂自审、艺术自审、人性探索、存在之思这几股线索交织而成的;或者说,正是这几股线索将易卜生晚期八剧贯通起来,使之成为一个互相连通、浑然天成的有机整体。"① 不仅将易卜生后期作品看作"有机整体",还深入剖析了它们之间的"内在联系"之成因及其构成线索。勃兰兑斯、哈罗德·布鲁姆等人②虽然没有直接讨论这个话题,但是他们对剧作和人物的分析其实也隐含了这个意思。譬如,勃兰兑斯认为,"罗斯莫继续了斯多克芒医生的未竟之业,他想从一开始就做医生仅仅在《人民公敌》结尾时想做的事,使他的同胞成为自豪、自由和高尚的人"③。这里必须指出的是,比约恩·海默尔对易卜生剧作的内在联系特别是人物之间的内在联系有其独特的研究,比约恩认为,一个拥有自由和骄傲,以优雅文化为特色的乌托邦梦想,贯穿于易卜生整个写作生涯④。他提示我们通过易卜生的剧作可以看到,体现这些梦想的人物形象在易卜生世界里一再出现。他确信易卜生笔下的许多人物形象有着息息相通的共同之处⑤,因此,比约恩·海默尔常常对易剧中的人物进行类比分析。比如,他在论及罗斯莫时说,"如同格瑞格斯一样,罗斯莫也信以为真地想象自己拥有看透一个真理的洞察力",他把这两个理想主义者称为"精神上的家族成员"。他在论及洛夫保格(《海达·高布乐》中的乐务博格)时,也把洛夫保格与格瑞格斯进行

---

① 汪余礼. 双重自审与复象诗学 [M]. 北京:中国社会科学出版社,2016:5-6.
② 勃兰兑斯. 第三次印象 [M] //易卜生. 易卜生文集:第八卷. 潘家洵,萧乾,译. 北京:人民文学出版社,1995:280-326;布鲁姆. 西方正典 [M]. 江宁康,译. 南京:译林出版社,2011;海默尔. 易卜生:艺术家之路 [M]. 石琴娥,译. 北京:商务印书馆,2007.
③ 勃兰兑斯. 第三次印象 [M] //易卜生. 易卜生文集:第八卷. 潘家洵,萧乾,译. 北京:人民文学出版社,1995:280-326.
④ 海默尔. 易卜生:艺术家之路 [M]. 石琴娥,译. 北京:商务印书馆,2007:291.
⑤ 海默尔. 易卜生:艺术家之路 [M]. 石琴娥,译. 北京:商务印书馆,2007:375.

类比,"洛夫保格和格瑞格斯都是从富有优裕的社会群体中被排斥出来的并且对于世界应该是什么样子各自有着自己的想法。他们两个在同现实的关系中都是乌托邦主义者"①。当然,这样我们就可以把格瑞格斯、罗斯莫和乐务博格三个形象联系在一起来考察了。但是,也并不总是如此。比约恩以培尔·金特类比斯托克曼医生(《人民公敌》中的斯多克芒医生)时指出"他是易卜生的世界里少得几乎绝无仅有的精神饱满、干劲旺盛的人物之一。大概只有活力充沛、诙谐幽默又恣肆豪放的培尔·金特才能和他相媲美"②。但在论述斯登斯高德(《青年同盟》中的史丹斯戈)时,则是突出了培尔·金特"只为自己"的自私特点"在他的视野里除了一己私利之外空空如也。在这一点上,可以说他是培尔·金特的精神兄弟"③。虽然两处都是以培尔·金特作比,而两者分别择取了培尔性格特征的不同面,故无法将三个形象一概而论。比约恩在他的研究中善于对人物形象进行归类,对于类似的人物形象冠之以"精神兄弟"或"精神上的家族成员"的头衔,即使对于女性形象他也会称为"精神上的姐妹"。如论及海达·高布乐时,认为海达"是一个为了维护自身自由而竭尽全力不懈抗争的具有挑战性和令人提心吊胆的人物形象"。在易卜生的剧作中,她有不少"精神上的姐妹",她们都是"自由的女儿"④。比约恩在这里把那些为了争取和维护自由的女性人物全部归为海达的"精神姐妹"这一大类了。除此一个大类外,善于分类比较的比约恩对女性形象的类比远比男性形象要丰富得多。如将海达与埃莉达(《海上夫人》中的艾梨达)类比时,指出其共同之处是"无依无靠孤独空虚"⑤,对于埃莉达与丽贝卡(《罗斯莫庄》中的吕贝克)则赞扬剧作家"让幕布降落在两个形象高大而独立的女

---

① 海默尔.易卜生:艺术家之路[M].石琴娥,译.北京:商务印书馆,2007:400.
② 海默尔.易卜生:艺术家之路[M].石琴娥,译.北京:商务印书馆,2007:275.
③ 海默尔.易卜生:艺术家之路[M].石琴娥,译.北京:商务印书馆,2007:163.
④ 海默尔.易卜生:艺术家之路[M].石琴娥,译.北京:商务印书馆,2007:371.
⑤ 海默尔.易卜生:艺术家之路[M].石琴娥,译.北京:商务印书馆,2007:375.

人身上（海上夫人埃莉达，另一个海上夫人丽贝卡，比约恩认为吕贝克死于"海上"）"①。娜拉与阿尔文太太，都是具有叛逆精神的女性②。娜拉和丽贝卡（吕贝克）两人都舍弃了"非常保险的安乐窝"③。比约恩不仅对易卜生笔下的不同人物形象进行归类分析，而且将易卜生创造的人物形象与同时代其他艺术家创造的人物形象进行归类比较，他甚至将《海达·高布乐》中的海达同斯特林堡的《朱丽小姐》（1888年）中的朱丽小姐"归为一类"。比约恩对于人物形象之间的内在联系有着十分精确的把握，归类分析十分严密，特别善于择出人物形象不同的性格特征甚至是不同的性格特征的某一侧面，生动地指出人物之间相同或类似的特点，对于后来的研究者具有一定的指导意义。当然，把某一人物同时与其他多个人物进行类比时，也难免会留下分类不够清晰、准确的遗憾。

另一种思路是把易卜生不同剧作中的人物形象看作共同体现"易卜生主义"者。比如，王忠祥先生认为，"布朗德、培尔·金特、斯多克芒、罗斯莫等易卜生主义体现者，执着地追求'人的精神反叛''道德升华'和'整体革命'"，"放射出积极的人道主义理想的光辉和强烈的社会批判锋芒"④；"他（罗斯莫）和斯多克芒医生一样，思想纯正，坚持真理"，"他能勇敢地拒绝克罗尔和摩腾斯果的政治威胁利诱，并给予斯多克芒式的辩论与斗争"⑤。此外，还有第三种思想倾向，即把易卜生剧作中的不同人物形象进行比照剖析，于比较鉴别中发现其内在联系。比如，长江学者王宁教授认为"《布朗德》表现了一个追求彻底神性的人（人神—神人的复合体）的毁灭，说的是人性与神性的冲突。而《培尔·金特》则讲述了

---

① 海默尔. 易卜生：艺术家之路 [M]. 石琴娥, 译. 北京：商务印书馆, 2007：365.
② 海默尔. 易卜生：艺术家之路 [M]. 石琴娥, 译. 北京：商务印书馆, 2007：211.
③ 海默尔. 易卜生：艺术家之路 [M]. 石琴娥, 译. 北京：商务印书馆, 2007：338.
④ 王忠祥. 关于易卜生主义的再思考 [J]. 外国文学研究, 2005（5）：42-44, 171.
⑤ 王忠祥. 论《罗斯莫庄》的悲剧精神和象征意义 [M] //建构文学史新范式与外国文学名作重读：王忠祥自选集. 武汉：华中师范大学出版社, 2009：138.

一个被布朗德所唾弃的那一类型的人的成长历程及其最后的得救（被爱所救），也即讲述了一个发生在普通人身上的'浪子回头'的故事，具有深刻的寓言意义。"① 刘明厚先生指出，培尔·金特的"思想作风，为易卜生后期剧作刻画的这类形象，起了先导作用"②，"他（《野鸭》中的格瑞格斯）的固执和热情，使人想起早已死去的布朗德牧师"③，《野鸭》中雅尔马的丰富想象力"是从培尔·金特那里继承下来的"④，"布朗德精神一直贯穿在易卜生的四大问题剧之中，特别是反映在斯多克芒大夫身上"⑤；石琴娥先生认为，易卜生"通过（布朗德与培尔·金特）两个人生目标和所作所为截然相反却又像孪生兄弟一般的人物形象来表现'个人精神反叛'这一主题中涉及'或者得到一切或者一无所有'的思想，并探索与此有关的伦理道德问题"⑥；李兵先生亦提出："易卜生创作于1879年的《群鬼》一剧应该与《玩偶之家》（1877）相参照而阅读。它不仅是《玩偶之家》的续篇（sequel），也是其反题（antithesis）的演绎。阿尔文太太就是出走之后又被劝回的娜拉，其结局也必迥异于后者。"⑦ 杜克大学的托莉·莫伊（Toril Moi）教授（挪威裔）认为，在《罗斯莫庄》剧本内部，彼得·摩腾斯果是罗斯莫的极反面（Mortensgaard is the polar opposite of Rosmer）："如果罗斯莫的理想是通过开显他自己的内在灵魂而使他人变得

---

① 王宁. 探索艺术和生活的多种可能：易卜生《培尔·金特》的多重视角解读 [J]. 当代外语研究，2010 (2)：5.
② 刘明厚. 真实与虚幻的选择：易卜生后期象征主义戏剧 [M]. 上海：同济大学出版社，1994：15-16.
③ 刘明厚. 真实与虚幻的选择：易卜生后期象征主义戏剧 [M]. 上海：同济大学出版社，1994：48.
④ 刘明厚. 真实与虚幻的选择：易卜生后期象征主义戏剧 [M]. 上海：同济大学出版社，1994：51-52.
⑤ 刘明厚. 真实与虚幻的选择：易卜生后期象征主义戏剧 [M]. 上海：同济大学出版社，1994：24-25.
⑥ 石琴娥. 北欧文学论：从北欧中世纪文学瑰宝到"当代的易卜生" [M]. 上海：上海社会科学院出版社，2015：80.
⑦ 李兵. 《群鬼》，回到罗马 [N]. 中华读书报，2007-12-26 (18).

高尚，那么摩腾斯果的内在人格正是（外部）社会力量的表现。如果未来属于摩腾斯果，那么人类灵魂将葬身于资产阶级的现代性之中，它们无处容身。"[1] 笔者着力于展开讨论与阐释易卜生各剧之间的人物关联性（相似性与差异性），而没有将《罗斯莫庄》剧本内部的人物进行平行比较与分析。关于吕贝克与娜拉的关系，托莉·莫伊教授认为，吕贝克完成了娜拉尚未完成的"转变"，她举例说吕贝克多次使用 omslaget（转变，转换）这个词，并且在第四幕使用了和娜拉最后几句台词中一样的词：forvandlingen（个性上发生的深刻的、极大的转变，比 omslaget 程度更深）；她认为："娜拉质疑使婚姻成为可能所需的转变可能会发生；而吕贝克坚持认为这种转变已经发生了，她（思想、内心）已经发生了深刻的变化。"[2]笔者没有将吕贝克归入探讨现实婚姻关系、质疑资产阶级家庭伦理观念的娜拉系列，而是将之归入散发神性光辉、追求纯粹理想爱情的索尔薇格系列，主要出于对具有深刻自审意识、愿为罗斯莫使他人变得高尚这项事业奉献生命的吕贝克的精神定位。笔者认为，吕贝克并不是易卜生仅仅用于探讨家庭、婚姻以及伦理观念的形象载体，易卜生塑造吕贝克更偏重于展现她人性中矛盾、复杂、深刻、闪光的地方，她的精神内核与纯洁无私的索尔薇格同根同源，同为那种甘愿为人类的真爱与人性的希望奉献一切的女性。又因吕贝克之生命轨迹较之索尔薇格更为艰难曲折，故笔者将吕贝克置于索尔薇格系列的塔峰位置——她成为这一系列中具有超越性意涵以及黑格尔精神辩证法的"超象"。此外，莫伊教授还认为，罗斯莫的理想主义（包括对真正自由的执着追求）转变为它自身的否定镜像，正

---

[1] MOI T. Henrik Ibsen and the Birth of Modernism: Art, Theater, Philosophy [M]. Oxford: Oxford University Press, 2008: 277. 此外，《阁楼里的女人：莎乐美论易卜生笔下的女性》、Ibsen's Women 对易卜生笔下的主要女性人物形象——做了剖析与评论，对其中的某些女性形象也做了一些平行比较，可谓是从女性视角解读易卜生作品的上乘佳作。

[2] MOI T. Henrik Ibsen and the Birth of Modernism: Art, Theater, Philosophy [M]. Oxford: Oxford University Press, 2008: 284.

如罗斯莫和吕贝克的婚姻否定了日常社会中的婚姻生活一样。笔者认为，罗斯莫与吕贝克的这种自否精神隐合黑格尔的精神辩证法，他们之间的爱情超越了日常生活中的普通爱情——既超越了浪漫主义理想，也超越了尼采的超人哲学——他们以双重自杀、否定肉身、凸显灵魂的方式显示出易卜生对现代社会精神世界极为深邃的自审精神。易卜生的戏剧，尤其是后期创作的戏剧，所具有的这种强烈超越性与自审性，对人性、社会现实以及艺术本体三者有一种元批判精神，这使之成为屹立于现代社会与世界文学的不朽精神丰碑。上述这些学者的看法启发了笔者进一步思考易卜生戏剧以及剧中诸人物形象之间的内在联系。挪威奥斯陆大学易卜生研究中心主任弗洛德·海兰德教授（Professor Frode Helland）甚至指出，在易卜生与霍夫曼（Hoffmann）的儿童文学作品之间也有着深层的像家庭成员之间一样的亲密联系（deep affinity），特别是《躁动不安的菲利普》和《群鬼》《狂怒的弗雷德里克》中的弗雷德里克和《人民公敌》中的斯多克芒医生、《舞蹈的小精灵哈里特》中的哈里特和《建筑大师》中的希尔达·汪格尔之间有着像19世纪同一家庭族谱成员之间的密切联系，他借用狄奥多·阿多诺在《对被毁灭的生活之沉思》（1951）中论及易卜生时使用的术语，称之为"谱系研究"（Stammbaum forschung），E. F. N. 杰夫科特将之译为"genealogical research"[①]。笔者认为，在进行易卜生作品与其他作家作品之间的谱系研究之前，首先做好易卜生本人作品内部的人物形象谱系研究，可为后续分析更多作品中更丰富、更复杂的人物关联打下一定的基础，做一些基础理论研究，也为今后展开多层次、多文化的研究做一些铺垫性的工作。是故，本文拟尝试以形象谱系的视角为切入点重新解读易卜生戏剧，力求"入乎其内，出乎其外"，努力探索易卜生戏剧之间的

---

① HELLAND F. The Scars of Modern Life: Hedda Gabler in Adorno's Prism [M] //GJESDAL K. Ibsen's Hedda Gabler: Philosophical Perspectives. Oxford: Oxford University Press, 2018: 92-94.

内在联系以及易卜生的创作思维及其思想进程。

三、本书的研究视角与研究方法

研究易卜生戏剧的内在联系有多种视角、多种方法，笔者以为，形象谱系可能是探讨易剧"内在联系"最合适的视角之一。为什么要从"形象谱系"的视角切入来探讨"内在联系"，"形象谱系"是怎么形成的，为什么那些形象间有相似性。这是因为作家的思考，渗透在形象创造过程中，渗透入形象中的要素是作家反复思考的问题，所以，人物形象总是有些相似之处。至于相反之处，也是同样的道理。因此，我们发现谱系中存在"类而有异，异而相类"的思维现象。作家的思维，其实就是他经常思考的问题，总会反复出现在他的脑海里，这就不自觉地渗透于作家的创作之中形成其思维。因此，作家创造的人物，就会有相似的或部分相似的形象。某一个形象创造完成，并不能结束作家的思维，作品上演了，作家的思维仍然在继续，仍然在不断地深入。这样，在下一部作品中，如有类似的形象，就会体现出作家仍然在继续的思维，这个形象就可能会同上个形象有类似之处。

本选题鉴于以下三点：1. 关于易卜生戏剧的研究论著虽然极多，但目前尚未见到从"形象谱系"的视角研究易卜生戏剧人物的论著；2. 国内外相关研究成果多专注于对易卜生戏剧人物做单个分析，本研究侧重于关注易卜生戏剧人物之间的内在联系（横向联系与纵向联系），在此基础上建构易卜生戏剧人物的形象谱系；3. 通过这种"形象谱系"研究，可以探寻易卜生的艺术思维与思想进程，找寻其创作与思想的关系，发掘究竟何为易卜生剧作之内核及其成因，深入理解易卜生戏剧的精髓，探索其戏剧创作的奥秘，进而为建构形象谱系学理论做一些探索性、铺垫性的工作。本文尝试以"形象谱系"的视角为切入点，力求"入乎其内，出乎其外"，努力探索易卜生戏剧之间的内在联系与易卜生的创作思维及其思想进程。对易卜生戏剧人物形象之间的"内在联系"进行深入研究，意味着突破文艺领域常规性的单个形象研究，发现作家笔下众多形象的内在关联以及易卜生的创作思维和思想进程。

从"形象谱系"的视角来看，每类形象在不同作品中以不同的形式连续地表现出互相联系的共同特质来。形象谱系的构建工作力图把易卜生所塑造的重要形象放在易剧整体中洞察，了解它们在易剧"形象谱系"中的位置以及与其他形象的关联，进而深入理解易卜生艺术思维的思辨性，探寻易卜生的艺术思维与思想进程，找寻其创作与思想的关系，发掘究竟何为易卜生剧作之内核及其成因。通过分析易剧中的四类人物形象，笔者旨在沿波讨源，探赜索隐，找寻隐藏在剧本深处的闪光的真理与感通人心的内在真实，从作家创作的思维辩证法与曲折的精神发展历程中深入探究其独特的艺术精神与审美价值。

关于本文涉及的诸多形象，诚如黑格尔所言："艺术的内容就是理念，艺术的形式就是诉诸感官的形象"，"美就是理念的感性显现"，"美只能在形象中见出，因为只有形象才是外在的显现，使生命的客观唯心主义对于我们变成可观照，可用感官接受的东西"。[1] 易卜生戏剧中的各类形象是易卜生戏剧理念的肉身化。反观各类形象在易卜生戏剧中所处的位置，我们可以发现，易卜生的戏剧理念完整、真实而清晰地体现于"形象谱系"中各象的普遍性、具体性与本性及这三者的和谐统一之中，它们是易卜生进行艺术想象与艺术创造的材料与对象，是易卜生进行渗透的有深厚情感的理性思考与融入饱满热情的逻辑思维活动的产物，它们（诸形象本身）以艺术的方式准确而自然地显示出易卜生的内在情感生活与内心世界的复杂矛盾运动，传达与体现了易卜生的艺术自我，也让读者与观众受其感染，从中体会到易卜生作为艺术家与人学家的内在本性。

---

[1] 黑格尔. 美学：第一卷 [M]. 朱光潜，译. 北京：商务印书馆，1979：87，142，161.

诚如赵炎秋先生在《形象诗学》中所言，"文学作品在某种意义上只是文学形象或文学形象系列的物质载体"①，"形象就是生活的感性形态。"② 对形象谱系学的探索正是在形象诗学与汪余礼先生提出的复象诗学③的启发下所进行的新尝试、新方法、新路径。具有复象思维的易卜生笔下的形象之间有着诸多联系，将它们关联起来组成有机的人物谱系网，就如同展开一卷易卜生戏剧王国的人物图谱，从中可以尝试观察这一"象外有象，境界层深"的戏剧王国之宏观全貌与生活在其中的人物间的微观联系。形象谱系的构建工作力图把易卜生所塑造的重要形象放在易剧整体中洞察，了解它们在易剧形象谱系中的位置以及与其他形象的关联，进而深入理解易卜生艺术思维的思辨性，探寻易卜生的艺术思维与思想进程，找寻其创作与思想的关系，发掘究竟何为易卜生剧作之内核及其成因。

由形象谱系的建立可以看出，对易卜生戏剧作品进行形象谱系的探索与研究有助于读者、观众、批评者与作者之间的情感交流，并使道德理想得以升华，通过各种艺术形象与作品中的人物，创作者的同时代人如戏剧家、批评家进行对话，也包括我们现在的人与将来的人进行对话，在感通互鉴之中得以提升，不断进入新的解释学良性循环，渐入艺术与人格之佳境。在易卜生戏剧作品内部进行形象谱系的多种构建，有助于探寻易卜生本人对人神关系与人伦关系的思考，从中发掘人类普遍而本质的感情。有助于我们理解在易卜生所生活的历史时期、他所处的社会环境中，他本人是如何产生对生活意义的崇高而超凡的理解的。易卜生的戏剧作品是活生生的小世界，而不是其他。他所创造的人物形象亦是如此，他们独特鲜明、清晰真挚，源自易卜生的心灵深处，是他的内在生命与主体体验的外

---

① 赵炎秋. 形象诗学 [M]. 北京：中国社会科学出版社，2004：117.
② 赵炎秋. 形象诗学 [M]. 北京：中国社会科学出版社，2004：37.
③ WANG Y L. The Polyimage Poetics in Ibsen's Late Plays [J]. Nordlit, 2015, 35 (34)：225-235；汪余礼. 易卜生晚期戏剧的复象诗学 [J]. 外国文学研究. 2013, 35 (3)：83-93.

<<< 绪论　形象谱系：易卜生戏剧研究的新视角

化，这些形象也体现出他所分析的人类普遍情感弥足珍贵。尽管这些形象及其所建构出来的谱系表现的都是理想主义的人物、情感与精神，这些理想之物在现实生活中并不存在，但可以说，形象谱系的建构以独具一格的方式反映了易卜生作品的本质与精神，这种反映形式也同样适用于易卜生的其他作品以及其他大师的经典戏剧作品，因此，我们可以试着将形象谱系推广与延伸开来，对更多的文学艺术作品进行更丰富、更多元的创造性解读。

"我们讨论问题，应当从实际出发，不是从定义出发"①，综观易卜生戏剧作品中的主要人物形象，我们至少可以列出四类人物形象：布朗德系列、索尔尼斯系列、索尔薇格系列以及娜拉系列（下文将分章详述之），然而，与之相匹配的谱系研究却付之阙如②，基于此，对易卜生作品进行谱系分析成为亟待研究的课题。再者，根据易卜生在1879年12月23日挪威妇女权益保护协会的宴会上的讲话，"我的任务是描绘人"③，可以确定，对易卜生的戏剧作品进行人物形象分析亦是符合他的本意的。著名学者与翻译家约翰·尼尔森·劳维克在《易卜生书信集》的导言中写道，易

---

① 毛泽东.在延安文艺座谈会上的讲话［M］//毛泽东选集：第三卷.北京：人民出版社，1991：853.
② 尽管匈牙利学者卢卡契在《现代戏剧发展史》"易卜生创作一种资产阶级悲剧的尝试"一节中指出，易卜生的创作是一个连续的过程，"在许多不连贯的生活和生活片段的事业中，他的著作是作为一个伟大的有机的整体而存在的"，"易卜生戏剧的统一性来自他的思想发展过程"，"跟以往相比，每一个阶段都是新的，所以整个的思想发展过程才真正是整体"。尽管卢卡契接下来在文章的第一部分以易卜生的多部主要剧作（包括早期、中期和后期作品）为例阐释了他的这个观点，并在文章的第二部分具体列出了他为创作资产阶级悲剧而使用的多种戏剧技巧，但他并没有对易卜生的戏剧整体进行明确的系统分类梳理，也没有对书中提到的人物形象进行较为清晰的谱系研究。勃兰兑斯、哈罗德·布鲁姆和比约恩·海默尔对剧作和人物的分析其实也隐含了这个意思，但他们都没有直接深入地讨论这个话题。
③ IBSEN H. Sakprosa［M］//Henrik Ibsens Skrifter. Vol. 15（21 volumes）. Oslo：Universitetet i Oslo，2010：417.

13

卜生主义的"精髓乃在于对人的性格的呈现"①，可见，对易卜生戏剧中的主要人物做系统性的研究也有助于推动易卜生主义在当代的发展。美国学者哈罗德·布鲁姆认为，"具有真正剧作家的神秘禀赋"的易卜生，"他慷慨给予其角色的生命要多过他本人所拥有的生命"②，据此，认真研读易卜生的剧作，深入理解易卜生笔下人物的独特个性与生命历程，对于领悟易卜生创作戏剧作品时所投注的生命情感与智慧而言也是至关重要的。正如西格弗莱德·曼德尔所说，"易卜生内心琢磨人物的举手投足，……钻入他们的内心，'渗透到他们灵魂的最后折皱'……'连最后一颗纽扣也不漏过'。易卜生努力使他的人物成为可信的、有血有肉的真人。"③ 认真研读与感通易卜生在细致观察与体验生活的基础之上以他独特的生命直觉与灵感直觉创造的活灵活现的人物形象，并将一个个生动的人物作为有着生命连续性的整体进行深入探讨与剖析，是意义重大的。

此外，对易卜生戏剧作品进行人物形象谱系分析也是在现象学方法的深层召唤之下呼之欲出的方法，谱系研究的目的之一：回到易卜生本人的创作活动中去，还原易卜生本来的创作思维与思想进程，探寻与理解易卜生戏剧艺术世界的关键内核，即其内在固有的矛盾精神辩证法——也是现象学研究向内挖掘进而衍伸出来的重要研究目的与发展方向。正如现象学哲学家胡塞尔所言：

> 命运将我们以及我们的生活劳作置于这样一个历史时代之中，它在人类精神生活发生作用的所有领域中都是一个剧烈变化着的时代。那些在以往世代辛劳和斗争中已经成为和谐、一致的东西，那些在任

---

① IBSEN H. Letters of Henrik Ibsen［M］. LAURVIK J N, trans. Charleston：Nabu Press, 2011：44.
② 布鲁姆. 西方正典［M］. 江宁康, 译. 南京：译林出版社, 2011：286.
③ 曼德尔. 引言［M］//莎乐美. 阁楼里的女人：莎乐美论易卜生笔下的女性. 马振骋, 译. 上海：上海人民出版社, 2013：25.

何文化领域中似乎作为不变的风格，作为方法和形式而已经固定下来的东西，现在重又变化了。于是人们在寻找新的形式，以便使不满足的理性能在其中得到更自由的发挥。……在优美的艺术中是如此，在科学中亦是如此。①

随着时代的变迁与社会面貌的改变，在易卜生的研究领域中，那些完善的理论传统与文艺批评的典范，也发生了不同程度的改变，其中也不乏一些剧烈而彻底的变化。这一点仅以我们对《玩偶之家》一剧的认识与对易卜生主义的理解为例，便可见一斑。如今的《玩偶之家》不再仅是妇女解放运动的宣言与代名词，易卜生主义的意涵也不再仅以萧伯纳与胡适所做的经典阐释为评论的标准原则，当然他们的经典评述仍是极富参考价值的，代表那个时代典型的、主流的文艺评论价值观，正如印度学者室利·阿罗频多所言：

> 今人之智识非古人之智识，此随时代而变迁者也。凡古代学术之思想，其形式，组织，体系，其玄学与智识上之型模，微妙精确之术语，必随时代而变；声光势用，久必浸衰，无当时之力；名相或为新兴者所代，而附以增益修改之义。②

鉴于当今的学术评论一直朝向更多元、更丰富、更复杂的趋势发展，学界也因此逐渐确立起新的文艺批评话语体系，对易卜生笔下的戏剧人物进行形象谱系研究变得意义重大。由于形象谱系研究正是为顺应理论范式转型的学术潮流而产生的，本文作者祈愿以提出形象谱系的基本观念、术

---

① 胡塞尔. 纯粹现象及其研究领域和方法：弗莱堡就职讲座 [M] //胡塞尔选集：上. 上海：上海三联书店，1997：151-152.
② 阿罗频多. 薄伽梵歌论 [M]. 徐梵澄，译. 北京：商务印书馆，2003：3.

语与理论框架的雏形并以易卜生戏剧人物为范例而为学术趋向提供一些思想资源。

总而言之，对易卜生戏剧进行形象谱系学探索与研究，既是对易卜生本人戏剧创作实践的理解与把握，也是在此基础上对其戏剧作品中各类形象之间关联的考察，同时更是顺应时代发展要求而进行的学术创发。本书作者认为，易卜生的戏剧作品在历史时空的流转中不断地演进、发展，形成了这样的谱系系统：它处于一种过渡、融合、互进、演变的连续变化发展的过程之中，从而构成了现代戏剧存在方式的新的可能性；努力探寻易卜生戏剧人物形象之间的关联性，从整体上把握整个易剧人物形象谱系系统，才能接近易卜生进行戏剧创作的本意。

对易卜生戏剧作品整体进行形象谱系探索与研学不仅是从文学经验出发而进行的学术理论创造，也是立足于中国本土文论所进行的学术实践活动。笔者建构易卜生戏剧人物形象谱系的依据是建立在充分吸收中国传统文论遗产的基础之上的。《周易》认为"一阴一阳之谓道"（《易经·系辞上》），六十四卦均由乾、坤两卦演变而来，易卜生戏剧世界的人物形象谱系主要由男性形象布朗德（易卜生曰"最好时刻的我自己"）系列（索尔尼斯系列整体可视为布朗德系列的超越版）与女性形象索尔薇格系列（娜拉系列整体可视为索尔薇格系列的现实版）转化而生成，形象谱系乃所谓"阴阳相合而生万物"之产物。卦象的构成是"刚柔相推而生变化"[①]，易卜生戏剧中人物形象谱系的建构以男性形象布朗德与女性形象索尔薇格分别作为"乾""坤"的源头以及两大类形象的核心。乾坤之间，刚柔相济，男性气质与女性气质看似对立，实则有着深刻的内在辩证联系。比如，布朗德系列与索尔尼斯系列中各人物形象所具有的执着坚毅的个性正是造成其死亡悲剧的原因，刚强的英雄主义反而成为他们的弱点，

---

① 王弼，韩康伯.周易注疏［M］.北京：中央编译出版社，2013：345.

而索尔薇格系列与娜拉系列中的人物形象所具有的温和柔情则成为她们宽恕他人、包容世界的强大力量源泉。再者，同一形象谱系中的类象与反象也构成类似于"乾坤"的关系，每个系列的反象与本象和类象之间互为"相反相成"的关系，它们发源于本象，而合流于超象，共同构筑了易剧人物形象谱系的高塔。通过这些人物形象的"演变""转化"和"发展"，或许可以有助于我们探索与讨论易卜生在创作方法与思想进程中所隐含的独特奥秘①，从而借此寻求易卜生式的风格与他所处时代的精神纹理，探究"乡土的易卜生"从边缘走向主流而且辐射甚广的缘由。

具体而言，对易卜生戏剧作品从整体上进行形象谱系研究所运用的一个重要方法是形象喻示法。此方法的赞成者认为，文艺批评需要"立象以尽意"，形象与理论是相通的，"形象批评"可以用具体形象表示抽象概念，"形象喻示"可以用完整的审美经验揭示文艺作品的风格；此方法的否定者（以德里达的解构主义为代表）认为，它缺乏理性与理论基础，不确切，无客观标准，对同一形象的内涵可有多种解释（尽管赞同者认为这种模糊多义性恰好是它内涵丰富，类似中国书画具有"画尽意在""文尽意余""余味无穷""寓无限于有限之中"的优点）。客观地说，这种方法承继了类似钟嵘的《诗品》（中国传统古典文论）的特点与风格，运用诗性语言与提喻手法的审美批评方法。诚如宗白华先生在《艺境》中所言，"每一个艺术家必须创造自己独特的形式"，"在艺术创作中要有形象的创

---

① 1874年9月10日，易卜生在对克里斯蒂阿尼亚大学生的演讲（Tale til studentenes fanetog i Kristiania）中提到，做一名诗人意味着要从本质上去看（at digte, det er væsentlig at se），新时代诗歌创作的秘密恰在于这种基于个人亲身体验的"从本质上去看"（Og dette med det gennemlevede er netop hemmeligheden ved den nye tids digtning）。他还认为："诗人不能孤立地去体验，而是要和他的同胞一起去体验"（Men ingen digter gennemlever noget isoleret. Hvad han gennemlever, det gennemlever hans samtidige landsmænd sammen med ham）；"若非如此，怎样才能弥合创作者与接受者理解事物的差距呢？"（Thi hvis ikke så var, hvad slog da forståelsens bro imellem den frembringende og de modtagende?）由此可见，在易卜生本人看来，"亲身体验"（gennemlevede）与"从本质上看"（væsentlig at se）正是现代文艺创作的奥秘与精髓所在。

17

造，所谓形象就是内容和形式"①，"形象可以造成无穷的艺术魅力"，形象"可以给人以无穷的体会，探索不尽，又不是神秘莫测不可理解"②，艺术家创造的独特形象自然包含其丰富而独特的内容、情感与思想，真正好的艺术作品往往能以有限的形象寓化以无限的艺术境界，这"象外有象""幽深无际"的无穷艺术境界源于艺术家对宇宙人生中种种"气韵生动"现象的灵心妙悟，是诗性智慧与审美体验的完美结晶。易卜生的戏剧有些是诗剧，不仅以诗体写作，浪漫色彩也较为浓厚，譬如，颇受欢迎的著名诗剧《培尔·金特》中培尔这一形象，尽管取材于传统民间神话传说，但易卜生赋予了他新的意义，使其面貌焕然一新，同时这一形象也表现了作者本人独特的人格与个性。我们对此剧凝筑的艺术境界的理解与体悟也是"横看成岭侧成峰"，各人有各自不同的诠释路径、方法与逻辑，但我们对此剧的理解、解释与批评应当基于易卜生本人所言"我的这本戏是诗"③的创作观，再进行评论与阐释。易卜生用散文体写作的现实主义社会剧与象征性浓厚的神秘剧在语言方面也很接近诗，意象丰富，充满联想与幻象，这些作品所营构的艺术境界的奥秘与其独特的艺术魅力都在于形象美与诗意美。可以说，易卜生的戏剧在本质上都具有诗性，这种诗性是无法用逻辑语言明确表述或清晰表达出来的（如果可以的话，诗与戏剧就都没有存在的必要与可能性了），从这个角度来看，尝试"立象以尽意"，运用形象批评法与形象喻示法诠释易卜生戏剧及其营构的戏剧世界，遵循了易剧本身的创作特点与审美原则。借助具体意象进行批评探索实践，既有益于切入作品本体，同时也有助于直观明朗地体现各形象的人际关系，这也不失为一种较为契合研究对象本身的审美批评方法。再者，易

---

① 宗白华. 艺境 [M]. 北京：商务印书馆，2011：339.
② 宗白华. 艺境 [M]. 北京：商务印书馆，2011：340.
③ 易卜生1867年12月9日写给比昂斯腾·比昂松的信. 易卜生. 易卜生书信演讲集 [M]. 汪余礼，戴丹妮，译. 北京：人民文学出版社，2012：57.

卜生的戏剧创作不可避免地受到了同时代的丹麦宗教哲学家、存在主义的创始人克尔凯郭尔的思想影响，而存在主义哲学家超越前人的独特之处在于他们不满足于用抽象的逻辑语言来阐明与论述他们的观点，总是从"此在"的体验出发，通过形象的文学语言来阐述自己的哲学思想，易卜生也正是通过文学形象与诗性语言来表达与呈现他的人生哲学与文艺思想的。尽管易卜生没有用哲学语言阐述过有关存在主义的观点，但他用文学语言表达的人的生存体验与精神结构比存在主义哲学家都更为真切、鲜活、强烈，易卜生实际上将存在主义哲学变成了具有美学价值的戏剧文学作品。因此，我们用具有代表性的文学形象作为提喻，以逻辑思维与意象思维相结合的论证方式阐释易卜生的作品，是契合其创作精神与他所处的时代流行的思潮。

本书尝试以形象谱系为研究视角，拟采用如下研究方法。

一、翻译与研究密切结合。通过翻译埃德蒙·葛斯的《易卜生传》确实可以了解到很多关于易卜生生平与创作关系的信息，受到很多启发，特别有助于提高研究的质量。二、文本细读与理论思辨相结合。首先反复细读剧本，深入理解，但不限于具体的文本理解，而是努力进入理论思辨层面，争取使论文有一定的理论含量。三、局部研究与整体研究相结合。力图把易卜生的每一个剧本、他所塑造的每一个重要形象放在易剧整体中洞察，了解它在易剧形象谱系中的位置，以及与其他形象的关联。这也是一种整体洞观的方法。四、内部研究与外部研究相结合。研究戏剧内部的人物、情境属于内部研究，研究文本之外的社会背景、现实状况、历史事件、宗教习俗等属于外部研究；研究戏剧个别人物、情境为局部研究，研究该剧整体、易剧整体，以及该剧与其他剧的关系为整体研究。内部研究以语言为中心，主要研究文学的内在特质，如语言、形式和文体；外部研究主要研究文学的外部世界，如文化、政治、历史等问题。将两者结合起来考察易卜生戏剧作品的内部关联性与人物形象之间的内在精神联系，是较为科学的方法与路径。五、比较法与辩证解释法相结合。在易卜生戏剧人物形象谱系中，借助于比较纵横关系网络中人物之间的关系（或人物设置），有益于理解易卜生戏剧世界的内核。辩证法是易卜生戏剧世界绕不过去的一个圆，它像一条咬着自己尾巴的蛇一样完美地画出环形的句号。辩证法（dialectics）是源自研究对象（易卜生的戏剧作品）本身之中的，这种方法体现了易卜生戏剧创作的逻辑及其精神世界的内核、本质与精髓，形成了易卜生戏剧世界的结构。辩证法对于研究易卜生的戏剧作品而言，不仅具有剧作法方面的意义，而且具有本体论方面的意义。形象谱系研究主要是研究形象之间的内在联系，这是易卜生所希望的。真正理解易卜生戏剧必须进入解释学循环，故采用解释学方法也是必要的。六、形象喻示与概念把握相结合。形象喻示法主张将文艺批评与文艺创作融为一体，"立象以尽意"，用具体形象表示抽象概念，用完整的审美经验揭示文艺作品的风格，利用对同一形象内涵的多种解释显示出作品本身的复杂多义性，即所谓"文尽意余"。易卜生的戏剧在本质上都具有诗性，从这个角度来看，运用形象批评法与形象喻示法遵循了易剧的创作特点与审美规律。借助意象有益于切入作品本体，同时有助于直观地体现各形象的人际关系，不失为一种较为契合研究对象本身的审美批评方法。

四、本书新创的几个概念与研究思路

运用上述方法，反复阅读易卜生戏剧原文本，笔者尝试拟出以下几个概念，并以此基本思路展开本文的论述：

（一）本象：指的是易卜生戏剧中具有代表性的典型形象，具有某类人的共性，它往往体现出易卜生思考与揭示的人的本质问题。

（二）类象：类象是本象的继续，它与本象相似而体现出进一步的发展，它往往肯定或强化了本象的某些正面积极的特征。类象产生于本象向反象发展的过渡过程之中，它与本象有着内在的差异，不与本象绝对同

一，不如本象那么典型。类象与本象的关系就像茧与丝、卵与雏的关系：茧有丝而茧非丝也，卵有雏而卵非雏也。本象往往代表与体现一种较稳定的已然状态的人物形象，而类象则代表与体现一种处于未完成的未然状态的人物形象。

（三）反象：反象是本象的逆转，相对而言，它与本象的特征与生命个性相对峙、对抗。需要说明的是，反象与本象、类象统一于能动的、动态的过程，它由本象或类象在分化过程中进行自我否定而产生，但它仍然保留有某些本象的本质，并在自我的内部矛盾运动中不断演变、发展与完成自我。反象人物产生于本象人物与类象人物的内部逆运动，他们通常明明知道自己难逃悲剧命运却依然义无反顾地努力与之抗争，在抗争中找寻自我的归宿却求而不得。

（四）超象：超乎形象本身之象。超象是本象在合目的性中的潜在可能性的实现。它事实上是一种更为复杂的形象，它不是简单地在结果上超越本象的形象，而是在矛盾的内在生命运动中经历了"类—反—超"的过程而最终回归本象又高于本象的形象①。超象是本象不断地通过自我否定改变自己、反对自己、纠正自己而实现向自我复归的形象。超象形成于类象和反象这两种矛盾对立的形象相互作用之后，它是由本象的内在矛盾、类象和反象的矛盾共同形成的。超象产生于本象进行的痛苦的"努力寻找

---

① 卢卡契认为，易卜生的创作路线是"从教义式的浪漫主义出发，经过对现实生活的观察，又回到浪漫主义。""但这是到达一个新的起点，而不是返回出发点，而且还是对过去一切的一个总结。"（高中甫. 易卜生评论集［M］. 北京：外语教学与研究出版社，1982：194.）本文作者认为，相比于过去常用的分期方式：早期诗剧（浪漫主义）—中期社会问题剧（现实主义）—晚期心理剧（象征主义），卢卡契提出易卜生历经浪漫主义—现实生活—浪漫主义这一创作路径，对于理解易卜生是很有帮助的，但这样分期是否同样存在以偏概全等问题，还有待探讨与商榷；当然，卢卡契提出后一个"浪漫主义"相比于前一个"教义式的浪漫主义"是"到达一个新的起点，而不是返回出发点"，而且还是"对过去一切的一个总结"，这种思路仍是具有一定的合理性的。本文作者基于对易剧中的主要人物进行分类，在每一类人物形象中都找出返回"本象/类象"的"超象"也与卢卡契的说法有类似的意思。

自我生命本质"的活动，它里面蕴含着从本象到反象又回归类象的复杂而长期的内部运动与形成过程，它们最终静止于超象，实现易卜生的内在自我，达到他灵魂自审与艺术自审的目的。超象同时把类象与反象都包含在内，但它比这两者还要更有自我意识，在矛盾斗争之中与二者取得了和解。超象人物通常在经历了复杂的内在生命运动之后最终实现最高自我意识的生成，达到精神与灵魂的极高点，体现出易卜生自审精神的最高艺术境界。

（五）形象谱系：上述四象相互联系，彼此联通，共同构成易卜生戏剧中的人物形象谱系。整个形象谱系的统一是以本象为原点的动态的生命过程的统一。形象谱系整体通过自身发展的过程而实现，也就是说，形象谱系通过本象的本质的展开而完成。那么何为形象谱系呢？形象谱系是展示艺术作品人物关系与精神结构的一个张力系统，谱系内的本象、类象、反象与超象之间或彼此相近相通，或互为对立、彼此冲突，或互相转化、合而为一，构成了多层次、多重结构复合而成的形象组合体。研究易卜生戏剧中的形象谱系，特别有助于把握易卜生的艺术思维与思想真髓。

本象、类象、反象与超象形成了形象谱系的内部结构，它们共同构成一种推理关系，最初的本象包含着形象谱系的根据与源头，当然，它的存在必须依赖于后三者的共同存在，并在后三者中得到展开与延伸，这四象形成坚固的共同体，使形象谱系作为一个整体具有内在的主观能动性，如同不断向外伸展的火光，成为一种主体性的概念，能将前面的概念一个一个地按照层次全都综合在自身内部，在逐层推理中归并于一。在形象谱系中，本象、类象与反象常常互相对立，相反相成，它们作为形象谱系中的三类不同且相对的精神形象，又交织与融合于超象，形成新的形象，整体上也构成了形象谱系这一整体。每一个形象谱系都具有独特具体而丰富深刻的象征内涵，它们既是诗人、剧作家、艺术家与人学家的易卜生内心世界的外化，也是其艺术构思与形象创造的产物。这些形象既具有相对独立的内涵，也相互联系、相互对话，共同组建成一系列整体的形象谱系，使形象谱系的整体意蕴较为丰富。这些人物形象的个性与气质不仅彼此连通，而且与易卜生本人的内心活动也关联甚密。比如，本象、类象与反象就像几股互相博弈的心理力量，在易卜生的脑海里不断冲撞，最后又融合为超象。本象并非一个静止不变的单一形象，而是一个有待于完善的形象，类象、反象和超象都是其不同程度地向内深入发展的结果，超象比类象和反象更深，更为复杂、立体与丰富，因此也更突出地体现本象的本质并对其有所提升、有所超越。因此，本象其实是整个形象谱系的缩影，而整个形象谱系则是本象的展开，是本象在运动中自我批判从而展开的体系。我们可以通过易卜生戏剧创作的经验及其写作过程，分析、理解、揣摩并推理易卜生的创作心理与思想进程，找寻现代戏剧的一些创作规律与艺术启示。尽管形象谱系中这些显在的形象间际关系只是易卜生戏剧中的表层现象，但它们共同营构出一个潜隐的深层本质世界——由复合形象交织而成的谱系与图式的世界。在易卜生的创作思维不断生成、演进、发展与深化的过程中，一种幽微隐秘的现代戏剧诗学观念逐渐形成。与此同时，谱系与图式的话语框架也可以对新的戏剧材料加以解释，从而使之得到巩固与强化。

  本书的研究思路如下。正文部分（除绪论和结语以外）共可分为六章，前四章主要采用文本分析法，分别以上述五个核心概念详细阐述易卜生戏剧中的四类典型形象：英雄/反英雄（布朗德系列）、艺术家/反艺术家（索尔尼斯系列）、自我牺牲者/自我毁灭者（索尔薇格系列）以及反叛婚姻者/出走失败者（娜拉系列），并在每一章末简述每类形象的寓意。第五章从形象谱系的视角切入，分三节（分别从男性形象、女性形象以及综合四类形象）阐释易卜生的创作思维与思想进程。第六章先用两节篇幅分别从形象谱系的纵向联系与横向联系分析易卜生戏剧的独特价值，最后从中总结出易卜生戏剧人物形象谱系的"二元四象"。

第一章

布朗德系列：在上升与坠落之间

1870年10月28日，易卜生在写给彼得·汉森的信中说："布朗德就是最好时刻的我自己；而同样真实的是，通过对我自己的剖析，我揭示了培尔·金特和斯滕斯加德①的很多特点。"② 这句话很有意味：布朗德和培尔·金特③作为个性几乎完全相反的两个人物，却真真切切地共同体现着易卜生的"自我"。王忠祥先生由此进一步认为，"《布朗德》和《培尔·金特》人物的活动和深层意识体现了易卜生的人生观、社会观和哲学思想"④，并说"布朗德、培尔·金特、斯多克芒、罗斯莫等易卜生主义体现者，执着地追求'人的精神反叛''道德升华'和'整体革命'"，"放

---

① 此处中译文采纳《易卜生书信演讲集》中的译法，此处人名"斯滕斯加德"（Stensgård）指的是易卜生中期剧作《人民公敌》中的史丹斯戈部长（潘家洵先生译为"史丹斯戈"）。特此说明。
② IBSEN H. Letters and Speeches [M]. New York: Hill and Wang, 1964: 102.
③ 刘明厚先生指出，悲剧英雄布朗德同现实生活的斗争，反映资本主义社会个人理想与现实之间的矛盾冲突，尽管他最终以失败而告终，但易卜生对这位悲剧英雄深表同情；布朗德"为了社会理想而牺牲个人利益"，而培尔·金特则为个人利益而敢"冒天下之大不韪"，不过，易卜生也很赞赏培尔·金特"勇往直前的勇气和追求快乐与自由的精神"；培尔·金特只为自己，完全不顾他人，"其思想作风，为易卜生后期剧作刻画的这类形象，起了先导作用"；培尔·金特最终的结局取决于他"能否改邪归正"，"这出剧的结局更接近易卜生后来创作的社会问题剧的结局，即没有结局的结局"。由此可比较易卜生对待悲剧英雄布朗德与浪人小丑培尔·金特的态度，并从中见出这两个人物对易卜生后来创作的社会问题剧以及晚年创作的后期剧作形象刻画的影响。刘明厚. 真实与虚幻的选择：易卜生后期象征主义戏剧 [M]. 上海：同济大学出版社，1994：15-16.
④ 王忠祥. 易卜生 [M]. 北京：华夏出版社，2002：85.

射出积极的人道主义理想的光辉和强烈的社会批判锋芒"①。这些话对笔者很有启发：易卜生戏剧中这些"易卜生主义体现者"，有没有可能构成一个形象谱系呢？

通观易卜生戏剧可以发现，其中后期的诸多剧作也都反复出现布朗德式和培尔·金特式的人物。如果将易卜生早期诗剧中的布朗德形象作为本象、将培尔·金特作为反象、将其中期散文剧中的斯多克芒作为类象②、将其晚期戏剧中的罗斯莫牧师作为超象，那么确实可以建立起一个立体而深邃的布朗德形象谱系。而且，研究这一形象谱系，可以带给我们一些新的认知。

第一节　炽热锋利的刀剑：本象布朗德③

诗剧《布朗德》④创作于1865年，当时易卜生37岁。剧中主人公布

---

① 王忠祥.关于易卜生主义的再思考［J］.外国文学研究，2005（5）：42-44，171.
② 依据刘明厚先生对《野鸭》一剧中威利夫妇之子格瑞格斯的评析，"他的固执和热情，使人想起早已死去的布朗德牧师""说了实话""斯多克芒成了众矢之的"，（格瑞格斯）"在《野鸭》里甚至使人毁灭"（刘明厚.真实与虚幻的选择：易卜生后期象征主义戏剧［M］.上海：同济大学出版社，1994：48）我们可以将斯多克芒与格瑞格斯同样视为布朗德的类象。不过，只因斯多克芒较格瑞格斯而言，更为典型，并且，易卜生对斯多克芒的态度更多的是肯定与褒赞，而对格瑞格斯则多了些怀疑、嘲讽、批判与否定。所以，此文未将格瑞格斯置于该谱系中做深入剖析与讨论，当然这并不代表笔者没有思考过这些人物之间的关联与异同，特此说明。
③ 布朗德，Brand，源自古斯堪的纳维亚语，意为"刀剑、炽热的火炬、灯塔"。在《双重自审与复象诗学》一书中，汪余礼先生提出布朗德是"特别能体现易卜生心性的人物"，称之为"隐性艺术家"，受其启发，反复阅读易卜生戏剧，深感的确如此，笔者便选择布朗德作为这一系列人物中核心形象，在此特别致谢！汪余礼.双重自审与复象诗学［M］.北京：中国社会科学出版社，2016：32.
④ 刘明厚先生认为，《布朗德》和《培尔·金特》是易卜生的两部"哲学戏剧"，但同易卜生过去写作的"民族浪漫主义戏剧"相比，这两部哲学戏剧包含着大量的现实生活内容。刘明厚.真实与虚幻的选择：易卜生后期象征主义戏剧［M］.上海：同济大学出版社，1994：13-15.此书中还附有对《布朗德》地位的评价："《布朗德》被誉为具有世界意义的伟大诗篇之一。它也是易卜生戏剧创作道路上发展变化的一个重要标志。"（第14页）

朗德是一位执拗地坚持"全有或全无"的最高准则并醉心于提升他人心智的精神导师，他将个人精神的高贵与自由视为人生的最高价值。他的牺牲与殉难使他最终验证了他的信仰，使他化身为他所信奉的"他自己的上帝"，他本人则成为一个和叛教者朱力安一样的英雄，成为北欧人心中"决不妥协退让"的偶像，成为一把"炽热锋利的刀剑"。

在第一幕开头，布朗德对农夫说："我听从一位伟大的主人的差遣"，"他的名字是上帝"①，这令人联想到《圣经》中听从上帝差遣的先知和信使，在第五幕，布朗德受到一个"幻影"的警告："一个手执火剑的神曾把人逐出天堂！他在天堂门前设下了一道深渊，你想跳过这深渊难上难！"他回答道："那把出鞘的刀像从前一样还在我们头上挂着。"② 刀的意象令人联想到《圣经》中关于"耶和华的刀"的描述：

　　……我的刀要出鞘，自南至北攻击一切有血气的。一切有血气的就知道我耶和华已经拔刀出鞘，必不再入鞘……有刀、有刀，是磨快擦亮的；磨快为要行杀戮，擦亮为要像闪电……③

易卜生在创作《布朗德》的时候，身处罗马④，那时，他从罗马的斯堪的纳维亚协会图书馆里借了一本《圣经》⑤，因此，《布朗德》剧本多次

---

① 易卜生. 布朗德 [M] //易卜生文集：第三卷. 潘家洵，成时，萧乾，译. 北京：人民文学出版社，1995：149.
② 易卜生. 布朗德 [M] //易卜生文集：第三卷. 潘家洵，成时，萧乾，译. 北京：人民文学出版社，1995：282.
③ 霍斯. 以西结书：第21卷 [M] //圣经·旧约：新和合本. 2016：4-10.
④ 易卜生. 易卜生书信演讲集 [M]. 汪余礼，戴丹妮，译. 北京：人民文学出版社，2012：23-33.
⑤ ÓLAFSSON T. Ibsen's Brand 1866: The Day of Prophecy [J]. Ibsen Studies，2003，3 (2)：161-185.

从《圣经》中用典①也就不足为奇。布朗德和《圣经》中的先知一样预言了灾难性的结局：

> 我看见一些阴森的幻象在暗夜中闪过。这是一个风狂雨暴的时代；它要求我们敢于冒死作难，拔出刀剑，去冲锋陷阵……
> 更可怕的景象，更险恶的预兆，在我眼前的夜色中闪过。②

布朗德所说的"阴森的幻象"不仅喻示了这部戏剧的悲剧性结局，而且也喻示了易卜生所处的"风狂雨暴的时代"——布朗德与乡长等势力的斗争隐喻了挪威在现代化与工业化进程中所遭遇的艰难险阻——后来，在易卜生于德累斯顿书写并发出的"气球书简"（balloon letter）中，他以令人惊奇的视角清晰看到了山雨欲来的未来，他说："失败正寓于胜利之中，刀剑即将变成鞭子。"③ 当然，本文所说的这种喻示性体验既不是社会与宗教意义上的，也不是语言层面上的，而是指一种严肃崇高的审美体验，它不仅包涵剧本中布朗德在乡下的人生体验，而且涵盖了读者在阅读《布朗德》时的审美体验，它由布朗德这一具体人物形象扩展延伸到整个易卜生戏剧世界。

在布朗德遇见葛德之前，他在岩石上凝视远方，自言自语地感叹：

> 过去我心目中的崇高事业，今天却像雾里一样朦胧。我的勇气和力量离开了我，心灵变得懈怠脆弱。此刻，在我快要到家的时候，我

---

① 易卜生．布朗德［M］//易卜生文集：第三卷．潘家洵，成时，萧乾，译．北京：人民文学出版社，1995.
② 易卜生．布朗德［M］//易卜生文集：第三卷．潘家洵，成时，萧乾，译．北京：人民文学出版社，1995：278.
③ 梅林．亨利克·易卜生［M］//易卜生．易卜生文集：第八卷．潘家洵，萧乾，译．北京：人民文学出版社，1995：383.

发觉自己已是一个陌生人。一觉醒来,我发现自己被捆住手脚,剃去头发,无力反抗,犹如参孙落进了妓女的怀抱。①

布朗德看到的一切都变得灰暗渺小,是因为这个村庄和布朗德的内在自我都变得充满愤恨而且力不从心,正是这"脆弱"的"心灵"喻示了布朗德后来无力对抗乡长所代表的势力,随之而来的灭顶之灾最终实现了布朗德自己的悲剧性预言。

上述这些意象不仅喻示了布朗德的个性特征和他的悲剧性结局,而且显示出易卜生创作此剧时所处的环境,以及当时易卜生正在阅读的《圣经》和他正在创作的诗剧《布朗德》之间的关系。笔者以提喻的方式选取"炽热锋利的刀剑"这一意象喻示布朗德这一人物形象的性格特点和生命历程,一是基于布朗德的名字在斯堪的纳维亚语中的含义"刀剑、炽热的火炬";二是基于《圣经》中对耶和华的刀的描述与布朗德对刀剑描述的密切联系(如前所述),布朗德还说过:"正义的牺牲是主的要求,是他亲手用火字写在天上"②,可见,布朗德的自我牺牲与上帝炽热的"火字""刀剑"意象有着紧密的互文性联系;三是基于布朗德与这一意象的形象契合度较高,剧中布朗德的行动如同这把被拔出的刀剑一样,一旦拔出,便不再入鞘,冒死作难,冲锋陷阵,"炽热锋利的刀剑"不仅契合了布朗德一往无前、义无反顾的精神和生命历程,也能够体现和代表布朗德的个性特征;四是基于这一意象与布朗德系列的其他形象形成一种互相呼应、相得益彰的互文性关系,能够直观地反映出各形象的间际关系,有益于共同构筑人物谱系网,形成坚固的形象谱系共同体。综上,笔者选取"炽热

---

① 易卜生. 布朗德[M]//易卜生文集:第三卷. 潘家洵,成时,萧乾,译. 北京:人民文学出版社,1995:163.
② 易卜生. 布朗德[M]//易卜生文集:第三卷. 潘家洵,成时,萧乾,译. 北京:人民文学出版社,1995:273.

锋利的刀剑"来喻示布朗德"不惜牺牲一切也要把崇高事业进行到底"①的形象。

易卜生笔下的布朗德"以改造人类使之完整而洁净为己任"②，他生前的最高理想是"把光明献给许多人"和"拯救芸芸众生的灵魂"③。为了实现这种崇高理想，他不惜牺牲自己和家人的幸福甚至生命。对于布朗德而言，这种崇高的理想与信仰就是他的全部，生命的过程就是不断付出与贡献自己的过程。他将生命与信仰看作一体，勇往直前，义无反顾，他要保持他的"内在的自我"，不敢"束缚它，禁锢它，堵塞他的使命的河流"，"它必须不停地奔流，归入大海"④；"如果我退缩放弃，便将输掉我自己"，"死亡，你就得到一片有用的净土"，"每次做出的牺牲如果不是全部，那就等于白扔在海里"⑤，"除了走过自我牺牲的沙漠，别无他路。通过死亡才能求得胜利！"⑥ 这些想法表明布朗德去往他心中向往与憧憬的"迦南"⑦的决心，也似乎"谶语"一般地注定了他在"往高处"前进的路途中牺牲自我的结局。他在临死前，大声表白了自己对太阳的渴望："啊，我多么渴望光明、太阳、抚慰，渴望庄严肃静的和平，渴望生命的

---

① 汪余礼.《布朗德》：以悖反思维创构的复调诗剧 [J]. 长江学术，2015（2）：98.
② 易卜生. 布朗德 [M] //易卜生文集：第三卷. 潘家洵，成时，萧乾，译. 北京：人民文学出版社，1995：178.
③ 汪余礼.《布朗德》：以悖反思维创构的复调诗剧 [J]. 长江学术，2015（2）：98.
④ 易卜生. 布朗德 [M] //易卜生文集：第三卷. 潘家洵，成时，萧乾，译. 北京：人民文学出版社，1995：177.
⑤ 易卜生. 布朗德 [M] //易卜生文集：第三卷. 潘家洵，成时，萧乾，译. 北京：人民文学出版社，1995：232.
⑥ 易卜生. 布朗德 [M] //易卜生文集：第三卷. 潘家洵，成时，萧乾，译. 北京：人民文学出版社，1995：271.
⑦ 笔者以为，布朗德心中的"迦南"并非实指《旧约·出埃及记》中上帝许给以色列人的国土，而是一种精神意象，它的内涵是指每一个有坚定信仰的人为之付出一切努力而最终抵达或祈愿抵达的灵魂归宿。关于布朗德所说"迦南"的台词，参见易卜生. 布朗德 [M] //易卜生文集：第三卷. 潘家洵，成时，萧乾，译. 北京：人民文学出版社，1995：271.

夏天的王国。"① 这便是易卜生内心最理想的青年男子形象，是他最欣赏的艺术自我，他用全部生命追寻真理，勇敢而不退缩，为了"全有"的理想而奋勇前进，无所畏惧。英国诗人、翻译家埃德蒙·葛斯在他为易卜生所写的传记中写道："在神圣的山风之中，冰川的上方依稀回响着庄严的钟声，没有人会问《布朗德》究竟讲了什么，也不会在意它是否绝对连贯。在舞台上，它用风暴见证了灵魂的堡垒。而当人们阅读这部剧时，这种评判变得冷静起来。"②作为易卜生"最好时刻的我自己"的布朗德，这一形象散发着神性光芒，启示人们反思人性。布朗德勇往直前的个性特征与生命历程契合了《圣经》中耶和华那把出鞘就不再入鞘的"炽热锋利的刀剑"，成为易卜生戏剧的核心形象之一，布朗德所带给我们的审美体验又与"神圣的山风""冰川""庄严的钟声""风暴"等诗意的北欧意象相关联，彰显出一种冰火交织的悲剧英雄情怀与"坚如铁石的精神"③：一方面，布朗德"顽强执着而不失柔情"④，是高度理想主义的英雄形象。另一方面，他把个人精神的自由与高贵视为最高价值，并总是期望能提升他人的心智，是接近于"圣灵"的形象。

---

① 易卜生. 布朗德［M］//易卜生文集：第三卷. 潘家洵, 成时, 萧乾, 译. 北京：人民文学出版社，1995：285.
② GOSSE E. Henrik Ibsen（illustrated）［M］. New York：Charles Scribner's Sons, 1915：95-96.
③ 海默尔. 易卜生：艺术家之路［M］. 石琴娥, 译. 北京：商务印书馆，2007：71.
④ 杜雪琴. 易卜生戏剧地理诗学问题研究［D］. 武汉：华中师范大学，2013.

<<< 第一章 布朗德系列：在上升与坠落之间

第二节 陨落深渊的星辰：反象培尔·金特①

培尔·金特与布朗德是"易卜生的两个方面"②。如果说布朗德是高度理想主义、接近于"圣灵"形象的，那么培尔·金特则是非常现实且接近游戏主义的，他只求满足个人欲望，遇到阻碍则"绕道而行"，为达目的不择手段，接近于"小丑"形象。与《布朗德》一样，《培尔·金特》也是一部以诗体写作的五幕剧，两者都"明确地体现出极致浪漫主义特色"③。两部剧作的主人公布朗德与培尔·金特之间在个性方面也常常形成鲜明的对照关系，比如，对待信仰的态度、对待世俗生活的态度、对待母亲的态度④，以及对待心爱之人的态度等，如果"炽热锋利的刀剑"这一形象喻示了布朗德不断燃烧自我、锻造自我生命的过程，那么"陨落深渊的星辰"这一形象则喻示了培尔·金特越绕越远，直到生命尽头才回到大地、归于尘土的人生历程。

卢卡契指出，"布朗德意味着一种努力的中断，培尔·金特则意味着另一种努力的停止"，对于易卜生而言，《布朗德》的内容"是赋予他的

---

① 培尔，Peer，源于希腊语，是"陨石"的意思。易卜生在《凯蒂琳》中写道"陨落的星辰"："如果能有哪怕顷刻的时间我可以熊熊燃烧/火焰穿过宇宙，成为一颗陨落的星辰"；培尔·金特名字中培尔就是"陨落的星辰"之意，因此在此采用这个小标题。此外，Peer 也指圣经中十二门徒之一彼得，他是一个冲动任性又有很强的信仰的渔夫。耶稣曰："彼得，我要把我的教会建造在你这盘石上，阴间的门不能胜过她。"
② 克勒曼. 戏剧大师易卜生［M］. 蒋嘉，蒋虹丁，译. 长沙：湖南人民出版社，1985：178-185.
③ 布鲁姆. 西方正典［M］. 江宁康，译. 南京：译林出版社，2011：286.
④ 培尔·金特尽管爱说谎吹牛，玩弄女性，在道德上有瑕疵，但他对母亲的爱真诚感人，在他母亲濒死之际，他冒着生命危险回到家中，半开玩笑地抚慰她的心灵，让她安详地离去与休息；而布朗德这个近乎不食人间烟火的"圣人"却因母亲不肯散尽家财、贡献出所有遗产而拒绝见她最后一面，导致他的母亲在痛苦与遗憾中不幸也不安地死去。从这个角度来说，培尔·金特与布朗德这两个形象也是截然相反的。

31

浪漫的个人主义以一种道德的意义和根据；《培尔·金特》的内容是根据同样的形式把个人主义和利己主义区分开来"①。这暗示出布朗德与培尔·金特相互对立的个性特征与生命历程，同时也比较了两部剧的内容与形式，表明两部剧内容的本质差别。对此，石琴娥先生说得更为确切，布朗德是那种想要"得到一切"（全有）而不肯妥协的精神的"最突出的代表人物"，而培尔·金特这个形象是用来表现"失去一切"（全无）的人物的人生历程。易卜生"通过两个人生目标和所作所为截然相反却又像孪生兄弟一般的人物形象来表现'个人精神反叛'这一主题中涉及'或者得到一切或者一无所有'的思想，并探索与此有关的伦理道德问题"②。高音先生也认为："布朗德是全面贯彻易卜生主义的道德超人，而培尔正好是他的反面。正反对照、相辅相成，充分表达了易卜生的哲学思想和人生态度。"③ 已故挪威易卜生学者阿斯比约恩·阿尔塞特（Asbjørn Aarseth）也曾将培尔·金特与布朗德中的人物做过这样的比较："《布朗德》和《培尔·金特》看上去有一点相像，布朗德是个特别的英雄，一个理想主义的道德超人，他很难与我们所谈到的个人主义联系起来。他很强大，并且自认是上帝的使徒，所以他为上帝效忠。这种人不是我们现在要讨论的对象。培尔·金特的性格则通常被认为是与布朗德相反。事实上，他经常被叫作'反英雄'。这两部作品都不仅是剧本，而且是戏剧性的诗歌，易卜生做了不同的尝试，以便我们观察这些角色在各自不同的境域中是如何反应的。"④ 长江学者王宁教授也认为"《布朗德》表现了一个追求彻底神性的人（人神—神人的复合体）的毁灭，说的是人性与神性的冲突。而《培

---

① 易卜生. 论易卜生 [M] //易卜生文集：第八卷. 潘家洵，萧乾，译. 北京：人民文学出版社，1995：附录 249.
② 石琴娥. 北欧文学论：从北欧中世纪文学瑰宝到"当代的易卜生" [M]. 上海：上海社会科学院出版社，2015：80.
③ 高音. 苏尔维格的祈祷和培尔·金特的哲学 [J]. 中国戏剧，2010（8）：19.
④ 刘明厚. 不朽的易卜生：百年易卜生中国国际研讨会论文集 [M]. 北京：中国戏剧出版社，2008：14.

尔·金特》则讲述了一个被布朗德所唾弃的那一类型的人的成长历程及其最后的得救（被爱所救），也即讲述了一个发生在普通人身上的'浪子回头'的故事，具有深刻的寓言意义"[①]。不顾一切、勇往直前走向高处的布朗德"全有或全无"的精神深刻而抽象地隐示出理想主义者直面现实的选择与坚守，他不畏艰险地一直向上攀登，直到生命的尽头才到达位于精神最高处的"冰教堂"；而"绕道而行"的"反英雄"培尔·金特（布朗德的反象）则反其道而行之，他的思想与精神距离"保持自我的人"越来越远，不断向下滑行，堕入人性的深渊，在享受过短暂的浮华与荣光之后，在生命快要结束之时，他才幡然悔悟，发现"无芯洋葱"式的自我，然后像"陨落深渊的星辰"一样黯然神伤地跌落到地面，在生命的尽头回到索尔薇格的小茅屋，回归森林里绿色的精神家园。

　　布朗德的上帝在他自己心中，不断引导他向着最高的"冰教堂"攀爬，他是自己的英雄；而培尔·金特的上帝就是索尔薇格，他在她面前卑微地忏悔、恳求得到宽恕。反复阅读剧本，梳理培尔·金特的人生轨迹，我们发现，培尔的人生如同一场幻梦，一场游戏。《培尔·金特》的前三幕叙写了青年培尔的生活经历。在第二幕，培尔陷入了山妖国王的诱惑之中，险些丧命，在索尔薇格敲响教堂钟声以后，培尔才得以虎口脱险，逃离险境；在第三幕，培尔在森林里建造了一间小茅屋，索尔薇格离弃家人来投奔他，培尔欣喜若狂，原以为他们可以就这样幸福地生活在一起，不料绿衣女带着他的儿子来找他，要赶走索尔薇格，培尔不得不"绕道而行"，他不舍地离开索尔薇格，并告诉她一定要等他回来；第四幕展现了中年培尔在异域他乡神奇的漂泊历险，第五幕描绘了老年培尔回归故土时对过往的回顾与对生命的感悟。在第五幕，老年培尔痛苦地自我解剖，望着流星同宇宙对话，躲避了铸纽扣的人，当他倒在索尔薇格的臂弯之中的

[①] 王宁. 探索艺术和生活的多种可能：易卜生《培尔·金特》的多重视角解读 [J]. 当代外语研究，2010（2）：5.

时候，他在内心向索尔薇格忏悔，索尔薇格为他祈祷，宽恕他并救赎他负罪前行的灵魂。此时此刻，阳光般的索尔薇格就是培尔·金特的上帝，她使培尔放下了他背负已久的灵魂十字架，彻底解脱，重新释放自我，重新认识自己，重审人的生存与存在的意义与价值。显现于培尔内心的妖性使他在这场人生游戏中接近于"绕道而行"的"小丑"，他为达目的不择手段。如果说布朗德的一生是向死而生的一生，那么培尔·金特的一生则是不断逃避死亡、努力求生的一生。培尔·金特拥有如同"陨落深渊的星辰"那样如梦似幻的生命轨迹且充满了漂泊经历与游戏精神，这一形象精力充沛、情感丰富、特立独行，尽管他粗鄙不堪、吹牛说谎、放纵任性、投机取巧，却坦率天真、有趣机智、活力四射、自由进取，他体现了易卜生对自我力量和丰富生命体验的追寻与探求以及他为实现独特的诗人意志而做出的创造性努力。[①]

[①] 刘明厚先生认为，《野鸭》中雅尔马的丰富想象力"是从培尔·金特那里继承下来的"，但他的幻想天赋"仅有培尔身上的个别特征"，培尔还有"冒险向上"的性格，而雅尔马只是"在庸俗的泥潭里打滚"，雅尔马"绝没有培尔那种敢于去追求自我的勇气和行动"，他只在幻想中获得"人生乐趣和自我满足"，和他父亲一样"在幻想中逃避现实，逃避责任"（参见刘明厚. 真实与虚幻的选择：易卜生后期象征主义戏剧[M]. 上海：同济大学出版社，1994：51–52.）。笔者据此分析培尔·金特与雅尔马两者之异同，并得出结论：如果说爱幻想、谎话连篇、虽只为自己却十分孝敬母亲的培尔·金特是一个周游四海的浪人小丑，那么《野鸭》中同样自欺欺人、在无穷幻想之中逃避现实、自诩为英雄但实际上自私冷酷的雅尔马则是自闭于心狱愁城之中的囚徒小丑；两者皆可被视为布朗德的反象，雅尔马则可被视为培尔·金特的类象；不过，由于雅尔马的个性色彩较为幽暗，不若培尔·金特那般如星辰一般耀眼夺目，能同刀剑般冷酷严峻的布朗德形成鲜明对比，遂此文暂未将雅尔马置于这一类谱系中进行考量与深入剖析。

第三节　根除痼疾的医者：类象斯多克芒[①]

刘明厚先生指出："布朗德精神一直贯穿在易卜生的四大问题剧之中，特别是反映在斯多克芒大夫身上"[②]，笔者深以为然。同时，笔者也赞同英国戏剧理论家阿·尼柯尔的观点，认为"斯多克芒是一个有完整人生理想之人"[③]，进而，笔者认为斯多克芒进一步发展了布朗德所代表的信仰，他和布朗德同样坚定，却比布朗德怀有更清晰明确的斗争目标，尽管他最后同样失败（故称其为布朗德之"类象"），但他体现了易卜生对个性反抗更深层次的反思与质疑。

德国学者弗朗茨·梅林认为：

> 他（易卜生）的"人民公敌"是个正直的人，他不虚伪、不说谎，在必须为真理辩护时，他也无所畏惧；但正因为如此，他被"稳固的多数"整得衣食无着，备受蔑视，最后引以自慰的只是这样一个认识：世界上最强有力的人都是孤立的人。……这个形象也还是真实的；这种对社会弊病的症状感到愤懑而又不了解其本质的执拗的正直，在资本主义社会不断使人成为它的牺牲品。但是，这一类的牺牲者并不是悲剧的形象。他们激起人们的怜悯，可这种怜悯并不带有恐

[①] 斯多克芒，全名 Tomas Stockmann，斯多克芒是易卜生童年时居住的房子的名称，Tomas 源自阿拉姆语 Thomas，圣经中基督教的十二门徒之一（后也泛称精神导师），以怀疑精神著称，他虽具有强烈的信仰热情，却又是悲观主义精神的代表。斯多克芒的经典台词"世界上最有力量的人正是最孤立的人！"正体现了这两种精神的融合。
[②] 刘明厚．真实与虚幻的选择：易卜生后期象征主义戏剧［M］．上海：同济大学出版社，1994：24-25．
[③] 尼柯尔．西欧戏剧理论［M］．徐士瑚，译．北京：中国戏剧出版社，1985：141．

惧，而是带有一点愉快，甚至带有一点轻蔑的味道。①

梅林对"人民公敌"斯多克芒医生的正直本质及其所处社会环境与思想状况的见解十分深刻，他没有将斯多克芒这一类"牺牲者"看作悲剧形象，而认为他们带有"一点愉快"甚至"轻蔑的味道"，暗含他对易卜生独特的讽刺②风格与审美品位的深入理解。本书作者认为，在前述接近"圣灵"的布朗德与接近"小丑"的培尔·金特这两极之间存在诸多"混合体"或"类似体"，比如，斯多克芒医生就更接近布朗德，和他相似，但向前迈进了一步③，笔者在本书中称之为布朗德的"类象"（与之类似的形象），他们都为坚持真理而终成为孤独的人。斯多克芒也自认为是唯一的救世主，以救世英雄的身份自居，将所有的道德激情都孤注一掷地投向拯救受到水污染的人们这项光荣的有益于公众的事业中，一心想要根除人心中的痼疾，故笔者冠之以"根除痼疾的医者"之名。可悲的是，尽管他如此坚持为"坚实的大多数"的健康与利益考虑，但他本人因锋芒毕露的犀利言行以及破坏既得利益者的利益反遭孤立，备受指责。他单枪匹马，满怀斗志，勇敢坚韧，却无力改变"坚实的大多数"和肮脏丑恶的现实。因此，具有类似布朗德精神与英雄情怀的斯多克芒医生也和布朗德一

---

① 梅林. 亨利克·易卜生 [M] //梅林. 论文学. 张玉书，韩耀成，高中甫，译. 北京：人民文学出版社，1982：304；易卜生. 论易卜生 [M] //易卜生. 易卜生文集：第八卷. 潘家洵，萧乾，译. 北京：人民文学出版社，1995：附录387.

② 关于易卜生的讽刺，GOSSE E. Ibsen, The Norwegian Satirist [N]. Fortnightly Review, 1873-01-01.

③ 丹麦学者、批评家勃兰兑斯在《第三次印象》中写道，《人民公敌》是易卜生"思想最尖锐和最富才智的作品之一"，"在写《布朗德》一剧时，易卜生还没有像在此剧中（《人民公敌》）那样紧密地追随基尔克戈德（克尔凯郭尔）的脚步。"（易卜生. 论易卜生 [M] //易卜生文集：第八卷. 潘家洵，萧乾，译. 北京：人民文学出版社，1995：附录297.）本书作者认为，《人民公敌》不仅在追随克尔凯郭尔这一方面比《布朗德》更进了一步，在许多其他方面也更进了一步，详细请参见本章第三节文中具体细节与例证阐释。

样，成为崇高理想与高尚信仰的牺牲者。

在《布朗德》中，布朗德说："有病的是当今这一代人，他们需要治疗。""我敢肯定，我看出了把这个国家的人的意志消磨净尽的毛病。"①在《人民公敌》中，斯多克芒"把个人利益放在最深切、最神圣的信念之上"，认为"整个社会都得清洗一下子，都得消消毒"，他所做的事情为的是"真理"和"良心"②，他对大家说"咱们精神生活的根源全都中了毒，咱们整个社会机构都建立在害人的虚伪基础上"③，可恶的"坚实的大多数""正是制造瘟疫、毒害咱们精神生活根源的人"④。两相比较，我们发现，两者在本质上都是要为这个时代和国人"治病"，并且是坚持自由和真理的"根除痼疾的医者"，两者都想要治疗国人的精神疾病与社会的弊病。在《布朗德》中，乡长曾奉劝布朗德说："单枪匹马的战斗注定是没有希望的。"⑤布朗德自己最终也慨叹道："单枪匹马去战斗的人是毫无希望的！"⑥而在《人民公敌》的结尾，斯多克芒医生在赶走了霍夫斯达和代表"坚实的大多数"的阿斯拉克森之后做出了"决不走"的决定，他得到了霍斯特的支持，霍斯特愿意让他们住在他家的空房子里，斯多克芒还决定"教育"他的孩子们"成为自由高尚的人"，他得出了"世界上最

---

① 易卜生. 布朗德 [M] //易卜生文集：第三卷. 潘家洵，成时，萧乾，译. 北京：人民文学出版社，1995：158.
② 易卜生. 人民公敌 [M] //易卜生文集：第五卷. 潘家洵，译. 北京：人民文学出版社，1995：341-343.
③ 易卜生. 人民公敌 [M] //易卜生文集：第五卷. 潘家洵，译. 北京：人民文学出版社，1995：366.
④ 易卜生. 人民公敌 [M] //易卜生文集：第五卷. 潘家洵，译. 北京：人民文学出版社，1995：371.
⑤ 易卜生，著. 成时，译. 布朗德 [M] //易卜生文集：第三卷. 潘家洵，成时，萧乾，译. 北京：人民文学出版社，1995：204.
⑥ 易卜生，著. 成时，译. 布朗德 [M] //易卜生文集：第三卷. 潘家洵，成时，萧乾，译. 北京：人民文学出版社，1995：251.

有力量的人正是最孤立的人"这一结论①。我们发现,这两位勇于坚持、不怕孤独的人因思考力与行动力失衡而导致的悲剧都来源于他们要克服"因由徒劳的理解在孤立的个人身上所引起的负面效应"②,如果说布朗德这一形象仅仅体现出易卜生的崇高精神信仰与对孤独自我的坚持,那么斯多克芒这一形象的创造尽管保持了这一点,与之类似,但实则更进了一步:他没有和布朗德一样在自我牺牲以后走向毁灭与死亡,而是尽管成为"最孤立的人",却仍然坚强地与家人一起继续勇敢地生活着,还得到了少数人的支持、关怀、鼓舞以及安慰,似乎这位"世界上最有力量的人"尚存一线希望:这令读者与观众对未来抱有希望的开放性结局不仅表现出易卜生对现代社会孤立处境中的人之深切关怀,而且展现了他对个人、自我与世界这三者之间的联系之反思。开放性结局也正是此剧的现代性之所在。

第四节 夜半太阳的光芒:超象罗斯莫③

在《布朗德》中,布朗德说:"不能用使自己堕入污泥的办法求得高

---

① 易卜生,著.潘家洵,译.人民公敌[M]//易卜生文集:第五卷.潘家洵,译.北京:人民文学出版社,1995:399-400.
② SZONDI P. On Textual Understanding and Other Essays [M]. Minnesota: University of Minnesota Press, 1986: 60.
③ 罗斯莫,Rosmer,源自古德语,意为"保护马的人"。这与剧本中出现了14次的"奔腾"的白马意象似乎有某种联系。在第二幕,罗斯莫对吕贝克说:"对,它们像白马似的,在黑暗中,在寂静的境界中奔腾。"原文为:ROSMER. Ja slig. Susende frem i mørket. I stilheden. 这里,需要注意的是 susende,奔腾,这个词原义为像风一样嗖嗖的飞逝而过。笔者认为,整句话也可以理解为,它们(那故去的亡灵)确如白马一般,在黑暗中向前面那未知的远方奔去,嗖嗖而过,瞬间飞逝,悄无声息。

升"①；在《罗斯莫庄》中，罗斯莫说："起源于罪孽的事业绝不会成功"②。勃兰兑斯认为，"罗斯莫继续了斯多克芒医生的未竟之业，他想从一开始就做医生仅仅在《人民公敌》结尾时想做的事，使他的同胞成为自豪、自由和高尚的人"③。刘明厚先生指出："《罗斯莫庄》乃是易卜生自《培尔·金特》以后所写的一部最有分量的作品。"④ 在布朗德形象谱系中，本象布朗德在经过反象培尔·金特与类象斯多克芒的发展阶段之后，在罗斯莫这里演进为更为复杂的超象——超越本象之象，隐含着本象自主地进一步发展的潜在可能性——"道德超人"罗斯莫在布朗德与培尔·金特所代表的两极之间的运动隐合黑格尔式的精神辩证法，代表一种"为自己立法"的真正自由意志。⑤ 罗斯莫的自杀不是由于外来的束缚，而是源于他自己理性的自由伸展，是他自己为自己立法的选择，他由此获得了唯一真正且彻底的自由。罗斯莫的意志自由是他把理性贯彻到底的自由，是他摆脱了外在偶然性和感性欲望的干扰，而真正独立自主、自由自决的"自律"选择，这种选择使他的精神超越感性而独立，也使他的灵魂脱离

---

① 易卜生. 布朗德 [M] //易卜生文集：第三卷. 潘家洵，成时，萧乾，译. 北京：人民文学出版社，1995：256.
② 易卜生. 罗斯莫庄 [M] //易卜生戏剧. 潘家洵，译. 北京：人民文学出版社，2015：557.
③ 勃兰兑斯. 第三次印象 [M] //易卜生文集：第八卷. 潘家洵，萧乾，译. 北京：人民文学出版社，1995：附录 298-299.
④ 刘明厚. 真实与虚幻的选择：易卜生后期象征主义戏剧 [M]. 上海：同济大学出版社，1994：37.
⑤ 美国杜克大学的托莉·莫伊教授（挪威裔）认为在《罗斯莫庄》内部，彼得·摩腾斯果是罗斯莫的反象（Mortensgaard is the polar opposite of Romer）："如果罗斯莫的理想是通过开显他自己的内在灵魂而使他人变得高尚，那么摩腾斯果的内在人格正是（外部）社会力量的表现。如果未来属于摩腾斯果，那么人类灵魂将葬身于资产阶级的现代性之中，它们无处容身。"参见 MOI T. Henrik Ibsen and the Birth of Modernism：Art, Theater, Philosophy [M]. Oxford：Oxford University Press, 2008：277. 笔者着力于展开讨论与阐释易卜生各剧之间的人物关联性（相似性与差异性），而没有将《罗斯莫庄》剧本内部的人物进行平行比较与分析，特此说明。

水车沟下的污浊泥淖而实现纯粹的自由飞升①。

　　罗斯莫这位生长在传统而保守的罗斯莫庄的男主人，一心想着要去为"真理"与"自由"的事业说真话、干实事、做贡献，却从未想过去世的妻子碧爱特生前曾对自己有过那样的"控诉"。在克罗尔与摩腾斯果揭示碧爱特之死的真相之后，罗斯莫才开始深刻地反省自我。即便吕贝克将诱杀碧爱特的罪责一把揽了过去，他仍觉得自己罪孽深重，感到自己对碧爱特之死间接地负有罪责。最终，罗斯莫和吕贝克一起走上了碧爱特走过的那条绝路。与此同时，他也"高高兴兴"地实现了自我解放、自我超越与诗意而崇高的自我净化。罗斯莫所摆脱的并不是人类自然求生的本能与情欲本能，而是这些本能对他产生的直接作用，他因此而具有高尚的人性。这展现出罗斯莫作为一个复杂而深刻的人所具有的智慧、情感、道德以及承担责任的意识，正因为如此，他才高居于布朗德系列形象谱系中的其他人之上。他的生命本能只有在他所处的人物谱系之中、在与其他形象进行横向与纵向比较的基础之上才能彰显出来。谱系的建立有助于加深我们对易卜生后期剧作中隐晦而神秘的人物的理解，罗斯莫这类作为"超象"的人物形象用内省精神、高尚行动与伟大人格补充了人的本能力量，这样就使布朗德系列中的各形象之间，以及与其他系列的形象之间（比如，男性形象谱系中的罗斯莫与女性形象谱系中的吕贝克）都形成了特殊的网格结构，他们相互间的关系越坚固，所形成的共同体就越牢固、越坚不可摧。

---

① 莫伊教授还认为，罗斯莫的理想主义（包括对真正自由的执着追求）转变为它自身的否定镜像，正如罗斯莫和吕贝克的婚姻否定了日常社会中的婚姻生活一样。参见 MOI T. Henrik Ibsen and the Birth of Modernism: Art, Theater, Philosophy [M]. Oxford: Oxford University Press, 2008: 292. 笔者认为，罗斯莫与吕贝克的这种自否定精神隐合黑格尔的精神辩证法，具有极强的超越性，它既超越了浪漫主义理想，也超越了尼采式的超人哲学，以双重自杀、否定肉身、凸显灵魂的方式开显出易卜生对现代社会精神世界极为深邃的自审精神。易卜生的戏剧，尤其是后期戏剧，所具有的这种强烈超越性与自审性，对人性、社会现实以及艺术本体三者兼有一种元批判精神，这使之成为屹立于现代社会与世界文学的不朽精神丰碑。

40

<<< 第一章 布朗德系列：在上升与坠落之间

罗斯莫这一形象发展了布朗德"全有或全无"的思想，他不仅甘愿为崇高的精神事业而死，而且容不得自己带有罪恶感的躯体去玷污伟大的精神解放运动，为了自身纯洁以完成使命，他宁肯跳下水车沟，勇敢赴死。同时，罗斯莫也继承了斯多克芒医生身上那股坚韧顽强的劲儿，那种不屈不挠的意志与精神，"他（罗斯莫）和斯多克芒医生一样，思想纯正，坚持真理"，"他能勇敢地拒绝克罗尔和摩腾斯果的政治威胁利诱，并给予斯多克芒式的辩论与斗争"①；然而，他的"过往的自我"在某种程度上也与培尔·金特一样，生活在自我欺骗之中——他以为碧爱特的自杀是源于她无法生育导致的疯癫，后来，当吕贝克向他开诚布公地坦白之后，他的伪装被揭开，他这才意识到自己也间接地参与了谋害碧爱特的罪行——由此可见，罗斯莫在反思之后的赎罪行动与自我洗涤的精神也超越了那个过往的"金特式的自我"。布朗德这一系列形象从布朗德、培尔·金特、斯多克芒再到罗斯莫，实现了一种越来越复杂的、类似正反合的精神进化过程，罗斯莫的自审过程将人类独有的高级而复杂的情感与心理、审美与道德展现或隐示出来，他的精神如同北欧的"照在我们头顶上的夜半太阳"（midnatssolen oppe hos os）②，在他的光芒的照射下，他不再是隐藏在吕贝克手中的"一只手套"（en handske）③，而是成为笼罩着吕贝克灵魂的宁静无声而悄怆幽邃的力量，具有某种命运般神秘莫测的、创造奇迹的神性

---

① 王忠祥. 论《罗斯莫庄》的悲剧精神和象征意义 [M] //建构文学史新范式与外国文学名作重读：王忠祥自选集. 武汉：华中师范大学出版社，2009：138.
② 此句出自剧本《罗斯莫庄》第四幕第 101 行吕贝克的台词，原文为 "Der faldt en sindshvile over mig, - en stilhed, som på et fugleberg under midnatssolen oppe hos os."（一片宁静笼罩着我的灵魂——那股宁静滋味仿佛是在夜半太阳之下，在我们北方鹰隼盘踞的峭壁上头的境界一样。）此处引文大体参照潘家洵先生译本并结合原文译出，易卜生. 易卜生文集：第六卷 [M]. 潘家洵，译. 北京：人民文学出版社，1995. 本文中凡出自《罗斯莫庄》剧本中的原文引文，皆源自 IBSEN H. Rosmersholm（1886）的丹麦挪威语原文，载 IBSEN H. Samlede Værker: Ottende Bind [M]. København: Gyldendalske Boghandels Forlag, 1900: 1-165. 下文不再标明页码。
③ 出自剧本《罗斯莫庄》第四幕第 60 行罗斯莫的台词，整句为 "Jeg har været som en handske i dine hænder."（我好像是你手里的一只手套。）

41

力量以及形而上的象征意味。

综上所述,超象罗斯莫之超越性至少有三点:一、罗斯莫"为自己立法"、自决自裁的选择超越了常规的人的生存法则与日常生活中的人性自然状态,是一种历经严格自审、在精神熔炉中修炼自己之后而做出的超常选择。二、他超越了布朗德谱系中的其他形象。布朗德是强迫母亲、妻子和孩子为自己的精神事业而不断牺牲,而罗斯莫除了要求吕贝克也为精神解放的事业付出以外,还能为吕贝克牺牲自己,他懂得为他人付出的可贵;培尔·金特虽然孝敬母亲,但他没有铸造自己的精神世界,而是不断逃避,绕过那些难关,投机取巧,而罗斯莫能够勇敢果断地直面并驳斥那些威逼利诱者,执着地坚持完成那项伟大的精神解放运动;斯多克芒医生敢于说真话、捍卫真理、为崇高理想信念而牺牲,但罗斯莫更能以死明志,他愿意和心爱的人为了"清白的良心",高高兴兴地拥抱着跳下水车沟,在结束肉体生命的瞬间开始精神上的新生。三、罗斯莫与吕贝克的爱情和婚姻也超越了凡俗的爱情与婚姻:当他们之间的感情逐渐由友情变为爱情之后,吕贝克不像普通女性那样高兴地接受罗斯莫的求婚,而是两次拒绝了他的求婚,坦诚地将真相和盘托出,想以戴罪之躯"重走碧爱特走过的那条路",为了"天真纯洁的爱"而赎罪。当他们跳下水车沟的时候,仿佛完成了一场特殊的婚礼仪式,这样的婚礼仪式是常人难以想象、不敢相信的,这是一次完全以洗涤人心为目的的"卡塔西斯"精神盛典。

第五节　布朗德形象谱系的寓意

易卜生戏剧中的布朗德系列形象生动地再现了易卜生的心理现实,是易卜生内心生活的意象化表现。他们表现出易卜生内心的隐秘感情与深刻思想,彼此间或相近相通,或相反相成,实际上形成了一个多层次的统一体，将易卜生关于生活与人性的思考寓于其中，成为一系列人们能够感知的形象。不顾一切、勇往直前走向高处的布朗德具有魔力的"全有或全无"的精神深刻而抽象地隐示出理想主义者直面现实的选择与坚守，这种精神在正直无私地反对"坚实的大多数"的斯多克芒医生身上得到继承，"绕道而行"的培尔·金特则反其道而行之，而在既具有自由解放精神又出身于传统家庭的罗斯莫身上，这种精神通过快乐高兴而勇敢的自裁而实现了超越人类本能的理想，精神上类似于凤凰涅槃，向死而生的生命状态与生命体验达到了极致，进而实现了人的潜在新生。整个布朗德形象谱系带给我们一种突破性的生命冲动，从布朗德到罗斯莫，实现了从无到有再到新生的创生过程，这一"正反合"的过程在更高层次上促进了生命的发扬，布朗德系列人物形象的内在生命历程充满了易卜生自心之中激烈的内部斗争，他通过扬弃死亡而重获新生，最终达到"合"的意境。

与其说布朗德是易卜生"最好时刻的自己"，不如说易卜生在布朗德这一形象身上找到了创作诗剧的最佳心境与感觉。从整体来看，布朗德形象谱系逐层深入地反映了易卜生进行戏剧创作的思想进程，体现了他不断成熟的艺术思维，显示出易卜生戏剧越来越深刻的辩证精神，使"人学家"易卜生的戏剧艺术与他的思想、思维、性情、格调更好更圆融地结合为一体。布朗德形象谱系中人物形象的嬗变，契合了易卜生在戏剧写作方面的审美诉求。尽管布朗德形象谱系涉及的四部戏剧作品，每一部都试图创造一种新的风格和语调，塑造独具个性的新的主人公形象，体现出易卜生不断追求创新与超越的"求变"思想，但这些人物形象的演变、转化和发展是"前后连贯的整体"，谱系中本象布朗德与反象培尔·金特构成类似于"乾坤"的关系，而类象斯多克芒与超象罗斯莫则处于布朗德与培尔·金特正反两极的运动之间，它们发源于本象布朗德，而合流于超象罗斯莫，形成坚固的形象共同体，共同构筑了易卜生戏剧作品中布朗德人物形象谱系的高塔。

深入研究布朗德形象谱系，可以发现易卜生艺术灵魂的两极及其运转机制：一极是高度理想主义的，把个人精神的自由与高尚视为最高价值，并总是期望能提升他人的心智，接近于"圣灵"（是"上升"的）；一极是非常现实且接近游戏主义的，只求满足个人欲望，遇到阻碍则绕道而行，为达目的不择手段，接近于"小丑"（是"坠落"的）；在这两极之间（在上升与坠落之间）存在诸多"混合体"或"变体"，且两极之间的运动隐合黑格尔式的精神辩证法，让人不得不惊叹人类精神运动在哲学和艺术两种形式中的共通性。

第二章

索尔尼斯系列：在神性与魔性之间

诚如英国学者罗纳德·格雷所言："19世纪80年代中期以后，[易卜生]剧本的主题逐渐转向描写各种艺术家，雕塑家［比如，鲁贝克］也好，建筑师［比如，索尔尼斯］也好，或者作家［比如，乐务博格和艾尔富吕·沃尔茂］。"① 确切地说，易卜生的主题转向自19世纪90年代开始更为明显。罗纳德·格雷还认为：

> 通过这些人物，他（易卜生）记录下自己的愤懑与孜孜以求的希望，这已经成为他终生的使命，因为他此时已不再过多考虑实现完全的自由——他所用的讽喻与这种自由往往相互抵牾——他考虑更多的是如何创作成功的剧本。②

本书作者认为，易卜生通过前述"各种艺术家"展现的正是他的终生使命：写作以及对如何推进戏剧艺术发展而进行不断反思。如果说布朗德

---

① 格雷. 结论［M］//易卜生文集：第八卷. 潘家洵，萧乾，译. 北京：人民文学出版社，1995：附录402.
② 格雷. 结论［M］//易卜生文集：第八卷. 潘家洵，萧乾，译. 北京：人民文学出版社，1995：附录402.

要建起人们心中"伟大的殿堂"①，那么索尔尼斯（《建筑大师》中的建筑大师）就是真正建筑伟大精神"楼阁"的人。他们一类是英雄与反英雄，一类是艺术家与反艺术家，两者最终都"达到了一个绝顶至高的境界"，"高高凌驾于所有人之上"，在"那些宁愿蜗居谷底、庸碌苟且的常人之上"②；在与神对话交流的高处，他们的内在生命获得了重生。索尔尼斯"在维护自己艺术家地位的斗争中完全不顾他人"，同时又不断地"自我折磨"，"没完没了的自责内疚"③，他获得艺术成就的代价"不是金钱，而是人的幸福"④。正如勃兰兑斯所言，尽管"忠于现实"是易卜生的性格和他的诗歌（包括戏剧）的特点，但作为诗人和思想家的易卜生"完全能够经常在他所描绘的现实下面隐藏着一层更深的寓意"⑤。索尔尼斯系列的这类形象主要体现出易卜生对艺术家何所思何所忆、艺术缘何是其所是以及怎是、艺术家追求艺术所做牺牲是否值得等元层次的问题。整体而言，索尔尼斯系列形象谱系比布朗德形象谱系层次更高，是更为复杂的统一体。事实上，以索尔尼斯为本象的艺术家系列群象与以布朗德为本象的英雄系列群象在内在精神上是相通的，鉴于索尔尼斯系列群象的性格内涵更为复杂晦涩，所体现出的思想更为深刻，暗示出布朗德系列人物形象进一步发展的潜在可能性，本书作者将他们整体上都看作为布朗德系列形象的超象。

在索尔尼斯形象谱系中，如果以建筑师索尔尼斯为本象，那么，同样

---

① 易卜生. 布朗德 [M] //易卜生文集：第三卷. 潘家洵，成时，萧乾，译. 北京：人民文学出版社，1995：263.
② 海默尔. 易卜生：艺术家之路 [M]. 石琴娥，译. 北京：商务印书馆，2007：71.
③ 勃兰兑斯. 第三次印象 [M] //易卜生文集：第八卷. 潘家洵，萧乾，译. 北京：人民文学出版社，1995：附录311.
④ 易卜生. 建筑师 [M] //易卜生文集：第七卷. 潘家洵，译. 北京：人民文学出版社，1995：55-56.
⑤ 勃兰兑斯. 第三次印象 [M] //易卜生文集：第八卷. 潘家洵，萧乾，译. 北京：人民文学出版社，1995：附录316.

反思"人的责任"而没能完成哲学论著的学者艾尔富吕·沃尔茂（《小艾友夫》中小艾友夫的父亲）与最终登上塔楼却摔下来的索尔尼斯类似，成其类象；而虽同样具有自审精神但始终不认为自己有错的博克曼则成为与之相对立的反象；及至戏剧收场白《复活日》，既是英雄般的精神导师，又是雕刻艺术家的鲁贝克，成为布朗德系列与索尔尼斯系列这两大形象谱系的终极形象，同时他也回到了作为起始人物形象的布朗德的起点——鲁贝克选择回归布朗德的那条道路，和他的"疯女孩"爱吕尼一同站在"高处"感受索尔薇格般的太阳的力量，最终平静地面对世俗世界的残酷压迫，双双葬身于雪崩之中——这个超越性形象鲁贝克（超象）的"收煞"不仅呼应了布朗德结局中那悲壮的雪崩场景，也呼应了罗斯莫与吕贝克双双跳下水车沟的自主选择，同时它发生在建筑大师索尔尼斯毕生追求的"高处"，易卜生在鲁贝克这一终点形象这里实现了艺术与灵魂的双重复苏，可谓之曰"双重超象"。

索尔尼斯系列形象关涉易卜生晚期八部"死亡戏"中的后四部"男人戏"，这些作品在象征、隐喻以及表现手法之中更深层次地发掘了人的本性，隐示出"艺术对于艺术家本人及其周围人物的生活所产生的影响"[①]。这些"回顾往事的老年艺术家"形象"一直满意的自信自己能够创造出一些有价值的东西，然而现在他们开始怀疑了，或者他们的事业已经失败"[②]。他们打破了人物性格、环境与命运的边界，在"神性与魔性之间"探索了人之为人"是其所是"的真正存在意义，或多或少地体现了尼采的超人哲学观念与克尔凯郭尔的存在主义哲学思想。诚如英国学者罗纳德·格雷所言："在易卜生的剧作生涯中，他的最后四部虽与当时的基调合拍，但是已经可以看出日渐脱离现实的倾向，退缩为一种纳西塞斯

---

① 哈康逊，埃德.易卜生在挪威和中国［M］//易卜生文集：第八卷.潘家洵，萧乾，译.北京：人民文学出版社，1995：418.
② 哈康逊，埃德.易卜生在挪威和中国［M］//易卜生文集：第八卷.潘家洵，萧乾，译.北京：人民文学出版社，1995：418.

(Narcissus)式的自我关注和自我否定。"① 易卜生晚期以建筑大师索尔尼斯为代表的悲剧艺术家形象（索尔尼斯形象谱系中的本象索尔尼斯、类象艾尔富吕、反象博克曼以及超象鲁贝克）尽管各自具有相对的独立性与一定的个性特点，但他们本质上内在地连接成一个统一的"关注自我"与"否定自我"的内在精神系统。在这个有机的谱系系统之中，各形象并没有丧失他们之间的差异，他们综合地互相作用，在内部互相渗透，逐渐取得一种共同的精神上的"灵性"，从而建立起集中表现艺术家个性与普遍性的深层结构体系。

第一节 塔尖的花环：本象索尔尼斯②

易卜生本人认为，《建筑大师》这部戏是他"现身说法、心灵独白最多"③的戏剧作品；勃兰兑斯认为，"《建筑师》一剧可能标志着易卜生的文学事业已达到了顶峰"④；石琴娥先生认为，在易卜生的后期剧作中，

---

① 格雷. 结论 [M] //易卜生文集：第八卷. 潘家洵，萧乾，译. 北京：人民文学出版社，1995：附录 405.
② 索尔尼斯，Solness，在挪威语中是"杰出的人才"之意，其姓氏 Halvard 源自古斯堪的纳维亚语，意为"岩石般的住宅的保护者"，暗示出他的身份与命运。此剧的剧名为《建筑大师索尔尼斯》，挪威语原文为 Bygmester Solness，Bygmester 对应的英文为 architect，这个词的希腊文词根 arche 意为"始基"，赫拉克利特早已提出世界的始基是"火"，整个世界就是一场燃烧的大火；从《建筑大师》的剧本文本来看，建筑大师索尔尼斯的建筑和艺术事业兴起于一场大火之后，火灾烧毁了他妻子的旧宅，并间接地导致他的双生子的丧生，但他的事业由此兴盛发达起来。追溯"建筑师"的词根词源，可以发现此剧暗含浓重的文化象征色彩与隐喻色彩。
③ 石琴娥. 北欧文学论：从北欧中世纪文学瑰宝到"当代的易卜生" [M]. 上海：上海社会科学院出版社，2015：89.
④ 勃兰兑斯. 第三次印象 [M] //易卜生文集：第八卷. 潘家洵，萧乾，译. 北京：人民文学出版社，1995：附录 316.

《建筑大师》是"最有分量的重头戏",它可谓易卜生的"自传体戏剧"①。挪威著名历史学家、传记作家哈夫丹·科特在为易卜生所撰写的传记《易卜生的生活》中也写道:

> 易卜生晚年脑海中思考的许多问题都集中在《建筑大师》这部剧中。这部剧在多处谈到了神秘的力量、人内部的各种"山精"、未表现出来的心愿转变为行动、无意识的思考具有自己的生命以及一种精神超越另一种精神的力量。②

建筑大师索尔尼斯内心隐秘的魔性力量(他内部的"山精"以及被认为由此外化成为的神秘女孩希尔达)正是推动他将内在精神付诸超越性行动的力量,将花环挂在高高塔尖的同时,魔性精神与神性精神实现了交汇与碰撞,他由此获得了与神交流的契机:

> 索尔尼斯:(站着,对希尔达凝神注视)希尔达,如果我上得去的话,我要站在高处,像上次一样跟他说话。
> 希尔达:(越来越兴奋)你想对他说什么?
> 索尔尼斯:我要对他说:听我告诉你,伟大的上帝,你喜欢怎么裁判我,就如何裁判我。然而从今往后,别的东西我都不盖了,我只盖世上最可爱的东西——

---

① 石琴娥. 北欧文学论:从北欧中世纪文学瑰宝到"当代的易卜生"[M]. 上海:上海社会科学院出版社,2015:89.
② KOHT H. Life of Ibsen [M]. HAUGEN E, SANTANIELLOA, trans. Amsterdam: Benjamin Blom, 1971: 435. 此段话的原文为:"Many of the problems that had filled (Ibsen's) mind in the last few years are concentrated in *The Master Builder*. There is much talk of mysterious forces, of a variety of 'demons' within, of unexpressed wishes translating themselves into action, of unconscious thoughts that have a life of their own, of the power of one spirit over another."

……

索尔尼斯：我要跟我心爱的公主一同去盖那最可爱的东西。

……

索尔尼斯：此后我就把帽子一挥——走下地来——照着我告诉他的话行事。

……

希尔达：……咱们的空中楼阁！

索尔尼斯：盖在结实的基础之上。①

本书作者以"塔尖的花环"这一个出现在索尔尼斯生死临界点的具体意象来喻示这位隐喻艺术家的建筑大师处于神性精神与魔性精神之间的生命状态，同时，这一意象也暗示出艺术家在艺术事业达到顶峰、与神对话之后，对自己为实现艺术家理想的过往罪愆进行审判、"为自己立法"、做出公正裁决的终局。"塔尖的花环"喻示索尔尼斯内心的魔性精神（"山精"）寿终正寝，神性精神取得了胜利——这花环既是魔性精神走向毁灭与消亡的"花圈"，也是神性精神获取胜利与荣光的"战利品"——索尔尼斯借用这高高在上的"塔尖的花环"超越了过往的自我，获得了艺术家生命的"重生"。

在建筑大师索尔尼斯的世界里，山精与恶魔、"助手与仆从"以及冥冥之中想要与他交流的神性力量是并存的。在隐喻其艺术事业顶峰的塔楼尖顶处，索尔尼斯凭借自我意志与艺术直觉与上帝进行了刹那的交流，在生死之隔、阴阳之间、乾坤两极之中，他对自我的灵魂与艺术实行了双重判决。他用生命完成了青年时建筑"空中楼阁"的艺术理想，实现了自我灵魂的飞跃与超升。于无形之中默默牵引索尔尼斯的神性力量体现在索尔

---

① 易卜生.建筑大师[M]//易卜生文集：第七卷.潘家洵，译.北京：人民文学出版社，1995：92-93.

尼斯对火灾的预见（他事先知道烟囱裂缝的危险性）、对希尔达的想象（似乎回忆起在莱桑格见过这个女孩并向她许下诺言），以及对希尔达相信其承诺的超验性理解与行动之中。希尔达既是索尔尼斯的内部的"山精"与外部的"助手"，同时也是将索尔尼斯转变为"尼采式超人"的上帝的使者，她处于索尔尼斯的心灵世界与不可知的"形而上"时空之中。神秘而遥不可及的希尔达如同索尔尼斯用毕生心力挂上塔尖却只因一步之遥再也够不着的"塔尖的花环"。因此，本书作者也用"塔尖的花环"喻示建筑大师索尔尼斯艺术创造力与意志力外化而形成的、游走于神魔之间的希尔达形象。

英国学者罗纳德·格雷指出，罗斯莫（本文作者将罗斯莫归入布朗德系列中的"超象"）与索尔尼斯（索尔尼斯系列的"本象"）的区别（也是本文作者划分布朗德与索尔尼斯这两个系列形象的依据之一）标志着易卜生后期剧作脱离现实而向"自我关注和自我否定"转向：

> 罗斯莫的灵感显然是通过吕贝克从外界获得。索尔尼斯的灵感则来自希尔达，而希尔达与他本人的欲望区别无几，简直就是它们的投影。……在《建筑师》中，他所关注的是他能否继续创作出具有宗教意义或精神的剧本，同建筑师索尔尼斯所面临的问题一样。[①]

建筑大师索尔尼斯这样的易卜生式的英雄艺术家以毕生心力追索遥不可及的神秘力量，不论是否会遇到不可避免的悲剧命运，他都孜孜以求地不断"上升"。故前述"塔尖的花环"也可以用来喻示易卜生式的英雄艺术家（以索尔尼斯为代表）与勇于探索精神创作、总想实现"不可能之事"的艺术家或创作者本人，他们所形成的"悲剧英雄—艺术家—创作

---

① 格雷. 结论 [M] //易卜生文集：第八卷. 潘家洵，萧乾，译. 北京：人民文学出版社，1995：附录405.

者"的形象共同体显示出易卜生对"元艺术"问题的思索。

第二节 未竟的责任：类象艾尔富吕[①]

与建筑大师索尔尼斯类似，《小艾友夫》中的艾尔富吕·沃尔茂也是一位去往高处、"往上走"、"朝着山顶走"[②]的人。挪威学者比约恩·海默尔认为："该剧是易卜生呕心沥血地写出的一部思想内容最为严肃的戏剧。他致力于阐明人的责任究竟真正意味着什么；自私自利究竟如何阻碍个人去理解它；空虚的恶魔究竟怎样钻了空子从而盘踞在人的内心里。"[③]尽管艾尔富吕执着于追求学术成果——《人的责任》那本专著，但实际上他并没有尽到"人的责任"：他既没有尽到做丈夫的责任，也没有尽到做父亲的责任，不仅对小艾友夫没有尽到照管与抚养的责任，也没有尽到父亲教育孩子的责任。索尔尼斯为了自己的艺术事业而牺牲了艾林的幸福生活与两个儿子的生命，与他类似，艾尔富吕为了专注于写书而牺牲了吕达和艾斯达的家庭幸福和儿子小艾友夫的生命，他们都在自审之中深感自责与愧疚。所幸的是，小艾友夫的"牺牲"唤起了吕达和艾尔富吕·沃尔茂内心的责任感，在此剧结尾处，当他们看到无家可归的孩子们的时候，决定共同照顾这些孩子，从此，他们找到了"有点像'爱'的东西"[④]，"朝着伟大肃静的地方走"[⑤]，重新开始新生活，走向真正的幸福。小艾友夫牺

[①] 在《小艾友夫》中，艾尔富吕·沃尔茂的姓氏 Allmers 源自古英语，意为"高贵而著名"的，本文作者认为，艾尔富吕·沃尔茂也可以被看作一位隐性艺术家。
[②] 易卜生. 小艾友夫 [M] //易卜生文集：第七卷. 潘家洵，译. 北京：人民文学出版社，1995：173.
[③] 海默尔. 易卜生：艺术家之路 [M]. 石琴娥，译. 北京：商务印书馆，2007：485.
[④] 易卜生. 小艾友夫 [M] //易卜生文集：第七卷. 潘家洵，译. 北京：人民文学出版社，1995：171.
[⑤] 易卜生. 小艾友夫 [M] //易卜生文集：第七卷. 潘家洵，译. 北京：人民文学出版社，1995：173.

牲自己的生命所换来的"改善"是:艾尔富吕和吕达在痛苦地重新审视自我灵魂之后,开始懂得要真正去完成现实生活中他们未尽的"人的责任",洗涤自我的灵魂,以获得精神上的"重生"。

勃兰兑斯认为,艾尔富吕·沃尔茂这个角色"在智力上""比较弱",他"没有吕达那样宽宏大量,不能控制自己的忧伤,在攻击悲伤过度的女人时卑鄙又诡计多端"[①]。这一评价是比较中肯的,正因艾尔富吕在智力上比较弱,他花费许多时间和精力也没能完成学术专著;正因他控制不好自己的情绪,才会攻击吕达,态度冷淡,转而又在艾斯达那里寻求猥琐的安慰和缺失的爱,这表现出人性中的阴暗面。易卜生塑造出这个令人生厌的失败的艺术家,勃兰兑斯又将之揭示出来,这使我们在易卜生戏剧世界的表层现实下找到潜隐的深层寓意:将作为失败艺术家的艾尔富吕和成功艺术家的索尔尼斯相比照来看,我们发现,他们共同体现出易卜生对人类天性与传统伦理观念的辩证性反思以及艺术家在魔性精神与神性精神之间如何取舍的深思。

英国《卫报》资深戏剧批评家麦克尔·毕灵顿在《卫报》评论2009年1月上演的伦敦Cottesloe剧场版《小艾友夫》的时候写道:

> 易卜生的原著(《小艾友夫》)并不是孤立存在的。它是易卜生毕其一生痴迷于思索这一问题的产物:人通过直面关于自己最黑暗的真相可以实现精神上的新生。[②]

麦克尔·毕灵顿一语中的地指出,《小艾友夫》的创作并不是孤立的,

[①] 勃兰兑斯. 第三次印象 [M] //易卜生文集:第八卷. 潘家洵,萧乾,译. 北京:人民文学出版社,1995:附录319.
[②] BILLINGTON M. "Mrs Affleck" [N]. The Guardian, 2009-01-28. 此段原文为:"Ibsen's original did not exist in isolation. It was the product of a lifetime's obsession with the idea that spiritual regeneration could be achieved by confronting the darkest truths about oneself."

而是和易卜生的其他剧作（尤其是后期剧作）联系在一起的，它们共同体现出易卜生关于人在自审之中获得精神复苏的可能性的反思。艾尔富吕·沃尔茂在小艾友夫溺死以后再也无法沉浸在用来逃避责任的自我世界之中，"双眼圆睁、一动也不动"的小艾友夫仿佛时时刻刻在盯着他，使他受到良心的谴责，他因此不得不在精神熔炉中重新铸造自我，在建筑大师索尔尼斯所说的"有益的自我折磨"中，直面他自私自利、逃避现实责任的真相与人性的阴暗面，勇敢地在"赎罪"行动中摆脱心魔，改善自我，理解并履行他"未尽的责任"，朝向艺术家"伟大肃静的""高处"走去，从而实现精神上的"复苏"与"新生"。

第三节　冰冷的病狼：反象博克曼[①]

勃兰兑斯认为，约翰·加布里埃尔·博克曼"很早就梦想成为所有大地、高山、密林、深海中蕴藏着一切财富的解放者"，"他感到把所有蕴藏在整个地下深处亿万吨的矿藏解放出来是一种不能拒绝的使命"，"他热爱这些向他索取生命的全部财富，以及随之而来的权力和光荣"[②]。从表面上看，博克曼这个矿工的儿子想要获得财富，获得权力与荣光，而实际上，易卜生在这种表象之下隐藏着更深层的寓意，我们应这样看待博克曼这个人物形象：他象征着那些年轻时便具有雄心壮志，想要获得成功的艺术家形象。博克曼为达到自己的目的，不惜牺牲自己的爱情，以深爱的女子艾勒为诱饵换取个人利益，并且他自己也为了这个目的而和继承大笔遗产的

[①] 博克曼的名字 John Gabriel Borkman 包含圣约翰（John）、天使加布利尔（Gabriel）和可能是"银行家"（Bankman）的谐音的博克曼（Borkman）三部分，三者的结合体现出其多重人格的矛盾运动，或曰，艺术家人性的深层结构。
[②] 勃兰兑斯. 第三次印象［M］//易卜生文集：第八卷. 潘家洵，萧乾，译. 北京：人民文学出版社，1995：附录319.

耿希尔德（艾勒的姐姐）结婚，挪用大笔公款、冒险投机。后来，他被告发而在牢狱中度过八年，又在瑞替姆府邸的楼上自我封闭了八年。博克曼生活在与世隔绝的幻想之中，他被社会和家庭抛弃，"就像被幸福抛弃了的索尔尼斯"①，当他醒来，走出府邸之时，便是他接受末日审判、直面死亡之日。石琴娥先生认为，要把"全国的森林、矿山资源统统"归自己所有的银行家约翰·加布里埃尔·博克曼"是一个超人"，如果说索尔尼斯是一个"道貌岸然的正经人物"，他就是一个"恶棍式的反面人物"②。罗纳德·格雷认为，相较于索尔尼斯，"博克曼与外界的联系甚至更少。他除了执意成事的决心以外，一无所有"，剧本结尾表明，"一个伟人，尽管已经才穷智竭，仍然应该由于他的宏大抱负而得到赞许。全剧所留下的也只是未能实现的宏愿"③。约翰·诺特阿姆认为，《约翰·加布里埃尔·博克曼》这部剧"讲述了一个诈骗犯，一个自我辩护、自我欺骗、自我粉饰的自负狂者最终走向疯狂的故事"④。博克曼孤独阴冷的形象就像镜子里、阳光下的索尔尼斯的反面一样，是一个彻彻底底的失败者，他反向地映射出艺术家的内心世界与灵魂风景。

在《约翰·加布里埃尔·博克曼》中，博克曼太太（耿希尔德）先

---

① 勃兰兑斯. 第三次印象［M］//易卜生文集：第八卷. 潘家洵, 萧乾, 译. 北京：人民文学出版社, 1995：附录320.
② 石琴娥. 北欧文学论：从北欧中世纪文学瑰宝到"当代的易卜生"［M］. 上海：上海社会科学院出版社, 2015：90.
③ 格雷. 结论［M］//易卜生文集：第八卷. 潘家洵, 萧乾, 译. 北京：人民文学出版社, 1995：附录405.
④ 诺特阿姆.《约翰·盖勃吕尔·博克曼》与天鹅之歌［M］//王宁. 易卜生与现代性：西方与中国. 天津：百花文艺出版社, 2001：301.

后三次称博克曼为"病狼"和"狼"（ulv，ulven）①。博克曼在他漫长而孤独的灵魂自审（16年）的过程中，像"病狼一样在楼上踱来踱去"，这痛苦的煎熬逼迫他朝向这个高处的"终局"走去。"一只冰冷的铁手"（en isnende malmhånd）扼住了他命运的脉搏（som tog ham i hjertet）②，他这头孤苦伶仃的"病狼"终究还是倒在了寒夜里冰冷凄寒的高处。剧本中，博克曼像病狼一样在自我囚禁、生存焦虑与极度压抑之中"踱来踱去"，这个动作共出现了八次，反复出现的"病狼"意象萦绕在我们的脑海之中，久久挥之不去。刘明厚先生也认为，博克曼"像一只受了重伤的狼"，他认为博克曼的"意志""野心""刚愎自用""为达目的不择手段"以及"攻击性"足以使他称得上"狼"③。本书作者认为，博克曼不仅称得上一头"狼"，而且称得上一头"冰冷的病狼"，它喻示具有坚定意志的人或者艺术家在跌落谷底之后无法施展自我才华、无力实现自我的悲戚与感伤。综上，本文作者选取这一反复出现的意象来喻示博克曼这一位孤独、冰冷而阴郁的"反艺术家"（艺术家的反象）。

索尔尼斯认为自己"有天赋的能力才干，可以使自己一心盼望、坚决要求的事情最后必定实现"，因为他是"世界上"的"一种特选人物"④；

---

① 事实上，狼的意象在易卜生戏剧的人名中也多次出现：《布朗德》中布朗德死去的孩子伍尔夫的名字意为狼；《罗斯莫庄》中的遏尔吕克（Ulrik）的名字源自英语和古德语，意为"狼的力量""家的力量"，是德语 Wulric 的变体，意为"狼人"，本文作者认为，他在某种程度上和鲁贝克相似，认为自己的想象力被锁起来了；《小艾友夫》中的艾友夫（Eyolf）的名字也是狼的意思，在日耳曼民族里，"狼"并不完全是指凶狠可怕的猛兽，有时也代表"坚毅顽强""不屈不挠"的民族精神，剧中鼠婆子的真名伐尔格（Varg）并不是"狼"的意思，而是"狼人"的意思，指夜里会变成狼的人；《复活日》中的乌尔费姆（Ulfheim）是名字源自古德语，ulf 是"狼"的意思，-heim 是"没有教堂的小村庄"的意思，本文作者认为，结合戏剧情境来看，这个名字含有无宗教信仰而具有动物性、兽性的人的意味，剧中他所呈现出的兽性与爱吕尼散发出来的神性光芒形成强烈而鲜明的比照。
② tog 为 tage 的过去式，动词，意为"扼住"。
③ 刘明厚．博克曼：自由生存困境中的囚徒［J］．戏剧艺术，2007（5）：68．
④ 易卜生．建筑师［M］//易卜生文集：第七卷．潘家洵，译．北京：人民文学出版社，1995：61．

博克曼则一直认为自己是这种"出众特选的人",他认为"我们这些特殊的选民必需忍受咒骂","那些普通人""不了解咱们"①,可见,博克曼有着与索尔尼斯一样的决心、意志与孤傲。然而,遗憾的是,他并非真正被"特选"出来的人,他在内心里不停地召唤那些可能为他提供帮助的神秘力量与"金属矿脉",渴望能够东山再起,可是他的"力量不够",无法像索尔尼斯一样得到那些"助手与仆从"的帮助,因而尽管他野心勃勃、顽强坚毅,却始终无法在现实中真正实现自我,他的人生注定是一场被世界抛弃的悲剧,他永远无法登上索尔尼斯攀爬的"高处",无法享受顶峰处"辉煌的权力与荣华",只能被困在黑暗世界中,和他那些"想见天日、还没出世的宝藏"一起待在那"冰冷、漆黑的王国"②里,而在现实的光明世界里,他则只能是一个永恒孤独的失败者。

与其说艾勒·瑞替姆对博克曼说"你休想胜利地走进你那冰冷、漆黑的王国"是向他所做的"预言",弗如说这是她对他的复仇与诅咒。按照艾勒的逻辑,因为博克曼"杀害了一个"爱他的"女人的恋爱生活",他也"出力爱过这女人",因此他"休想享受杀人的酬劳"③。博克曼试图以艾勒的爱情为牺牲品,以与继承有大笔遗产的耿希尔德的结婚为交易的筹码,来换取自己的权力、财富与荣光,就像索尔尼斯以大火烧尽自己的家园、牺牲掉艾林的幸福生活与两个儿子的生命来换取自己建筑/艺术事业的成功一样,然而,博克曼的"双重谋杀"却未能达到预计的目标,反而使他杀死了他的内在自我,因空无所获而陷入无穷无尽的空虚与孤独之中。

---

① 易卜生.约翰·盖勃吕尔·博克曼[M]//易卜生文集:第七卷.潘家洵,译.北京:人民文学出版社,1995:209.
② 易卜生.约翰·盖勃吕尔·博克曼[M]//易卜生文集:第七卷.潘家洵,译.北京:人民文学出版社,1995:260.
③ 易卜生.约翰·盖勃吕尔·博克曼[M]//易卜生文集:第七卷.潘家洵,译.北京:人民文学出版社,1995:260.

在瑞替姆府邸冰冷孤凄的寒夜里，从博克曼"死的时候快要征服的那个王国"里，"吹来了一阵冰冷的狂风"，这阵狂风正是博克曼生命的呼吸：

> 它好像是我手下的精灵对我敬礼。我好像摸着了埋藏在地下的几百万财富，我看见金属矿脉向我伸开它们的曲折、蔓延、招引的手臂。那天晚上我拿着蜡烛站在保险库里的时候，它们好像是一群鲜活的东西，在我眼前出现。你们要求自由，我想解放你们。然而我的力量不够，这些宝藏又陷到地下去了。（伸开两手）然而，现在夜深人静、我要悄悄告诉你们：我爱你们这些被困在黑暗世界的宝贝！我爱你们这些想见天日、还没出世的宝藏！我爱你们的辉煌的权力和荣华！我爱你们，我爱你们，我爱你们！[1]

博克曼对这些宝藏的爱正如他对艾勒的爱一样，一直隐藏在"地底下"，不见天日。因为他把自己内心炽烈的爱永远地留存在自己那冰冷、漆黑的王国里，所以他无法在光明的世界里燃烧自我、实现自我、创造自我。他早已将为他跳动的"活泼泼、热腾腾"的艾勒的心"揉碎""出卖""杀害""牺牲"了，因此，她的"光明"与"温暖"只存在于博克曼内心深处的梦里，一切"始终只是一场梦"[2]（在《建筑师》一剧中，建筑大师索尔尼斯也说过"到头来一切都是一场空"）。于是，在空旷无边、积雪皑皑的小高原上，他再次眺望这"生命中的幻想世界"[3]，在孤

---

[1] 易卜生. 约翰·盖勃吕尔·博克曼 [M]//易卜生文集：第七卷. 潘家洵, 译. 北京：人民文学出版社, 1995：259-260.

[2] 易卜生. 约翰·盖勃吕尔·博克曼 [M]//易卜生文集：第七卷. 潘家洵, 译. 北京：人民文学出版社, 1995：259-260.

[3] 易卜生. 约翰·盖勃吕尔·博克曼 [M]//易卜生文集：第七卷. 潘家洵, 译. 北京：人民文学出版社, 1995：258.

独的死亡边界线上进行最后一场灵魂对话。那个已被"埋在雪里"的"幻想世界"唤起了博克曼内心最后一阵"冰冷的狂风",它带走了他生命中最后的呼吸。这只"冰冷的病狼"尽管没能像建筑大师索尔尼斯一样在"内部山精"的作用下建造出自己的王国,却依然成为一位在内心不断审思自我的孤独的悲剧英雄艺术家。

第四节　顶峰的复苏:超象鲁贝克①

麦克尔·梅耶认为《复活日》(潘家洵先生将此剧剧名译为《咱们死人醒来的时候》,与本文中的《复活日》所指的是同一部剧)是"易卜生对他自己的最终描述与说明","我们在任何别的地方都找不到像阿诺尔德·鲁贝克这个人物这样如此完整而残忍的(易卜生的)自画像了"②,"易卜生似乎要告诉人们,只要人的肉身受到束缚,他们便是死人;只有当肉身消亡、得到解放之时,才是死人醒来的时候"③。与孤独的建筑大师索尔尼斯一样,具有易卜生自传性色彩的雕塑家鲁贝克也登上了高处,但他不再只是将花环挂到塔尖,在与神进行刹那交流之后便坠落尘世,而是

---

① 在易卜生的戏剧收场白《复活日》(亦译为《当我们死而复醒/再生/复苏时》或《咱们死人醒来的时候》)中,鲁贝克的姓氏为阿诺尔德,Arnold,意为"eagle ruler"(鹰的统治者)。鲁贝克的姓名和布朗德中的"鹰"形象遥相呼应,两剧都以登上高山为最终目标,主人公都为艺术或信仰而放弃生命,结局也都是在雪崩之中埋葬,形成神妙的呼应。
② MEYER M. Ibsen: A Biography [M]. New York: Doubleday, 1971: 786. 此句原文为"No where do we find so complete and merciless a self-portrait [of Ibsen] as the character of Arnold Rubek."
③ MEYER M. Ibsen: A Biography [M]. New York: Doubleday, 1971: 783. 此句原文为"As long as people remain imprisoned in flesh, Ibsen seems to say, they are dead; it is only when the body dies that the dead awaken."

超越性地延长了走向"朝阳照耀的塔尖"① 的时间，和他的灵魂伴侣爱吕尼一同留在顶峰俯瞰世界，直面雪崩灾难带来的尘世生命的死亡，在肉身消亡、灵魂复苏的时刻实现"复活日"这一艺术理想。

在此剧的第一幕，爱吕尼便预示了阿诺尔德·鲁贝克走向"高处"与顶峰的命运轨迹：

爱吕尼：（瞧他，隐隐一笑，低声）你还是应该上高山。能走多高，就走多高。越高越好，越高越好——永远往高处走，阿诺尔德。②

而后，鲁贝克与他的"创作泉源"③ 爱吕尼的重聚继承了索尔尼斯与他的"内部山精"希尔达的重逢，处于顶峰的鲁贝克比独自攀爬到塔尖的索尔尼斯距离死而复苏的爱情与光明的梦想更近：

鲁贝克：爱吕尼，咱们的爱情确是没死。

爱吕尼：那种属于尘世生活的爱情——美丽奇妙的尘世生活——捉摸不透的称是生活——那种爱情在咱们俩身上都死了。

鲁贝克：（热情地）你知道不知道，现在我心里像从前一样燃烧沸腾的正是这种爱情？

……

鲁贝克：……在我眼里，你还是我梦想中的女人。

……

---

① 易卜生. 咱们死人醒来的时候 [M] //易卜生文集：第七卷. 潘家洵，译. 北京：人民文学出版社，1995：332-333.

② 易卜生. 咱们死人醒来的时候 [M] //易卜生文集：第七卷. 潘家洵，译. 北京：人民文学出版社，1995：292.

③ 易卜生. 咱们死人醒来的时候 [M] //易卜生文集：第七卷. 潘家洵，译. 北京：人民文学出版社，1995：291.

>>> 第二章 索尔尼斯系列：在神性与魔性之间

爱吕尼：（情不自禁）对，对——走上光明的高处，走进耀目的荣华！走上乐土的尖峰！

鲁贝克：在那里举行咱们的婚筵，爱吕尼——啊，我的亲爱的人！

爱吕尼：阿诺尔德，太阳可以自由地注视咱们。

……

鲁贝克：（拉她同走）爱吕尼，咱们必须先穿过迷雾，然后——

爱吕尼：对，先穿过所有的迷雾，然后一直走上朝阳照耀的塔尖。①

索尔尼斯为了自己的建筑艺术事业牺牲了家人的幸福、儿子的生命以及布罗维克父子的事业前途，鲁贝克为了雕塑艺术事业牺牲了吕贝克"年轻的活灵魂"②"内在的本性"③与他自己的爱情，两位拥有超越生死的艺术理想的艺术家最终都在反思"为艺术而牺牲所爱之人的幸福乃至生命是否值得"这一问题，他们决心以死亡解脱负有重罪的身躯，获得灵魂的自由解放。相较于与神对话、服从上帝审判、遵从内心法庭的索尔尼斯而言，鲁贝克的超越性在于他"被唤醒""被复苏"，从而遇见了那个超越了自我的自我，亦即，他实现了自我的本质，真切地亲身经历了自我灵魂的"复活日"。事实上，根据哈夫丹·科特所著《易卜生传记》，易卜生在创作《复活日》一剧时，起初并不打算让鲁贝克与爱吕尼一同走向生命的尽头，抵达悲剧性的死亡边界，而是希望"鲁贝克在高山上找到生机，

---

① 易卜生．咱们死人醒来的时候［M］//易卜生文集：第七卷．潘家洵，译．北京：人民文学出版社，1995：331-333.

② 易卜生．咱们死人醒来的时候［M］//易卜生文集：第七卷．潘家洵，译．北京：人民文学出版社，1995：294.

③ 易卜生．咱们死人醒来的时候［M］//易卜生文集：第七卷．潘家洵，译．北京：人民文学出版社，1995：289.

61

让他和另一位'诗人'培尔·金特一样，获得上帝的慈悲和恩典"①。可见，易卜生本人起初是希望鲁贝克和培尔·金特一样得到自我救赎、重获精神上的新生的，至于结局是生是死，只是一种选择罢了，并不会影响到主人公"灵魂复苏"的必然性。对易卜生而言，死亡只是人生内在固有的现实，是不可避免的命运必然，却未必就是"死亡戏"的必然结局，他更重视的是人的精神转变与灵魂复苏。这使得超越了孤独个体与悲剧性自我的鲁贝克形象具有了一种深刻、孤独而美好的普遍性，这种普遍性使我们的思考不再仅仅局限于易卜生式英雄艺术家的悲剧命运与关于艺术本身的"元艺术"问题，而是扩展到每一个现实生活中的人都需要面对的问题：我们如何在无情命运的调侃与讽刺（如同来自鲁贝克在雕塑中加入的"曲折破裂的地面"和带着"畜生嘴脸"②的男男女女的尖刻嘲讽）中超越自我，又该如何面对那个在无限悔恨中（和鲁贝克一样）发现的"超越了自我的自我"，我们究竟应以怎样的态度继续生活下去。我们发现，这其实并不是一个仅仅关乎艺术家、艺术事业与艺术生活的元层次思考，而是对人的存在本质、普遍人性与人生观、世界观的反思。也许，这便是作为"超象"的鲁贝克和他"顶峰的复苏"给予我们的启示吧。

英国学者罗纳德·格雷指出，在易卜生的最后一部剧作（《复活日》）中：

> 当鲁贝克出现，宣布他所有的雕塑作品都是毫无价值的脸谱时，我们仿佛也听见了易卜生自己的声音，把他笔下那些肤浅的蠢人和恶棍的形象夸张为一个个兽面怪物。鲁贝克为什么不满意同易卜生为什

---

① KOHT H. Life of Ibsen [M]. Translated by HAUGEN E, SANTANIELLO A E. Amsterdam: Benjamin Blom, 1971：459. 此句话的原文为"Letting Rubek find life on the mountain heights, thus granting him the same grace as that other 'poet', Peer Gynt."
② 易卜生. 咱们死人醒来的时候 [M] //易卜生文集：第七卷. 潘家洵, 译. 北京：人民文学出版社, 1995：312.

么不满意一样不得而知……对戏剧也不会有什么意义。可是，正因为它们模糊不清，也就存在一种自相矛盾的解释。承认了失败就是取得了胜利，"实现了自我就是扼杀了自我"，能在一生中从头到尾经历肯定与否定的整个周期就足够了。……零就是一切，把洋葱皮层层剥去直到露出空心，同时也就展现了剥皮的整个过程，结论有二：空虚和过程，如是而已。①

鲁贝克和他在"顶峰的复苏"留给我们一些关于易卜生艺术与人生的疑惑，我们无法揭开谜底，因为它们"模糊不清"，但我们从中能找到易卜生的悲剧英雄艺术家形象经历的肯定—否定—再否定的这种"不断自否"的生命历程的"整个周期"与"空虚—过程"（虚实相生）的"正反合"辩证思维。事实上，雕塑家鲁贝克这一形象就是在建筑大师索尔尼斯的基础上，经过类象艾尔富吕与反象博克曼的"否定"与"再否定"而形成的最终形象，这四个形象的形成也体现了"无芯洋葱"层层剥离的整个过程与易卜生在人物创作上不断反思自我、批判自我、否定自我以及最终实现自我的整个周期。

第五节　索尔尼斯形象谱系的寓意

易卜生戏剧中的索尔尼斯系列形象显示出易卜生对艺术家及其内心世界的深刻考量，体现出他对艺术家追求艺术事业的成功与获得人生幸福的可能性之间的反复思索。在追求真理的过程中，建筑大师索尔尼斯受到魔性精神的驱使而在艺术事业上发迹，又在事业达到顶峰之时受到神性精神

---

① 格雷．结论[M]//易卜生文集：第八卷．潘家洵，萧乾，译．北京：人民文学出版社，1995：附录405-406.

的感召，最终他超越了过往的自我，挂上了"塔尖的花环"，成为一个敢于对自我进行审判与裁决的悲剧英雄艺术家；终身思考"人的责任"的学者艾尔富吕起初沉迷于书写厚厚的《人的责任》那本学术专著，而忽略了自己在家庭生活中的现实责任，而后，他在高山地区独居写作期间受到看不见的"魔力"的影响，在内心里"发生了一种大变动"①，回来以后心里想的全都是对小艾友夫的责任，因此突然转变了对待孩子小艾友夫的态度，想用尽全力照管和教育他，尽力做好一个父亲，减轻因他的失责而成为跛足少年的小艾友夫的痛苦，不料小艾友夫受到陌生而神秘的鼠婆子的引诱而溺水身亡，艾尔富吕在深深的懊悔之中再次转变对待生活与人生的态度，他意识到"将来还有繁重的工作"②，还有"未尽的责任"，还要"往上走"③；将自我长年封闭在牢狱般的瑞替姆府邸的博克曼在一场与家人和恋人"久别重逢"的"相遇"与"对话"中重新审视了过往的自我，再度展露了他一生不断渴望实现、甘愿为之牺牲一切的梦想，尽管他的坚强意志与极度渴望没能在光明的现实世界中实现出来，他也只能恒久孤独地被囚于漆黑冰冷的"王国"里，成为一只"冰冷的病狼"，但他在濒死之际走出了黑暗的牢狱，在冰天雪地的寒夜里走到了梦想的"高处"，倒在了他年轻时眺望远方的"长椅"上，用死亡继续谱写悲剧英雄艺术家的幻梦；雕塑家鲁贝克则在与缪斯女神重逢之时，实现了灵魂已死者在"顶峰的复苏"，他与爱吕尼的重逢也是他与那个"超越了自我的自我"的相遇，"死而复苏"体现出易卜生对艺术与人生以及灵魂与生死的关系的哲学思考。

---

① 易卜生. 小艾友夫 [M] //易卜生文集：第七卷. 潘家洵, 译. 北京：人民文学出版社, 1995：113.

② 易卜生. 小艾友夫 [M] //易卜生文集：第七卷. 潘家洵, 译. 北京：人民文学出版社, 1995：172.

③ 易卜生. 小艾友夫 [M] //易卜生文集：第七卷. 潘家洵, 译. 北京：人民文学出版社, 1995：173.

深入研究索尔尼斯形象谱系，可以发现影响易卜生艺术创作的两种精神：一种是不断朝向高处、向无限接近的神性精神，使人在与上帝对话的过程中不断审思自我意志、自我灵魂以及为实现自我、为艺术事业而做出的牺牲；另一种是促使自我在现实中为达到功利目的而牺牲他人与自我幸福甚至生命的魔性精神，它能满足个人的野心与欲望，使人为达目的不择手段，却导致人在到达艺术巅峰的时刻迷失自我、无所适从，找不到存在的意义与价值，遁入虚无与孤寂之中。在这两种精神之间（在神性精神与魔性精神之间），这四象（本象、类象、反象、超象）不断地来回往复，进行循环运动，本象索尔尼斯受到的魔性驱使与神性召唤在类象艾尔富吕身上得到继承与发展，责任感与自我意识觉醒的类象艾尔富吕与推卸责任、为达到自己的目的而牺牲一切的反象博克曼截然相反，超象鲁贝克则在经历了为艺术牺牲与严格自审的过程之后实现了对过往自我与其他三象的超越。易卜生在最后四部艰深晦涩的象征剧、死亡剧、男人剧中，展现了人性在神性精神与魔性精神之间的这种矛盾循环与复合运动。索尔尼斯形象谱系的四象分别以四种具体的人物身份与抽象的选择方式向我们展现了处于矛盾精神运动中的人性深层结构以及灵魂风景，他们共同构建的形象共同体隐喻艺术家本人对艺术本身的思索，体现出易卜生对个人在艺术理想与现实生活的矛盾之中如何选择与平衡的深刻反思。

第三章

索尔薇格系列：在圣洁与污浊之间

在本文的前两章里，笔者主要论述了易卜生戏剧世界中的主要男性形象，在接下来的两章里，笔者将论述易卜生戏剧世界中的主要女性形象①。诚如汪余礼先生所言，易卜生以"索尔薇格形象隐示出自心对于真情与神圣的期盼"②，然而，索尔薇格是否能代表易卜生在作品中一直不懈追求的如同圣母玛利亚一样的道德理想化身（她所对应的男性形象正是高度理想主义的英雄化身布朗德），而在她之后的女性人物形象在性格上又有着怎样的转变。笔者以《培尔·金特》中的索尔薇格为本象，建立起一支贯穿易卜生早中后期作品的女性形象谱系。在索尔薇格这一脉形象的分支中，本象指《培尔·金特》中所呈现的索尔薇格形象，她富有自我牺牲精神，能像圣母一样宽恕人性的弱点；类象为与本象类似、非常接近之象，如《罗斯莫庄》中的碧爱特，她与索尔薇格颇为类似，具有神性光芒与自我牺牲精神，都是一种积极的正能量；反象为与本象相反、与类象相对之象，如《海达·高布乐》中的海达，她的个性中有与索尔薇格之神性相对抗的魔性因子，是易卜生戏剧中最亮丽的一朵"恶之花"；超象为超越本象之象，暗示着本象进一步发展的可能性，如《罗斯莫庄》中的吕贝克，

---

① 笔者将女性形象主要分为索尔薇格和娜拉两支脉络，关于索尔薇格与娜拉的人物形象间际关系，请参见 WANG Y. Solvejg and Her Sisters: A Study on the Implicit Genealogy of Virtue-Based Chinese Morality in Ibsen's Plays [J]. DramArt, 2016 (5): 49-72.
② 汪余礼. 重审"易卜生主义的精髓"[J]. 戏剧艺术, 2013 (5): 42.

>>> 第三章 索尔薇格系列：在圣洁与污浊之间

她不完全赞同那种泯灭自我个性的宽容、忍耐，但为了让罗斯莫的事业获得成功，她宁愿牺牲自己的幸福乃至生命。吕贝克出于罪恶感的自裁超出了一般意义上的赎罪行为，她在行动上选择了一条与自己原先思想相悖却又重归类象碧爱特的道路，其生命的这种否定之否定的过程尤其凸显出巨大的诗性力量①。综上，索尔薇格形象谱系分别从正反合三个层面强化了易卜生戏剧的诗性力量。

第一节 曦光中等待：本象索尔薇格②

在《培尔·金特》这部剧中，"一切本质上是在天使般的索尔薇格的心灵视野下展开的，而索尔薇格代表了培尔金特内心最本真的向往，她的

---

① 美国杜克大学的托莉·莫伊教授认为，吕贝克完成了娜拉尚未完成的"转变"，她举例说吕贝克多次使用 omslaget（转变，转换）这个词，并且在第四幕使用了和娜拉最后几句台词中所使用的一样的词：forvandlingen（个性上发生的深刻的、极大的）转变（比 omslaget 程度更深）。莫伊认为："娜拉质疑使婚姻成为可能所需的转变可能会发生；而吕贝克坚持认为这种转变已经发生了，她（思想、内心）已经发生了深刻的变化。"参见 MOI T. Henrik Ibsen and the Birth of Mudernism：Art, Theater, Philosophy [M]. Oxford：Oxford University Press, 2008：284. 笔者没有将吕贝克归入以探讨现实婚姻关系、质疑资产阶级家庭伦理观念的娜拉系列，而是将之归入散发神性光辉、追求纯粹理想爱情的索尔薇格系列，主要出于对具有深刻自审意识、愿为罗斯莫使他人变得高尚这项事业奉献生命的吕贝克的精神定位。笔者认为，吕贝克并不是易卜生仅仅用于探讨家庭、婚姻以及伦理观念的形象载体；易卜生塑造吕贝克更偏重于展现她人性中矛盾、复杂、深刻、闪光的地方，她的精神内核与纯洁无私的索尔薇格同根同源，同为那种甘愿为人类的真爱与人性的希望奉献一切的女性。又因吕贝克之生命轨迹较之索尔薇格更为艰难曲折，故笔者将吕贝克置于索尔薇格系列的塔峰位置——她成为这一系列中具有超越性意涵以及黑格尔双重自否精神的"超象"。

② 索尔薇格的名字原文为 Solvejg，词根 Sol-，字面义为"太阳，阳光"，词源是"salur"，意指"人们聚集在一起的房间或一座房子"，在古斯堪的纳维亚语中也有"家园"的意思；-vejg，词源是动词"aðvígja"，意思是"创始、开创或供奉、使……神圣"。从字面上看，索尔薇格的名字意思是"使房子变得神圣的人"，与剧本中索尔薇格作为培尔·金特在森林里的小茅屋的圣洁的守护者大体上一致。

存在最终使得培尔金特的忏悔和得救成为可能。"① 本书作者认为，正是"索尔薇格的自我牺牲"使"培尔·金特的自我救赎"成为可能，长久以来在"曙光中等待"培尔·金特的索尔薇格使得两者都实现了"一个人的本真自我"，即"一个人生存在世的最高目标"。《培尔·金特》最深刻之处是通过对培尔眼中索尔薇格形象的塑造而实现的，浪子培尔正是通过对索尔薇格的真爱而实现了完善自我的可能性；正如奥托·魏宁格所言，在易卜生眼中，救赎培尔的力量，并不是"那活着的、肉体的、象征任意一个傻女人的索尔薇格"，而是"他心中的索尔薇格，是在心中给他力量的一种可能性"②。正因为索尔薇格形象中所内蕴的强大力量和她通过漫长而忠贞的等待而散发出的人性中质朴而诗性的光辉，易卜生才自豪地说："挪威将以我这个戏来确立诗的概念。"③

　　通过阅读剧本，我们知道，培尔·金特在认识索尔薇格之后对她产生了炽烈而真挚的情感，他在索尔薇格的形象特点中找到了关于他的理想观念，正是这种观念又进一步加强了他对她的情感。索尔薇格处于培尔·金特心里的中枢地位，她身上兼具圣母的超自然的完善和人的可以感知的实在性，培尔对她的感情排斥与削减了"精灵和鬼念头"，将它们阻隔在外。正是索尔薇格或隐或显的在场使培尔产生愉悦感，而正是这种愉悦感使他在内心里看到她灵魂中圣洁的光辉。培尔内心的愉悦感与索尔薇格的圣洁光辉共同削减、消散并压抑那些与索尔薇格的"中枢地位"相对立的力量，比如，"山妖"与"魔鬼"。培尔·金特对索尔薇格的爱情表现出易卜生在道德与审美方面的高尚情感。这种高尚的恋爱情感使作为个体的培尔·金特与索尔薇格成为彼此深刻联系着的不可分割的整体，他们之间的

---

① 汪余礼. 重审"易卜生主义的精髓"[J]. 戏剧艺术，2013（5）：42.
② 魏宁格. 最后的事情[M]. 温仁百，译. 南京：译林出版社，2014：7.
③ 易卜生，着. 萧干，译. 培尔·金特[M]//易卜生文集：第三卷. 潘家洵，成时，萧乾，译. 北京：人民文学出版社，1995：289.

关系如同"阴阳相合""乾坤共济"。作为布朗德系列反象的培尔·金特与作为索尔薇格系列本象的索尔薇格之间互相眷恋、彼此感通的精神联系产生了易卜生戏剧世界形象谱系中彼此交织的人际互动关系网结构,培尔·金特与索尔薇格因此也成为易卜生戏剧世界中的支柱形象。

挪威学者马里·沃莱恩认为:

> 培尔在充满冒险的、长达一生的流浪之后,最终发现他自己是如此孤单荒凉、离群索居、死气沉沉。他逐渐开始面对他个性的深层结构,我们也许可以称之为"心理现实"。[①]

本书作者则认为,正是索尔薇格"在曦光中等待"的形象促使培尔积极面对自我个性中潜隐着的"深层结构"。她存在于他潜意识里对自我的信念与希望之中,存在于他的沉思与幻梦之中,她不断地为他祈福,默默地陪伴、鼓舞与支持他,等他回家。索尔薇格给予培尔力量,帮助他在自我精神的世界中将自我潜能实现出来。索尔薇格的自我牺牲使培尔复归"保持你自己"的"人的本来面目",让他获得精神救赎,找寻到自我灵魂存在的意义。与其说易卜生是通过塑造培尔·金特这一个"反英雄"式的人物形象而完成"确认自我、坚持自我的心路历程"[②],弗如说易卜生是通过索尔薇格的神性存在而实现培尔自我主体的精神救赎。

正如挪威学者基塔恩格所说,"对易卜生的英雄主义的理解在于来自

[①] AALEN M. Stray Thoughts-Seeking Home:Henrik Ibsen's Peer Gynt Read in Light of Wilfred Bion's Ideas [J]. The International Journal of Psychoanalysis, 2017, 98 (2):415. 此段原文为:"After a lifetime of escapades, Peer finds himself lonely, detached and with feelings of deadness. Gradually, the underlying structure of his personality, what we may call 'psychic reality', confronts him."

[②] 王娜. 从叙事真实视角论培尔·金特的主体危机 [J]. 世界文学评论, 2009 (1):64.

历史却超越历史的将来之中"①。来自培尔记忆中的索尔薇格重新铸造了培尔的精神自我，也潜在地重新创造了他的未来生活。索尔薇格形象来自易卜生早期的精神记忆之中，却对易卜生戏剧世界的未来（易卜生后来创作中的女性形象娜拉、碧爱特、海达、吕贝克等）和文学现实中遥远而未知的未来（受易卜生影响的作家比如萧伯纳、詹姆斯·乔伊斯、阿瑟·米勒、田纳西·威廉斯、贝克特等）产生了极为深远的影响力。

第二节　圣光中疾逝：类象碧爱特②

如果说《培尔·金特》中索尔薇格的一生是在"曦光中等待"，她的等待如同门楣上驯鹿的犄角一样历经岁月沧桑而不动，如此坚定与忠贞。那么《罗斯莫庄》中碧爱特的一生则是在"圣光中疾逝"的一生，她的疾逝如同黑夜里奔腾的白马一样呼啸而过，如此残忍却又十分多情。碧爱特为了罗斯莫的事业与幸福生活而自主选择跳下水车沟，不惜牺牲自己的生命来保全罗斯莫庄的声誉，与索尔薇格颇为类似，她对待爱情也十分忠贞，极富自我牺牲精神，散发出一种神性光芒，代表着一种积极的正能量，故本书作者称碧爱特为索尔薇格的"类象"。

在剧本伊始，我们在罗斯莫自欺的言辞中误以为碧爱特跳下水车沟是因为她"由精神病激成疯狂症"，但随着碧爱特的兄长克罗尔与罗斯莫的"对手"摩腾斯果访问罗斯莫庄，真相开始显现。碧爱特自杀前曾向克罗尔校长倾诉过她的痛苦与绝望，这个以爱为灵魂的女人在罗斯莫对她的冷

---

① KITTANG A. Ibsens Heroisme [M]. Oslo: Gyledendal, 2002: 23. 此句原文为"det er diktverkets rørsle ut av og framover i hi Ibsens heroisme. storia som først og fremst interesserer meg."

② 碧爱特，Beata，源于拉丁语，意为"被赐福的"，后指圣经中被赐福的女人。

70

漠与对吕贝克的"友情"中受到了极大的伤害。尽管如此,她还是给可能攻击罗斯莫的摩腾斯果写信,请求他不要为了报复罗斯莫而在《烽火》杂志上刊登罗斯莫庄的丑闻与勾当。由此可见,碧爱特并没有什么病症,而是十分了解也非常理解罗斯莫与罗斯莫庄所处的情境的。关于不孕的事实,碧爱特对罗斯莫始终怀有负罪感,因而将作为真正女主人的她自己放置在罗斯莫与吕贝克的关系之外。而她的这种心理又与现实时空中罗斯莫对她的理解(误解)始终是错位的,这消解了婚姻生活中应有的和谐与默契。她的自我消失是对时间的背弃,也是对生命意义的绝望,这种背弃与绝望使她丧失了自我的灵魂,随后她的肉体自然而然地消亡和隐退。碧爱特将善的意愿转化为道德行为的动力,主动地让出自己在罗斯莫庄的位置,正所谓"上善若水,水善利万物而不争,处众人之所恶,故几于道"①。最终,碧爱特选择接近水、化作水的一部分——她跳下了水车沟,和水一起处在低洼、潮湿的地方,与世无争。碧爱特的克己与忍让无疑是一种利他主义的美德,但客观地说,她因过分忍让而失去了她有权去维护的东西——生命。尽管如此,她仍勇决地将这种道德之"理"加以实行,革除欲望,践履善行,即使以生命为代价也在所不惜。正是这位被认为病态的不孕的弱女子不顾一切地自我牺牲挽救与保全了罗斯莫与罗斯莫庄的声誉。在她身后,我们看到,她心灵深处的道德光辉洒向了四周,照亮了易卜生戏剧的精神世界。这位在"圣光中疾逝"的碧爱特无私无我、以爱为灵魂,她真正地照亮了世界、解放了他人、撒播下光明的种子。

---

① 史贤龙. 众妙之门:与老子一起思考·道篇[M]. 北京:北京燕山出版社,2020:82.

第三节　烈焰中燃烧：反象海达[①]

正如哈罗德·布鲁姆所说，作为"易卜生作品中最可畏的人类山妖"[②]的海达的天赋在于"否定和破坏"[③]，妖性显现于她的内心，使她与索尔薇格和碧爱特身上散发出的圣洁光辉相抵触、冲撞，故笔者称其为以索尔薇格为本象的形象谱系中的反象。海达的生命像流星划破夜空，虽然她在自己心中的烈焰里痛快淋漓地尽情燃烧，甚至在燃烧自己的同时也深深地伤害与折磨他人——她不惜焚毁他人的物件（乐务博格的手稿）与毁灭他人的生命（怂恿乐务博格用她给他的手枪自杀）——她最终遭遇"潜在求爱者的抛弃"[④]，其生命终究只是光电般一闪即逝，亦如燃尽的枯叶一般湮没于尘世之中，终究化为一缕轻烟随风而逝。海达的生命在短暂而剧烈的"自燃"之后迅速覆灭，故笔者用"烈焰中燃烧"来喻示海达的生命轨迹与人生历程。

1890年12月4日，易卜生曾致信他的朋友莫里兹·普罗佐尔，《海达·高布乐》这个剧本的主旨是"描写人性、人的情感和人的命运"，

[①] 海达，Hedda，源于古德语，与《野鸭》中的海特维格Hedvig同源，皆意为"contention and strife"（争论与不和）。反象海达的个性中有与索尔薇格之神性相对抗的魔性因子，但并不意味着她就是恶魔本身，她是因社会习俗、文化传统、家族陈规与本心所追求的自由与爱情相悖，无从选择而身陷囹圄，以致"真我未达身先死"，其破坏力由其自身承担，和罗斯莫、吕贝克、艾梨达、索尔尼斯一样，她也是在"空无依傍、自由自决"的情况下自主选择"自我毁灭/自裁"（selvmord）的。
[②] 布鲁姆. 西方正典 [M]. 江宁康，译. 南京：译林出版社，2011：288.
[③] 布鲁姆. 西方正典 [M]. 江宁康，译. 南京：译林出版社，2011：285.
[④] 曼德尔：引言 [M]//莎乐美. 阁楼里的女人：莎乐美论易卜生笔下的女性. 马振骋，译. 上海：上海人民出版社，2013：40.

(潘家洵先生译为"描写海达的品性同叙述她的悲剧")①。其实,"描写海达的品性"与"叙述她的悲剧"并不简单,这个看似极端叛逆的海达表现了易卜生对男尊女卑的资产阶级传统价值观以及小市民教育将恋爱对象视为私有物的观念的反思②,这种反思将尖锐的矛头指向对男性与女性人格的扭曲认识,客观上决定了海达这一形象会超越传统的现代性与悲剧性。路·莎乐美认为,海达缺乏内心的真诚与力量,使她达不到为自己设置的一切不切实际的目标,"海达为自己而死,就像她曾经为自己而活"③。一方面,莎乐美看不起海达,认为她"终日害怕引起社会注目和受到流言幽灵的'连累'","要做一个有主见和创造性的女人而没有做成;她的破坏性的冲动是对创造性的嘲笑","她懒惰而缺乏胆量","内心空虚","眯着眼睛看生活,而不投入生活"④;另一方面,她欣赏海达直面死亡的高贵勇猛,认为海达"最可爱的话"就是在勃拉克推事告诉她,只要他不说造成乐务博格自杀的那支手枪是海达给的,便不会引起丑闻之后,海达对着观众说:"那就不会有自由了!……不能忍受!永

---

① 易卜生. 易卜生书信演讲集 [M]. 汪余礼,戴丹妮,译. 北京:人民文学出版社,2012:314;潘家洵.《海得加勃勒》译者序言 [M] //陈惇,刘洪涛. 现实主义批判:易卜生在中国. 南昌:江西高校出版社,2009:77-78.
② 在《海达·高布乐》的挪文原版剧本中,泰斯曼认为海达"属于(泰斯曼)这个家族",他使用的是 "hører til familien"(belong to the family),而不是 "hører til i familien"(belong in the family),可见,他强调海达从属于这个家庭,处于一种被操控、被压迫的地位,而不是和其他家庭成员平等的地位;此后,泰斯曼的姑姑朱黎阿以祝祷的形式将双手放在海达额头上,亲吻她(bøjer med begge hænder hendes hoved og kysser),这种带有宗教意味的祝福形式迫使海达不得不接受来自泰斯曼家族所代表的资产阶级传统习俗与道德观念的压制,再次证明了海达受压抑而不得反抗的事实。IBSEN H. Henrik Ibsens Skrifter. vol. 9 [M]. Oslo: Aschehoug & Universitetet i Oslo, 2009:29-32.
③ 曼德尔. 引言 [M] //莎乐美. 阁楼里的女人:莎乐美论易卜生笔下的女性. 马振骋,译. 上海:上海人民出版社,2013:40-41.
④ 曼德尔. 引言 [M] //莎乐美. 阁楼里的女人:莎乐美论易卜生笔下的女性. 马振骋,译. 上海:上海人民出版社,2013:42.

不!"①，尽管路·莎乐美认为海达的全部自由什么也不值。

让我们先从泰娅的头发说起。在《海达·高布乐》中，当乐务博格试探海达对待泰娅的态度说"你瞧她可爱不可爱"的时候，海达对泰娅那头美丽的浅黄色"异常之多而有波纹"②的头发，只是"轻轻抚摩"③，然后当乐务博格向她坦言"我们俩——她和我——我们俩是真正的伴侣。我们彼此绝对信任。所以我们可以毫无掩饰地自由谈话"。之后，她改变了对泰娅的态度，在一番攀谈之后，海达突然对泰娅说："哦，你哪里知道我多么苦！你的运气多么好！"然后"热烈地把她抱在怀里"，说，"我想我终究还是要烧掉你的头发"④，这一转变表明，海达既十分喜爱、想要占有泰娅的头发，像"支配他人命运"一样支配它，又因达不到这个目的而决定毁灭它。换言之，海达抚弄泰娅的头发并想要烧毁它正是出于她的嫉妒心。海达对泰娅的嫉妒证明其精神欲望的强烈程度，这种强烈的欲望成为海达与乐务博格关系中的阴影，是他们关系的毁灭与悲剧发展的一个重要原因。事实上，海达的嫉妒并非由于泰娅的出现，而是远在此之前，当她担心她对乐务博格的爱得不到乐务博格的回应的时候就开始了，这种嫉妒的情感与强烈的精神欲望始终监视并压迫着乐务博格，步步紧逼他朝着死亡的方向倒退，直到他不得不以自戕做了结。海达不仅妒忌对占有乐务博格造成威胁的泰娅，也怨恨她自己深爱的乐务博格本人，她甚至还厌恶泰斯曼没能像爱尔务斯泰州官对待泰娅那样给她自由。这一切都导致海达的情绪分裂，精神崩溃，给原本应该美好的幸福家庭（不论她过去选择乐务博格还是泰斯曼，都可以组成美满的家庭）笼罩了深深的阴影。在这种分裂情绪的长期折磨之中，海达的爱情被彻底破坏了，她丧失了爱与被爱的

---

① 曼德尔. 引言 [M] //莎乐美. 阁楼里的女人：莎乐美论易卜生笔下的女性. 马振骋，译. 上海：上海人民出版社，2013：42-43.
② 易卜生. 易卜生文集：第六卷 [M]. 潘家洵，译. 北京：人民文学出版社，1995：351.
③ 易卜生. 易卜生文集：第六卷 [M]. 潘家洵，译. 北京：人民文学出版社，1995：393.
④ 易卜生. 易卜生文集：第六卷 [M]. 潘家洵，译. 北京：人民文学出版社，1995：399.

能力，她不仅极端憎恶乐务博格和泰斯曼，甚至也无法接受泰斯曼和他姑姑的善意与包容，无法维持泰斯曼与她组成的家庭表面的和谐。嫉妒给海达的意识造成了致命的伤害，她由于遭到乐务博格的冷遇而感到自尊心受挫，由于缺乏伴侣的陪伴而感到不满足，对已失去的一切感到痛恨，追悔不已，对所思慕的乐务博格时而恋恋不舍，时而怨恨不已，对造成她痛苦的泰娴与泰斯曼（甚至泰斯曼的姑姑们）表现出仇恨。

海达对乐务博格的复杂情感使她游离于不满足与满足之间，长期徘徊在欢愉与苦痛之间，处于一种情绪分裂的状态。她感到自己对这位既爱又恨的男士着了魔，在决绝与回心转意之间徘徊延宕，神情游移不定。在海达得知乐务博格与泰娴已是情侣并且相互促进、共同完成书稿（事业）之后，她暗暗怀着再一次占有乐务博格的欲望。她深深地鄙视乐务博格，却又禁不住爱慕他，海达的爱给乐务博格也给她自己带来毁灭，可是离开乐务博格，海达又无法活下去。海达的这种既爱又恨的矛盾心理与精神分裂是悲剧性的，引起这种情绪的根源在于她所爱对象与她自己的矛盾个性：海达敬仰乐务博格的某些才能，但同时又不满于他的怯懦与曾经的恶习；海达外表美艳，格调高雅，有独特的品位与见解，给乐务博格带来了审美愉悦与快感，但她的某些行为却使人反感与恐惧。

海达对泰娴头发的抚摩表现出海达的嫉妒心理与分裂情绪，也展现出海达作为现代女性的新的存在方式，她成为一股现代社会中因人的个性发展而反抗传统伦理中统一与和谐的力量，尽管现实生活不会以她的徒劳反叛为转移，但她的反抗精神仍具有作为艺术存在的合理性，与其说海达的枪声是她反叛传统的声音，不如说这是易卜生对不合理的传统习俗的抨击与对小市民思想观念的尖锐批判。泰娴的头发以及海达对待泰娴头发态度的微妙转变体现出易卜生以细腻的内心对复杂的人性进行深层结构的挖掘。自私叛逆、嫉妒甚至仇视他人的海达则如同一首"阴郁而深沉"的诗①，生活在痛苦的怀疑与凄惨的绝望之中，她的情感如同乐务博格的手稿一样在"烈焰中燃烧"，火势汹涌，马丁·艾思林认为，其"邪恶的深处"是"潜在的创造力被束缚和被颠覆的另一面"，因此，他"视她为真正的悲剧人物"②。

1890年12月4日，易卜生在写给莫里兹·普罗佐尔的信中说，关于《海达·高布乐》这部剧，"我主要想做的是描写人性、人的情感和人的命运"③，随后，在1891年1月14日，在易卜生写给挪威女演员克里斯蒂娜·斯蒂恩的信中，他又写道："对海达来说，他们（泰斯曼、他的两个姑姑和女佣）构成一股陌生的、反对她的基本人性的敌对力量"④，易卜生将泰斯曼、姑姑和女佣共同组成的"一个完整的实体"看作是海达的对立面，以此为前提来展现海达与他们的对抗，表现她的反叛，以及她的情感矛盾和悲剧命运，深入到海达灵魂的深处，以一种反向的结构性力量建立起这部现代悲剧的框架，无疑，主人公悲凄、执着而孤独的灵魂及其果断而决绝的自杀行为彰显出极大的诗性力量：

海达一无所求，只希望得到她所谓的被污损了的自由，用她的原话来说：在假充高雅的克里斯蒂阿尼亚狂热纵饮。她的罗曼蒂克式的自杀仍有其积极的成分，它虽然只是一种勇敢而"清高"的姿态，而

---

① 此处借用汪余礼."深沉阴郁的诗"与"不可能的存在"：对《海达·高布乐》的审美感通学批评 [J]. 武汉大学学报（人文科学版），2014，67（3）：92-96. 特此致谢！
② ESSLIN M. Ibsen, An Enemy of the People, Hedda Gabler, Master Builder [M] //Reflections: Essays of Modern Theatre. New York: Doubleday, 1969: 39.
③ 易卜生. 易卜生书信演讲集 [M]. 汪余礼，戴丹妮，译. 北京：人民文学出版社，2012：314.
④ 易卜生. 易卜生书信演讲集 [M]. 汪余礼，戴丹妮，译. 北京：人民文学出版社，2012：316.

<<< 第三章 索尔薇格系列：在圣洁与污浊之间

乐务博格却连这种姿态也做不出。……剩下的只是自我烦恼……①

海达就像是易卜生的心魔，他无时无刻不在与她"搏斗"的过程中生活、创作；她又像是他的缪斯女神，给予他新的灵感，使他的作品不断"新生"，赋予其"完整的灵魂"②。而关于《培尔·金特》这部剧，易卜生认为，"我的这本戏是诗"。"在我生命中那些安静的时刻里，我倾听过来自我灵魂最深处的声音，并有意地去探索和解剖我自己的灵魂；而这种探索与解剖越是深入，我自己也越是感到痛苦。"③尽管此处易卜生没有说明在"那些安静的时刻里"他的"自我灵魂最深处的声音"是否就是像索尔薇格之歌那样的声音，但从《培尔·金特》剧本本身以及培尔对索尔薇格的印象与对话中，我们可以隐约感知并确信，索尔薇格那圣母般的神性歌声正是人类在与神灵的对话之中所能倾听到的安静地流淌在人类自我灵魂深处的声音。如果说，索尔薇格的歌声促使人在美好温柔之中对自己的灵魂展开自我探索与自我解剖，那么海达的枪声则以她的个体生命爆炸式的结束而震撼、刺激并迫使人思考自我卑微而痛苦的灵魂。对于世界公民易卜生而言，尽管早期创作中的索尔薇格与后期作品中的海达以不同的甚至互相对立的方式出现，但她们都体现出易卜生对自我精神与灵魂的愈来愈深沉、愈来愈深刻的反思、批判与解析。

---

① 格雷.结论[M]//易卜生文集：第八卷.潘家洵，萧乾，译.北京：人民文学出版社，1995：附录404.
② 易卜生.易卜生书信演讲集[M].汪余礼，戴丹妮，译.北京：人民文学出版社，2012：34.
③ 易卜生.易卜生书信演讲集[M].汪余礼，戴丹妮，译.北京：人民文学出版社，2012：57.

第四节　泥沼中升腾：超象吕贝克①

勃兰兑斯认为，《罗斯莫庄》中的女主角吕贝克"是易卜生塑造的最伟大、最令人赞美的人物之一"，"是易卜生笔下的挪威妇女中最罕见的一个"；易卜生"相信过去有污点的吕贝克能够改恶从善"，他揭示出她"体现出来的、被人们阐述以及简介评论到的沉静、高尚以及对人类本性的洞察能力"，她"内在的美德和纯洁"以及"最后表现出的伟大品质"；"即使易卜生自己从未碰到过一个吕贝克式的人物，他也从未怀疑她的真实性"②。作为一个受到资产阶级父权体制压迫的受害者（她的乱伦罪主要归咎于维斯特医生，在当时的条件下，她只能顺从而无力反抗，而她谋害碧爱特只是克罗尔的一面之词，她无从辩解，为了罗斯莫不再自责与愧疚，她只能选择用自己的血肉之躯为罗斯莫免遭污蔑陷害而承担克罗尔那莫须有的罪名，在资产阶级世界观、道德观以及社会习俗与偏见之下，她必定是受害者），吕贝克勇敢而坚强地承担起生活洪流中的现实责任，并以超越凡俗的女性那无私的自我奉献精神鼎力支持与帮助罗斯莫完成他的解放事业，为人类的精神革命而牺牲生命，以死亡而净化罗斯莫的灵魂，她的确是"罕见""高尚"而"伟大"的。罗马尼亚学者柯瑞娜·里昂将吕贝克视为尼采所说的"超人"，"吕贝克从太阳神式的女性进化为酒神式的人，通过权力意志的行动、永恒复归的体验、对不朽的追求以及对上帝缺席的接受，证明了她自己就是解放自己、审判自己、裁决自己、超越自

---

① 吕贝克，Rebecca，源自希伯来语，是旧约圣经中的人物，意为"以美貌而迷人的女子"，是以撒的妻子，雅各和以扫的母亲。
② 勃兰兑斯. 第三次印象 [M] //易卜生文集：第八卷. 潘家洵，萧乾，译. 北京：人民文学出版社，1995：附录 300.

<<< 第三章 索尔薇格系列：在圣洁与污浊之间

己的'超人'"①，她体现了易卜生和尼采一样，都倡导与肯定个体价值观中的理想主义和信仰②。《罗斯莫庄》中的吕贝克不完全赞同像碧爱特那样泯灭自我个性的宽容、忍耐，但为了让罗斯莫的事业获得成功，她宁愿牺牲自己的幸福乃至生命。吕贝克对罗斯莫的爱如同北方冬季里的风暴，"强劲得不可抗拒"③，她在这风暴般的自由冲动下，暗示与逼迫碧爱特跳下水车沟。但这阵风暴并没有因此停止，她的这种魔性冲动继续发挥作用，以至于迫使她自己在严格自省后否定自身，从而否定了原先的自由冲动，产生了尽管源自罪恶感却十分崇高的精神力量。吕贝克出于罪恶感的自裁超出了一般意义上的赎罪行为，她在行动上选择了一条与自己原先思想相悖却又重归碧爱特的道路，她"不可思议地变成了一个碧爱特"，她的无私"反映碧爱特的心"，但她超越了"温顺胆怯的碧爱特"，她勇敢且毫无保留地对心爱之人披露了自己灵魂中的"一切丑事"④，正如王忠祥先生所言，"罗斯莫和吕贝克的死亡结局貌似走上碧爱特的老路，其实不然，他们是彼此跟着而且'高高兴兴'地走向死亡的！"他们的死亡与存在一样，都有"抗争与超越的冲动"，其"悲剧精神"有其"审美价值"⑤。吕贝克生命的这种否定之否定的过程尤其凸显出巨大的诗性力量，可视作本象之"类—反—合"过程的最终产物。她提升了作为本象的索尔薇格的丰富性与复杂性，使得本象不再是单一的形象，而成为整个形象体系隐含有潜在超越性的核心形象。索尔薇格这一谱系也正因充分契合了人

---

① LEON C. Conceptual Correspondences between Henrik Ibsen's Rosmersholm and Friedrich Nietzsche's Thus Spoke Zarathustra [J]. Philology and Cultural Studies, 2011, 4 (53): 37.
② BEYER H. Nietzsche og Norden II [M]. Bergen: John Griegs Boktrykkeri, 1959: 31.
③ 勃兰兑斯. 第三次印象 [M] //易卜生文集：第八卷. 潘家洵, 萧乾, 译. 北京：人民文学出版社, 1995: 附录300.
④ 莎乐美. 阁楼里的女人：莎乐美论易卜生笔下的女性 [M]. 马振骋, 译. 上海：华东师范大学出版社, 2005: 95-107.
⑤ 王忠祥. 论《罗斯莫庄》的悲剧精神和象征意义 [M] //建构文学史新范式与外国文学名作重读：王忠祥自选集. 武汉：华中师范大学出版社, 2009: 140.

性的深层结构而成为易剧历久弥新的诗性力量的源泉。下面试详述之。

起初，吕贝克受罗斯莫庄女主人碧爱特的邀请来到罗斯莫庄，虽然是给碧爱特做伴和料理家务，但与女主人的关系却不一般，碧爱特的哥哥克罗尔形容碧爱特对吕贝克的感情时说："你能把她对你的那种感情叫作友谊吗？那是一种敬仰——近乎偶像崇拜。"① 不管克罗尔是否出于真心说这番话，吕贝克都的确是一个有理想、有抱负的女性，在来罗斯莫庄之前，她就已经了解到罗斯莫庄主人从小受到过布伦得尔解放思想的影响，她把罗斯莫庄作为她实现理想解放思想的开局之地。她说，"我用过心计想在罗斯莫庄找个站脚的地方"，"一定可以在这儿打开一个有利的局面"②。她甚至预想，她可以和罗斯莫一起并肩迈步，自由前进。年轻的吕贝克具有坚定的品质，她认为自己有勇往直前、无拘无束的意志，不知道什么叫顾忌，更不在乎人与人之间的束缚，她以为自己什么事都干得成③。她甚至以为她和罗斯莫就可以干出一番事业，所以直接对罗斯莫说，"我当初以为咱们俩可以把事业完成"④。当然，她确实在罗斯莫庄站住了脚，而且对罗斯莫影响很大，外界都认为罗斯莫的激进思想是起因于她。然而，她哪里知道一场风暴正悄然而起，并向罗斯莫庄袭来。

在《罗斯莫庄》这部剧中，克罗尔是个极端保守派代表，他认为解放思想者做的都是一些"在这不幸的国家里推动败坏人心、破坏秩序的工作。"⑤ 对吕贝克这类解放思想者充满怨恨，特别是他认为"一切事情都是"吕贝克"在背后鼓动"，且影响了罗斯莫，所以他时时处处都不放过打击吕贝克的机会。

克罗尔打击吕贝克主要是从两方面下手，一是通过打击罗斯莫以摧毁

---

① 易卜生. 易卜生文集：第六卷 [M]. 潘家洵，译. 北京：人民文学出版社，1995：195.
② 易卜生. 易卜生文集：第六卷 [M]. 潘家洵，译. 北京：人民文学出版社，1995：210.
③ 易卜生. 易卜生文集：第六卷 [M]. 潘家洵，译. 北京：人民文学出版社，1995：211.
④ 易卜生. 易卜生文集：第六卷 [M]. 潘家洵，译. 北京：人民文学出版社，1995：210.
⑤ 易卜生. 易卜生文集：第六卷 [M]. 潘家洵，译. 北京：人民文学出版社，1995：153.

<<< 第三章 索尔薇格系列：在圣洁与污浊之间

吕贝克在罗斯莫庄的立足之地，他对罗斯莫采取又打又拉的策略，总希望利用罗斯莫为自己的保守势力做些办报纸、做编辑之类的工作，当罗斯莫不听他劝告时，他又打击、诬陷和要挟罗斯莫。克罗尔通过了解分析后，知道吕贝克的想法，所以他直接对吕贝克说，"你无非想在罗斯莫庄找个站脚的地方"①，他恨不得一下子毁掉罗斯莫庄，这样吕贝克就没有立足之地了。二是直接针对吕贝克予以打击。首先，把罗斯莫的解放思想归于吕贝克的"背后鼓动"，指责吕贝克"你这人更危险。正因为你的心是冰凉的，所以衡量利害、估计后果，你很方便"，"要不然，你绝不会在这儿一年一年待下去，一心一意追逐你的目标。好，现在你如愿以偿了。你已经把他抓住了，一切都归你掌握了"②，克罗尔愤恨解放工作者，他几乎把吕贝克看作一个罪大恶极的激进者。其次，他四处调查吕贝克的成长历史，以其历史不清白为罪名，对吕贝克进行要挟恐吓，施以精神打压，他的惯用手法就是似是而非地制造谣言，他对罗斯莫说，"一个不信宗教的男人，一个解放的女人"③，"在那两件事中间并没有跨不过去的界线：一件是自由思想，另一件是自由恋爱"④，其言下之意就是暗示罗斯莫与吕贝克关系不正常。"不是拿教会的训条做基础的道德都不大可靠"，好像只有教会道德才是可靠的，否则必有罪错。对吕贝克也是这样，"维斯特小姐，我说的是你的出身"，"我不是说门第和地位什么的。我说的是你的道德历史。"他暗示吕贝克的出生以及历史不清白，以家庭隐私进行威吓要挟，严格地说，就算克罗尔说的都是事实那又怎么样，难道男性所犯的罪恶必须由女性来承担吗？就如易卜生所说的那样，"在现实生活中，女人总是被人以

---

① 易卜生. 易卜生文集：第六卷 [M]. 潘家洵，译. 北京：人民文学出版社，1995：195.
② 易卜生. 易卜生文集：第六卷 [M]. 潘家洵，译. 北京：人民文学出版社，1995：195.
③ 易卜生. 易卜生文集：第六卷 [M]. 潘家洵，译. 北京：人民文学出版社，1995：167.
④ 易卜生. 易卜生文集：第六卷 [M]. 潘家洵，译. 北京：人民文学出版社，1995：168.

男性的法则进行评判,好像她不是一个女人而是一个男人似的"①。克罗尔作为一个具有一定知识素养的校长,为了维护自己保守立场,打击解放思想,竟然不顾基本道德,用男性罪过来指责女性,难道克罗尔不懂得,无论从道德上还是从人格上讲,吕贝克不过是一个受害者吗?他甚至说"我确实相信你的出身决定了你的一切行为"②,这种打击真是残酷无情至极,易卜生就是要让观众读者由此看到保守势力的无耻。以男人制定的规则要求女人,女性永远都难逃罪责。再次,他以谣言直接诬陷吕贝克,把罗斯莫夫人碧爱特的自尽归因于吕贝克,可是其实吕贝克完全是无辜的。那么吕贝克为什么要赎罪呢?在所谓的赎罪问题上,吕贝克与罗斯莫是有区别的,罗斯莫是碧爱特的丈夫,当罗斯莫移情别恋时,确实是对不起夫人。作为丈夫,罗斯莫严格地自我反省,"自从你一到我们家我就快活起来了"③。同时,"新思想的讨论把咱俩吸引到了一块儿",他自认为这是一种友谊。但他推测碧爱特的看法是"她看清楚我爱你"④。这样看来"说不定一起头就是精神上的夫妻","所以我的灵魂里有了罪孽","我犯了对不起碧爱特的罪过。"罗斯莫认为自己最大的罪过就是碧爱特还在世的时候,他就"只爱慕你一个人",即他只爱慕吕贝克。这种由于精神理想上的归属认同感导致其感情的偏移,仅仅只限于其精神活动的范畴,而不是某种具体的行为。他通过严格地自审,认为自己有罪,就如他对克罗尔所说,他有自己与生俱来的道德标准,道德是他天性中的本能法则,他以此审判自己,并宣称是解放者的自我审判。但这绝不是法律意义上的有罪,只能说罗斯莫在道德上对自己是极其严苛的。吕贝克则不然,她所谓的赎罪与罗斯莫完全不同。吕贝克在照顾碧爱特并为她工作的同时,为自

---

① 易卜生. 易卜生的工作坊:现代剧创作札记、梗概与待定稿[M]. 汪余礼,等译. 武汉:武汉大学出版社,2016:50.
② 易卜生. 易卜生文集:第六卷[M]. 潘家洵,译. 北京:人民文学出版社,1995:197.
③ 易卜生. 易卜生文集:第六卷[M]. 潘家洵,译. 北京:人民文学出版社,1995:179.
④ 易卜生. 易卜生文集:第六卷[M]. 潘家洵,译. 北京:人民文学出版社,1995:192.

己所追求的解放事业寻求事业上的志同道合者，她还未到罗斯莫庄就了解到罗斯莫受过解放思想的影响，到罗斯莫庄后，她既向罗斯莫传播解放思想，也在自己与罗斯莫的思想交流中了解到罗斯莫追求解放事业的理想，并在交流过程中两个人都产生了相互的"吸引"。她对罗斯莫的激进影响并不是秘密，罗斯莫庄内外都有所了解，不然克罗尔也不可能了解那么多关于吕贝克对罗斯莫的思想影响。克罗尔正是利用他了解到的关于二人解放思想相近关系，对二人进行污蔑，所谓一个不信教的人与一个思想解放者之间怎样怎样，如何如何，并把二人相互间纯粹的新思想的感情，作为罗斯莫和吕贝克的私生活谣言加以渲染，完全无视他们二人是志同道合的解放思想者，并以此推测吕贝克为了实现他所强加的私生活谣言，而引诱碧爱特跳进水车沟。在吕贝克是否犯罪的问题上，吕贝克完全是无辜的，罗斯莫认为自己有罪是因为自己作为丈夫不该有精神理想上的知己而导致情感上的偏移。吕贝克则没有，即便她对罗斯莫有倾慕之情，在实际行动上也并没有主动去追寻；即便在罗斯莫向她表白、两次向她求婚之时，吕贝克也明确地拒绝了他。试问吕贝克何罪之有。那么，她为什么要认罪呢？这主要是源于她不希望罗斯莫因此而放弃解放事业，而她所谓"还给罗斯莫清白的生活"就是想自己把这个罪认下来以解救罗斯莫，以罗斯莫的影响力可以将解放事业坚持下去。同时，她知道确实有人误导了罗斯莫夫人碧爱特，所以，她从相反的方向"利用"了"坏人"，按照"坏人"所做的诱导碧爱特的方式（她与罗斯莫所没有的所谓关系），编造了自己引诱碧爱特的假言，通过自己独自认罪来解脱罗斯莫。吕贝克的严格自审，是从坚持解放事业发展出发的严格自审。

我们首先来看是谁在哄骗诱导碧爱特：

　　海尔赛特太太（在沙发旁，使劲撑拂）小姐，也许还有你最想不到的人去找他呢。

吕贝克 （忙着弄花）海尔赛特太太，这不过是你自己的猜想罢了。你说的话，你并没有把握。

海尔赛特太太 小姐，你说我没有把握？我告诉你，我有把握。好吧，要是你一定要知道的话，我就告诉你。有一次我亲自给摩腾斯果送去过一封信。

吕贝克 （转身）是吗？

海尔赛特太太 真有这事。信纸挺讲究，信上还盖着个精致的红印。

吕贝克 信是交给你送去的吗？亲爱的海尔赛特太太，这么说，写信的人是谁就不难猜了。

海尔赛特太太 是谁？

吕贝克 一定是去世的罗斯莫太太在发病的时候——①

……

海尔赛特太太 小姐，这件事万万不能告诉你。我只能告诉你，信里说的是他们哄着那位有病的太太相信的一件荒唐事。

吕贝克 哄她的是什么人？

海尔赛特太太 维斯特小姐，是一群坏人。他们是坏人。

吕贝克 坏人？

海尔赛特太太 坏人，我再说一遍。他们一定是真正的坏人。

吕贝克 你说他们究竟是谁？

海尔赛特太太 嗯，我心里当然有底子，可是我决不能说出来。反正城里有一位太太——呃哼！

---

① 易卜生. 易卜生文集：第六卷［M］. 潘家洵，译. 北京：人民文学出版社，1995：185.

第三章 索尔薇格系列：在圣洁与污浊之间

吕贝克　我明白你是指克罗尔太太说。

海尔赛特太太　哼，那位太太派头可不小。她老在我面前摆架子。她也不见得太喜欢你。①

这位可爱的海尔赛特太太虽然严格地为主人保密，但由于她与吕贝克关系不错，同时也知道吕贝克与女主人关系不一般，所以，就从一开始的守口如瓶，到最终还是把底细都告诉了吕贝克。海尔赛特太太身份特殊，她是女主人信得过的人，可以从女主人那里得到一些信息。同时，在送信时因摩腾斯果的盘问而知道了信的内容。所以她知道克罗尔夫妇是坏人，是哄着"太太相信一件荒唐事"的坏人。观众和读者可以通过海尔赛特太太的提示，知道他们欺骗碧爱特的具体内容。

再看克罗尔编织的假话：

克罗尔　她头一次找我的时候是宣布你正在走上叛教的邪路，正在背叛你祖宗的信仰。

罗斯莫　（急切地）哪儿会有这种事。绝对不会有！你一定记错了。

克罗尔　为什么？

罗斯莫　"因为碧爱特在世的时候我还正在彷徨犹豫，跟自己做斗争呢。并且我始终是独自在暗地里斗争，跟谁都没谈过。……"②

这个假话是克罗尔要利用碧爱特来压服罗斯莫放弃新思想而编织的。其实是拿自己妹妹的死做赌注。可惜，罗斯莫一句话就破解了这个阴谋，"因为碧爱特在世的时候我还正在彷徨犹豫，跟自己做斗争呢。并且我始

---

① 易卜生. 易卜生文集：第六卷 [M]. 潘家洵，译. 北京：人民文学出版社，1995：187.
② 易卜生. 易卜生文集：第六卷 [M]. 潘家洵，译. 北京：人民文学出版社，1995：165.

终是独自在暗地里斗争，跟谁都没谈过。……"这只能说明克罗尔以为自己妹妹已经不在世了，自己想怎么说都可以。可惜，还是被罗斯莫戳穿了。

克罗尔编织的另一个假话先是欺骗碧爱特后又欺骗罗斯莫的：

克罗尔　……她只是这么回答："我是活不长的人了，因为约翰尼斯必定马上跟吕贝克结婚"

罗斯莫　（几乎说不出话来）你说什么？我就要跟——？①

碧爱特对克罗尔的谣言是什么态度，没有人知道。正因为这样，他又可以以碧爱特为名来欺骗罗斯莫。罗斯莫明明知道这是克罗尔编织的假话，他还是被这没有道德底线的莫须有的假话气得几乎说不出话来。这些假话就是海尔赛特太太所说的"坏人"想要碧爱特"相信的一件荒唐事"，正如罗斯莫说的，为什么太太从来没有对他本人讲呢，说明这不是太太自己说的话，而是克罗尔夫妇编造的欺骗碧爱特的谣言。

海尔赛特太太说的信，后来当然得到了证实。摩腾斯果后来就来找罗斯莫了，也是希望罗斯莫为自己所用：

罗斯莫　真怪，我那位去世的太太会有什么事写信告诉你？

摩腾斯果　那封信还藏在我家里。……她说你们这儿有好些居心险恶的人，他们成天不想别的，只想惹乱子害你。

……

摩腾斯果　……最奇怪的话还在后头呢。罗斯莫牧师，我要不要说下去？

---

① 易卜生. 易卜生文集：第六卷 [M]. 潘家洵，译. 北京：人民文学出版社，1995：166.

>>> 第三章 索尔薇格系列：在圣洁与污浊之间

罗斯莫　当然要说！把话都说出来，一字都别瞒我！

摩腾斯果　……她还求天拜地地劝我别报复。①

　　这里我们看到，摩腾斯果来找罗斯莫，证实太太确实派人送了信，这是事实。同时，碧爱特说了有人"只想惹乱子害你"，说明她并不糊涂，海尔赛特太太说的让罗斯莫太太相信的一件荒唐事，其实罗斯莫太太已经明白是有人要害罗斯莫。克罗尔夫妇对碧爱特讲的荒唐事，其中必然有吕贝克影响了罗斯莫的话，这样，碧爱特当然会相信罗斯莫可能与吕贝克走到一起。但即使如此，她也还是爱罗斯莫的。她并不觉得是罗斯莫错了，因为是自己不能够为罗斯莫生孩子，"一知道自己永远不会生孩子"就起病了。这是碧爱特轻生的一个实质性的原因，既然自己的哥哥嫂子都说罗斯莫与吕贝克要在一起，她也希望自己的消失能换来罗斯莫新的婚姻家庭，这样罗斯莫和吕贝克便可以名正言顺地为罗斯莫庄传宗接代了。如果不是克罗尔夫妇的荒谬言行，碧爱特不会做出这样的行为，再说，罗斯莫也并没有对她有什么不好。然而克罗尔夫妇的误导，直接促成了碧爱特走出那关键的一步。

　　我们在第三幕看到，克罗尔来到罗斯莫庄，对吕贝克说要"单找你一个人"说话，从这里我们能看到克罗尔与吕贝克的正面交锋。克罗尔对吕贝克使用的完全是一种审判的语气，而吕贝克则针锋相对，寸步不让：

克罗尔　我相信一切事情都是你在背后鼓动。

吕贝克　克罗尔校长，这句话是你太太教你的。

克罗尔　谁教的都没关系。总之，……②

---

①　易卜生. 易卜生文集：第六卷［M］. 潘家洵，译. 北京：人民文学出版社，1995：175.
②　易卜生. 易卜生文集：第六卷［M］. 潘家洵，译. 北京：人民文学出版社，1995：194.

吕贝克所说"这句话是你太太教你的",其实是指克罗尔太太和克罗尔在碧爱特那里造谣的事,意味着说你又在造谣。可惜,克罗尔并不接话,而是极其无赖地说"谁教的都没关系"。

在这场审判式的谈话中,我们看到了剧作家易卜生描写谈话时的高超手法。当罗斯莫也加入这场谈话时,似乎应该说是加入了审问:

> 罗斯莫 (向吕贝克)你是怎么下手的?你究竟对碧爱特说了些什么话?其实没有什么可说的——绝对没有什么可说的!
> ……
> 吕贝克 后来她渐渐知道你在用力摆脱一切古老的偏见。
> 罗斯莫 不错,可是那时候我还没达到那个境界呢。①

吕贝克这里转述碧爱特说的话,"你在用力摆脱一切古老的偏见",其实就和"你正在走上叛教的邪路"是一个意思,罗斯莫则说,"可是那时候我还没达到那个境界呢",这样的对话已经在前面一幕出现过,那么这是否意味着罗斯莫已经戳穿了克罗尔编织的假话呢?

> 克罗尔 她头一次找我的时候是宣布你正在走上叛教的邪路,正在背叛你祖宗的信仰。
> 罗斯莫 (急切地)哪儿会有这种事。绝对不会有!你一定记错了。
> 克罗尔 为什么?
> 罗斯莫 因为碧爱特在世的时候我还正在彷徨犹豫,跟自己做斗争呢。并且我始终是独自在暗地里斗争,跟谁都没谈过。……

---

① 易卜生.易卜生文集:第六卷[M].潘家洵,译.北京:人民文学出版社,1995:202-203.

<<< 第三章 索尔薇格系列：在圣洁与污浊之间

这样看来，吕贝克岂不是也编了同样的假话。回答是肯定的，确实也是假话。但这两个假话有着不同的目的。克罗尔的目的是利用碧爱特来压服罗斯莫放弃解放思想；而吕贝克的目的是要以这次谈话内容证明是自己而非罗斯莫参与了"引诱"碧爱特的行动，但吕贝克也忽略了"时间"顺序问题，犯了与克罗尔一样的错误，把罗斯莫的思想提前了。既然吕贝克这个作为引诱过程的谈话是假的，也就说明吕贝克并不是引诱碧爱特自杀的人。

在回答克罗尔的问话时，有些回答其实是含糊其词，如吕贝克声音低而含糊地说："也许我说过这样的话"[1]。"也许"说过，完全不能说明事实上真的"说过"。再如，吕贝克说："我想她也许觉得我是有这意思"[2]。以"我"的主观思维去想象"她""也许觉得"，这还不如不回答。这都说明克罗尔想将碧爱特的死因强加给吕贝克，而吕贝克勇于面对，甚至为了罗斯莫而勇于承担。此前，克罗尔也对罗斯莫进行追问责怪，可见，他对罗斯莫和吕贝克采取分而治之的办法，观众与读者至此可以看出吕贝克比罗斯莫更敢于同克罗尔做斗争。吕贝克为什么要赎罪，说到底就是为了解放事业、为了罗斯莫，她在与罗斯莫的谈话中，见罗斯莫完全被克罗尔的审问压得抬不起头，于是起了赎罪之心——为了保住罗斯莫也为了让罗斯莫能够继续解放事业，她把这桩罪行一把揽了过来，以自己独自承担罪责来为罗斯莫完成解放事业赢得自信心与人格价值。当罗斯莫问她"脸上显现一股不自然的镇静——究竟是什么意思"时，她说，"这是有了决心以后的镇静"，这个决心就是"我准备把你过日子需要的东西交还你。亲爱的朋友，我要把你的快乐清白的良心交还你！"[3] "罗斯莫，这事跟你不相干。你没有罪过。引诱碧爱特，并且最终把她引上迷惑的道路的人是

---

[1] 易卜生. 易卜生文集：第六卷 [M]. 潘家洵, 译. 北京：人民文学出版社, 1995: 203.
[2] 易卜生. 易卜生文集：第六卷 [M]. 潘家洵, 译. 北京：人民文学出版社, 1995: 204.
[3] 易卜生. 易卜生文集：第六卷 [M]. 潘家洵, 译. 北京：人民文学出版社, 1995: 201.

我。"① 于是，吕贝克大义凛然地去"走碧爱特走过的那条路"②。剧作家的智慧就在于让观众和读者都看到真正把碧爱特引上自杀道路的是她的哥哥嫂子，由此可以看到：保守派代表为了维护自己的势力，不惜牺牲和利用自己的亲人。而吕贝克为了解放事业，为了自己爱的人，宁愿牺牲自己的生命。当然，我们也必须看到，吕贝克从最开始的想要开创解放事业的勃勃雄心，到面对保守势力的打击而不屈地斗争，直到最后献出自己的生命，都表现出一个思想解放的强者形象。在这一系列斗争过程中，剧作家也无情地鞭笞了保守势力的卑劣行为，同时表示出对保守势力的极端蔑视。同样，我们不可忽视的还有一个视角，那就是，吕贝克的最终抉择，也许或多或少地受到罗斯莫的观点的影响，即罗斯莫常说的"清白"理论，我们看到罗斯莫多次讲到快乐观、清白观，而这恰恰是吕贝克无法拥有的东西，克罗尔打击吕贝克的重要武器之一就是其道德历史的清白问题，而自己阵营的志同道合者，却始终强调他的清白理念，这恰恰是吕贝克自认为所不具备的前提条件，这也是吕贝克无法绕开的一种宿命。尽管易卜生曾经说过，女性所面临的"灾难最终不可避免地来临了。绝望、冲突，终至毁灭"③。吕贝克虽然遭遇了最终的灾难和毁灭，但她并不是孤独、焦虑和恐惧的，而是怀着对崇高的精神解放事业的憧憬与向往，带着自己心爱的人及其所收获的爱情，"高高兴兴"地走向死亡，从容大义地英勇赴死。

如果说海达是易卜生戏剧中最亮丽的一朵"恶之花"，那么吕贝克的生命则如同一朵从"泥沼中升腾"的雪莲——在她的安宁恬静之中，含有一种直面死亡的、勇敢而无畏的冷漠——易卜生以吕贝克受伤的自由意

---

① 易卜生. 易卜生文集：第六卷 [M]. 潘家洵，译. 北京：人民文学出版社，1995：202.
② 易卜生. 易卜生文集：第六卷 [M]. 潘家洵，译. 北京：人民文学出版社，1995：184.
③ 易卜生. 易卜生的工作坊：现代剧创作札记、梗概与待定稿 [M]. 汪余礼，等译. 武汉：武汉大学出版社，2016：50.

志、灵魂分裂①的生命历程以及坚定的自主选择显示出索尔薇格系列形象的潜在超越性。如果说海达所处的两难困境已经触及个体人格的深层矛盾运动，极富戏剧性张力，也极具吸引力与感染力，那么吕贝克所处的伦理困境则更甚，吕贝克所处的情境如同培尔·金特手中的"无芯洋葱"一样，层层剥开，逐渐与"自我"分离，它使得吕贝克的内在生命运动与交错演进与人物内心的隐秘光辉随着层层分离的"自我"得以显示。当罗斯莫"发现"碧爱特并非因自己不孕感到愧疚而自杀，而是由于他与吕贝克相互心生爱慕、对作为罗斯莫庄女主人的自己感到绝望而死的时候，罗斯莫陷入了道德困境，这也使得一直支持罗斯莫事业的吕贝克深感不安。而后，吕贝克"发现"自己其实是昔日情人维斯特医生的亲生女儿，并且是私生女，她为自己曾经犯下的乱伦之罪感到震惊，陷入了"惶惶不可终日"的境地。于是，当罗斯莫向吕贝克求婚的时候，她一而再地拒绝了自己深爱的罗斯莫。当吕贝克反思自我、重新审视自我之后，她决定主动承担起罗斯莫的罪责，以减轻罗斯莫的罪恶感，转而更好地投入新事业中；因此，她决心以死明志，以死谢罪。吕贝克的自杀并非出于对碧爱特灵魂或者罗斯莫庄里"奔腾的白马"的恐惧，而是完全独立自主的、"高高兴兴的"、追求"解放的人生观"的行为。她的这一决定感染了罗斯莫，最终，罗斯莫决定同她共赴黄泉。吕贝克与罗斯莫之间的纯真爱恋也借此实

---

① 路·莎乐美认为当吕贝克"用她自然强壮的灵魂去交换一个温柔高贵的灵魂时，她永远把自己的世界跟罗斯莫的世界联结在一起了"（莎乐美. 阁楼里的女人：莎乐美论易卜生笔下的女性 [M]. 马振骋，译. 上海：上海人民出版社，2013：116.），笔者受其启发，同时坚持认为，吕贝克的灵魂之中自有其野性自由、自然强壮的部分，当然同时也有温柔高贵的潜在成分，后者在特定境遇下被唤醒与激发为显在成分，前者则一直表现得比较明显，不言自明，但两者本无所谓"交换"，而本质上是整一的、共存于吕贝克的性格、意志与灵魂之中的，它们共同组成吕贝克人性的有机综合体，笔者视之为整体，无意于将它们分开讨论，故在此将吕贝克灵魂中不同部分交错凸显、某些成分时隐时现的整个过程描述为，吕贝克经历了"灵魂分裂"的生命历程。

现并超越了"甜美而隐秘的天真恋爱——没有欲念，也没有梦想"[①]。他们两人在这充满悲剧必然性的融合之中，在阴阳相接的刹那完成了神秘而传奇的婚礼仪式。吕贝克和罗斯莫以彼此默契的自我牺牲作为给对方的祝福方式，由此迅速地创造了一个永恒的奇迹——他们实现了道德高尚、幸福愉悦与纯粹审美的形神合一，没有利益，没有冲突，也没有欲念——这段纯粹精神恋爱开启也终止于他们相拥一跃的那一瞬，死亡揭露了问题的谜底。

吕贝克重走碧爱特的道路，看似一种回归，"她的行动的无私性反映碧爱特的心"[②]，但她其实已经从她自我的整体之中跳出，她不再以完全占有罗斯莫（如同海达想要完全占有乐务博格）、当上罗斯莫庄女主人为目标，而是的的确确地变成与她早先的自我不同的人，她的良心让她意识到自己内心道德律令的存在，进而对自我进行审思，这使她最终成为像索尔薇格那样有权自由选择、以善行追求自己幸福的人。路·莎乐美是这样区分吕贝克与碧爱特的，她认为，一方面，吕贝克"把自己灵魂内一切丑事毫无保留地对情人（罗斯莫）披露"，这是"温顺胆怯的碧爱特绝对做不出来的"，吕贝克这种"忏悔的英雄行为"发展成的"这种爱"比碧爱特式的"谦逊的爱更加勇敢强大"，其"目的是拯救另一个人的灵魂"；另一方面，吕贝克"不可思议地变成了一个碧爱特"，"碧爱特的报复已经完成"，因为"在吕贝克的力量曾经战胜的战场上，碧爱特显然已经完全撤

[①] 此句引自剧本《罗斯莫庄》中的台词，参见易卜生. 罗斯莫庄[M]//易卜生文集：第六卷. 潘家洵，译. 北京：人民文学出版社，1995：192. 笔者认为，这一"没有欲念，也没有梦想"的理想的心灵关系，承继自培尔·金特与索尔薇格之间的神性联系，在海达与乐务博格那里得到了反向的证明——海达恰恰有强烈的占有欲和对乐务博格的幻梦（甚至在梦中有他的孩子）——而在罗斯莫与吕贝克这里，他们复归了纯洁美好、甜美隐秘的天真恋爱关系，并超越了培尔与索尔薇格之间的纯粹精神联系，具有一定的现实性与人性依据，高于普通的理想主义。

[②] 莎乐美. 阁楼里的女人：莎乐美论易卜生笔下的女性[M]. 马振骋，译. 上海：上海人民出版社，2013：111.

出营盘，却叫吕贝克悄无声息地困在里面。然而吕贝克站在那里没有了武器，因为在这无私奉献爱的神圣殿堂里是不贮藏武器的"[1]。笔者在莎乐美的诗意阐发基础之上尝试做更进一步的分析解释，力图凸显吕贝克的纯粹自省精神与自由意志对她最终做出的自主选择所起到的超越性功效。笔者认为，正是吕贝克在自省的生命过程之中唤醒的自我否定精神与自我怀疑精神让她找回了那颗安静纯洁的初心，其实是这种深邃的自我凝视（本质上是一种灵魂自审精神）而不是莎乐美断言的"外来精神的魔力"把她自己异化（或曰对象化）出来。当然，莎乐美灵魂附体式的心理剖析与深刻阐释在很大程度上具有合理性，譬如，她认为吕贝克对罗斯莫优柔寡断的弱点只能对以"沉思的忧郁"，"带着这份忧郁谦卑地等着，看罗斯莫会不会跨过水沟中的那座坟墓来到她那里"，她为"习惯新环境和意志的衰弱"而变成一个"精疲力竭、受苦的人"，有着"看到自己死亡的恐惧"[2]，这些都比较清晰合理，贴近了吕贝克的真实心理，并契合了她所处的真实境遇；然而，笔者认为吕贝克的转变是真实的，她为自己无力改变过去而深感无奈，为这样的人生际遇与不可逆转的命运唯余悲叹。吕贝克的的确确"真正转变成了另一个新我"，而非莎乐美说的只是"个性的瓦解"。吕贝克的内在灵魂呼唤她回归沉寂，那感觉如同"夜半太阳笼罩下的宁静"，她这朵旷野里泥沼中生长的雪莲花在盛夏里野性而放肆地怒放之后，必须回到家乡寂静的山间独自体验"升腾"的精神过程，领略"人性的超然"与自由解放的人生观以及"理想给她带来的全部力量"，完成她迟来的成人礼，接受自由之神赐予她的崇高使命。

吕贝克一生只求摆脱束缚，重获自由，寻找自我生命存在的意义与价

---

[1] 莎乐美. 阁楼里的女人：莎乐美论易卜生笔下的女性 [M]. 马振骋，译. 上海：上海人民出版社，2013：113.

[2] 莎乐美. 阁楼里的女人：莎乐美论易卜生笔下的女性 [M]. 马振骋，译. 上海：上海人民出版社，2013：112.

值。自杀①是吕贝克生命获得自由与解放的特殊形态，她借此获得了超越时间、个体与经验的自由。死亡是她所"期待"的，她没有希望自己成为本体论现实的意志。自杀这种残酷的自我裁决使得作为个体的自我在认识论和道德哲学层面回归到理性良知。根据剧本，吕贝克自杀是为了洗刷自己的灵魂。在第四幕，吕贝克为了使罗斯莫相信自己有勇气与决心走碧爱特走过的那条路，便对罗斯莫说："在你看起来，如果你有什么办法可以使我把自己洗刷干净，我有权利要求你告诉我"，"我都准备好了"，"越早越好"②，她的赎罪与自裁都是为了保全罗斯莫身上最优秀的东西。这种源自爱的自我牺牲恰好也是通往个体灵魂自由的。从表面上看，吕贝克的选择似乎着魔一般地步了碧爱特的后尘，跳入了碾磨人心的水车沟。然而，在这一表象之下隐藏着更丰富的人性的内在矛盾运动，它深刻地隐喻了人类从对异性的天然爱欲进入对自我人性的反躬自省的过程，彰显出人之为人的"会思考""爱智慧"的独特本性，高尚的灵魂才能够拥有这样的智慧。

相较于碧爱特，吕贝克不像她那样以泯灭自我个性为代价去宽容、忍耐他人，但为了让罗斯莫的事业获得成功，她宁愿终身不婚、牺牲自己的幸福乃至生命。事实上，吕贝克对待孩子的态度与海达更接近一些，她认为，"没有孩子对牧师有好处"，"牧师幸而没有孩子"③。当然这不同于海达对孩子的恐惧，吕贝克是为了一心支持罗斯莫的伟大事业、全力以赴地让罗斯莫也让她自己在这项精神事业中达到彻底的自我实现。尽管这一理想还未实现他们就双双跳下水车沟，但他们并不是简单地重蹈碧爱特的覆

---

① 关于易卜生戏剧中多次出现自杀现象的分析，详细请参见 LESTER D. Suicide in Ibsen's Plays [J]. Suicide and Life-Threatening Behavior, 1972（1）：35-41.
② 易卜生. 罗斯莫庄 [M] //易卜生戏剧. 潘家洵，译. 北京：人民文学出版社，2015：578.
③ 易卜生. 罗斯莫庄 [M] //易卜生戏剧. 潘家洵，译. 北京：人民文学出版社，2015：553.

辙，亦不是理想爱情的殉道者，而是经过了深沉自省与反复考量之后的高尚的自我审判。"走碧爱特走过的那条路"是吕贝克的自我"快乐清白""纯洁宁静"的生存理想在肩负无法摆脱的、根深蒂固的传统使命与职责的情境下，像哲学家一样痛苦而悲哀地思索与前行的必然选择。

彼得·斯丛狄认为，当罗斯莫和吕贝克跳下水车沟的时候，"他们不像双目失明的俄狄浦斯被引着走向宫内，悲剧性背弃了他们"①，如前所述，吕贝克的悲剧性在于她的罪孽的"发现"是俄狄浦斯式的，但她的命运不是像俄狄浦斯那样被无形之力所牵引的，而是她自主选择的，本书作者认为，吕贝克并没有背弃悲剧性，"高高兴兴地"自愿赴死并不能证明这是一出喜剧，相反，这是一出彻彻底底的悲剧。当然，我同意斯丛狄所说的，"市民世界的内在悲剧性不是源于死亡，而是源于生活本身"②，碧爱特、罗斯莫和吕贝克的悲剧性都是源于生活本身，更具体一些，都是源于为无私无畏的真爱所做出的牺牲，死亡只是勇敢面向未来的选择和结局，并非悲剧的原因。里尔克认为，易卜生作品中的这种导致内在悲剧性的生活"退缩到内心，深藏到几乎无法猜测的地方"③，这恰恰印证了此剧的超越性在于对人内心深层矛盾运动的揭示与显露，因由人物自身"只能深埋于自己的内心"④，其通过选择残忍地杀死自己而到达永恒宁静之彼岸的超越性才具备了可能性。在这个意义上，吕贝克这朵在"泥沼中升腾"的"雪莲"才实现了人物内心深层矛盾运动的复杂性、丰富性与深刻性，从而真正达到了超象在四象谱系中位于"正反合"中"合"的层次与境界。

---

① 斯丛狄. 现代戏剧理论：1880—1950 [M]. 王建，译. 北京：北京大学出版社，2006：24.
② SZONDI P. Versuch Über das Tragische [M]. Palo Alto：Stanford University Press，2002：108.
③ RILKE R M. Die Aufzeichnungen des Malte Laurids Brigge [M]. Leipzig：Wallstein Verlag，1927：101.
④ 斯丛狄. 现代戏剧理论：1880—1950 [M]. 王建，译. 北京：北京大学出版社，2006：24.

正如奥托·魏宁格所言,"个体生命那些具体的瞬间永远包含着超越时间的自我","生命的每一个瞬间都潜在地体现着人的整体"①。死亡是生命尽头的最后瞬间,吕贝克在这一终极时刻的表现:"高高兴兴地"、勇敢地与罗斯莫手搀手双双跳下水车沟:超越了那个过往的历史的自我,提升了她作为人之整体的存在价值。对于吕贝克而言,通往死亡的生命瞬间实现了自我的解脱与自由,也实现了个体灵魂与爱的和解。这种超越性因其永恒性而具有了人类思考维度的普遍性,但因其脱离了物质性而陷入了虚无与悖谬,成为背负着沉重十字架的生命之"不可能的存在"。其超人精神背弃了理性的世俗生命,却回归了生命本真,找到了知其所为与知其归宿的自我,彰显出以易卜生戏剧开启的现代悲剧之深厚的伦理积蕴与深刻的自审精髓。

第五节 索尔薇格形象谱系的寓意

索尔薇格形象独特的精神高度与纯美的浪漫特征在易卜生戏剧人物形象中是绝无仅有的,她成为易卜生戏剧中散发神性光芒的代表性形象。索尔薇格形象预示了易卜生戏剧在之后的发展阶段产生新的发展方向,整个索尔薇格形象谱系分别从"正反合"三个层面强化了易卜生戏剧的诗性力量,反映出易卜生最内在的自我,以及艺术家的灵魂进行深刻的自运动的方式。以索尔薇格为本象的这一类形象在索尔薇格之后,都在持续不断地追求新的发展与演化,探索新的存在方式。她们所体现出的诗性美一直延续发展,各种表现形态之间的关系近似于同一家族中的姊妹关系,这些形象表现为历经痛苦而进行转变的丰富的生命形态。由这些形象组合而成的

---

① 魏宁格. 最后的事情[M]. 温仁百,译. 南京:译林出版社,2014:115.

坚固共同体使易卜生的戏剧达到了极高的审美层次与艺术境界，为戏剧世界与世界戏剧洒满了人性的光辉，也为我们对易卜生的戏剧作品进行形象谱系探讨提供了全新的维度与启示。

以圣洁光明的索尔薇格为本象的四重形象及其相互之间的特定关系具有独特的思想与美学意义，体现出易卜生对宽容仁爱、善良隐忍、无私牺牲的美德的褒扬，对权利与美德关系的反思，对迷恋欲望与道德贫困者的否定，以及对道德相对性的反思。对于索尔薇格的姐妹们，作为艺术家与人学家的易卜生充分地理解与展示了她们在痛苦的两难困境中难以抉择的复杂心理。以索尔薇格谱系为代表的易卜生戏剧人物形象谱系是易卜生戏剧思想的媒介与载体，它让我们从戏剧作品中认识到易卜生的自我及其在作品中的投射，形成一种相互支撑、彼此渗透的共存共生结构，使易卜生的戏剧作品形成了一个具有复象审美内蕴的世界，同时也传达或隐示出易卜生对人性深层结构的探求与思索。如果将索尔薇格本象及其类象、反象、超象作为一个整体来考察，可感受到其中强大的诗性力量。诚如歌德所言，"一件精神创作，其中部分和整体都是同一个精神熔炉中熔铸出来的，是由一种生命气息吹嘘过的"①。易卜生本人也说过，"只有把我所有的作品作为一个持续发展的、前后连贯的整体来领会和理解，读者们才能准确地感知我在每一部作品中所力求传达的意象与蕴涵"②，可见，易卜生强调他的各个戏剧作品之间的内在联系和精神上的一贯性。索尔薇格形象谱系的建构契合了易卜生的精神和旨意，是符合他创作的本意的。易卜生戏剧的形象谱系学建构不仅是一种途径，也不仅是一种形态，而且是审美感通③精神与易卜生主义的自审精髓之融合。

---

① 爱克曼. 歌德谈话录 [M]. 朱光潜，译. 北京：人民文学出版社，1978：247.
② 参见易卜生为德文版和丹麦文版《易卜生文集》所写的卷首序言，易卜生. 易卜生书信演讲集 [M]. 汪余礼，戴丹妮，译. 北京：人民文学出版社，2012：附录410.
③ 关于审美感通学的根基、内涵、理念与方法，请参见汪余礼. 双重自审与复象诗学 [M]. 北京：中国社会科学出版社，2016：206-222.

索尔薇格形象谱系中的四象彼此之间既有相近相通之处，又各自有各自的特点。形象与形象之间形成了散发着人性光芒的多重结构网，在这种张力结构中体现出易卜生对于人性本质的探求与思考，以及对于人类灵魂深刻而完整的解析。由此彰显出主导并贯穿易卜生以人为中心的戏剧世界的伟大的诗性力量，使易卜生的剧作所率领的现代戏剧诗学呈现出无法抗拒的厚重感与精准性。诚如王忠祥先生所言，"易卜生主义"是"一种审美的人文主义，充满了审美的乌托邦的伦理道德理想"①。易卜生戏剧人物形象谱系寄托着作家的这种审美感通理想，蕴含着不朽的伦理价值，彰显出强大而深刻的感通人心的力量。由于作为经典的易卜生戏剧被不断地阅读，它们的美学价值也不断地得到发现与确认。这就需要我们不断地给予阐释，从而进入认识、理解、再认识、再理解的解释学循环，不断地找寻与发现易卜生戏剧作品的新价值，进而保持其作为经典的永久性。

---

① 王忠祥. 关于易卜生主义的再思考 [J]. 外国文学研究，2005（5）：42.

第四章

娜拉系列：在独立与依附之间

作为易卜生最著名、影响最为深远的戏剧作品《玩偶之家》中的核心形象，娜拉引起了世人关于生活在独立与依附之间的女性的深刻反思与各种争论。美国学者亨利·罗斯认为："易卜生没有为《玩偶之家》书写续集，然而，我们能从他的其他作品中推测，不论续集将采取何种形式，剧中所揭示的问题都无法依凭违反契约、逃避义务、解除婚约或者任何类似的权宜之计来解决。"[①] 笔者发现，易卜生其实为《玩偶之家》写过续集，只是续集主人公的名字不再叫娜拉而已。在《群鬼》《海达·高布乐》与《海上夫人》中，易卜生都集中深入地探索女性在现代社会的处境与命运问题，展示出"娜拉们"命运的多种可能性。质言之，娜拉正是易卜生戏剧中以"出走"为本质联系的女性形象的典型。以娜拉为本象，在易卜生戏剧世界中建立起这一类女性人物形象谱系，可以发现，这些生活在"独立与依附之间"的女性将自我牺牲视为追求理想婚姻生活的唯一途径。在危急之时，女性也需要进行自我拯救，那么，女性该如何面对与处理残酷的现实呢？在《玩偶之家》中，娜拉在"发现""被逼迫的自我"后由自我牺牲走向自救，通过"出走"获得自由；在《群鬼》中，阿尔文太太因过度的自我牺牲而丧失了自我，但她没能通过个人的牺牲弥补和挽救家

---

① ROSE H. Truth and Freedom in a Doll's House [M] //MITCHELL H R. A Doll's House. San Diego: Greenhaven Press, 1999: 110.

族荣誉，而是被无情的现实彻底地击溃了，阿尔文太太的自我主体性也随着阿尔文家族的逐渐消亡而消失，因此，笔者认为，我们可将《群鬼》中的阿尔文太太①视为娜拉的反象；在《海达·高布乐》中，泰娅甘愿为自由的爱情而牺牲个人名誉——当乐务博格的情妇，并在这种自我牺牲的路途中实现了自我的价值——与乐务博格共同完成了书稿，并在海达烧毁书稿后从最初手稿中整理出新的书稿，从而使被海达毁掉的乐务博格及其"孩子"（书稿）得到"重生"。乐务博格的最终成就、自我实现以及学术生命的延续都是通过泰娅的努力才得以完成，泰娅在追寻自由生活的过程中处于一种"伴生"状态，并且也通过牺牲自我来挽救所爱之人。由此可见，泰娅与娜拉类似，故称其为类象；在《海上夫人》中，艾梨达的心中出现了自由与真爱的悖反：陌生人似乎代表着某种自由精神，而汪格尔表面是一种束缚，实则是真情与责任所系的化身。最终，艾梨达在经过一系列与心魔的思想斗争之后，选择回归汪格尔温暖的襟怀。艾梨达的选择不仅是出于道义与责任，也是出于恒久的真爱，这一选择是通向未来真正自由的生活的，是她在现实层面上实现自我、完善自我的"自救"所必经之路。艾梨达超越了娜拉所获得的那种不明真相或者未来尚不确定的"自

---

① 在易卜生后期剧作中，同阿尔文太太十分类似的女性形象是《野鸭》中的威利夫人，她们都因家庭富裕的丈夫不检点的生活作风而深感痛苦不安，积郁成疾，她们不仅无处逃避与疏泄，还要以强大的内心平静接受这一现实、与之和平共处，甚至还要以过度的自我牺牲来弥补丈夫的过失，遮盖家族丑闻。阿尔文太太的内心更强大，她没有像威利夫人那样过早地弃世而去，而是勇敢坚韧地熬到了儿子归国，衣锦还乡，只不过她和她的家庭悲剧在于儿子依然重蹈父亲的覆辙，终究逃不出死神的掌心。相比之下，威利夫人虽早已不在世，但她的儿子格瑞格斯敢于公开反抗父亲，刚正不阿，追求真理、理想与自由，只不过格瑞格斯的反叛虽然使他幸免于父亲威利的庸俗恶习与遗传病，却仍旧导致了新的悲剧——揭示真相导致海特维格之死与雅尔马家庭的不幸。这体现出易卜生越来越深入地反思与质疑"坚持真理与追求理想"的正确性，永不屈从于悲剧命运（所谓"天命不可违""天道无情"），淡然面对人生，时不时对自我进行嘲讽与挖苦的人生态度。本文在这一章中仅讨论作为娜拉"反象"的阿尔文太太，而没有详细论述威利夫人，其实两者虽有差别，但都是过度自我牺牲的女性形象，都可以作为娜拉的"反象"，特此说明。

由"，也经历了像阿尔文太太那样几近"自我消亡"的心理过程，最终"觉醒"而获得比泰娴更完整更完善的新的"自由"，她既回归了现实家庭，也回归了陆地生活（远离了海洋生活），更回归了自我本性。艾梨达完成的这三重回归仿佛象征着易卜生晚年从国外回归故土、从书斋剧回归剧场以及精神上回皈宗教神学。艾梨达在与汪格尔的协商与和解中成功地抵抗了来自陌生人、海洋生活及她自己内心魔性力量的诱惑，充分完成了肉身与精神的双重"自救"，可谓娜拉的超象。本文作者将易卜生戏剧中体现这一问题的女性人物形象作为一个形象谱系来考察研究，研究这一个形象谱系，可以带给我们一些新的认知。下面试详论之。

第一节 牺牲与自救：本象娜拉①

易卜生的经典力作《玩偶之家》之所以影响深远，不仅在于它提出了个体追求自我人格与精神自由的问题，更多的是源于"它是从作家心灵深处流出来的一首诗，一首极具感性魅力、特别能感通人心的诗"，它包含

---

① 在《玩偶之家》的初稿文本中（易卜生. 易卜生的工作坊：现代剧创作札记、梗概与待定稿［M］. 汪余礼，等译. 武汉：武汉大学出版社，2016：51-109.），我们看到了一个被称作"斯丹堡太太"的人物，这个人物其实就是娜拉，既然娜拉是"斯丹堡太太"，无疑"斯丹堡"就是娜拉的丈夫了，尽管在后来的文本中他叫作海尔茂。我们不可忽视的是，易卜生在初稿中将娜拉的丈夫拟名为斯丹堡并非出自偶然，这一人名的设计透露出易卜生深刻的创作意图。斯丹堡 Stenborg，Sten-，在德语中 Stein，意为 stone，石头。-borg，在斯堪的纳维亚语中意为 castle，城堡。德语和斯堪的纳维亚各为日耳曼语的一支，同属于日耳曼语族。"斯丹堡"就是"石头城堡"的意思，这"石头城堡"让人更多地感觉到它的坚硬、阴森、沉重和封闭。而娜拉的名字无论在初稿文本中，还是以后的定稿文本中始终未变，这也可以看出易卜生对娜拉这一名字所赋予的期待。Nora，在希腊语中是 Eleanora 的简略形式，意为 light，即光，发光体，点燃，以光指引等语词意义。同时，在拉丁语中，Nora 是 Honora 的简略形式，意为 woman of honor，即光荣的女性之意。笔者认为，易卜生期望娜拉是代表新的光芒的女性，或者说娜拉可以看作冲破顽石堡垒的光芒，给世界燃起新的希望的女性形象。

"深入细致的心灵体验"与"润物无声的感通力量"①。在《玩偶之家》中,娜拉在"发现""被逼迫的自我"后由自我牺牲走向自救,她将独立自由作为最高理想,把个人精神的自由与高贵视为最高价值,通过"出走"而努力获得心灵自由。娜拉这一种充满诗性精神、特别能感通人心的女性形象身上有着易卜生生活中"瞬间以其生动、明亮的美好之光照亮他的心灵事物"②。

尽管娜拉曾伪造其父签名,固然有罪,但她用八年时间默默地独自担负起这份家庭重任,在努力完善与不断改进中还清了债款,在自我牺牲之中完成了自我拯救。过往的罪责成为历史,积极的行动完善了娜拉的现实自我,也加固了她的未来意志。"讨论"使当下死亡,娜拉被迫出走,她已经对历史负责,但对未来仍然无力。出走成为永恒的当下,将娜拉的本真自我定格在真实瞬间。娜拉的出走是她在无私地付出与牺牲多年以后而采取的"自救"行动。娜拉对海尔茂与这个家庭的爱是伟大与高尚的——她不仅履行了做妻子与母亲的职责,而且悄悄担负起了偿还债款与养家糊口的重任——出走行为所代表的是她对个体自由与个体权利的追求与探索,而个体权利恰恰是个体履行责任与义务的前提,在个体权利得不到保障的状态下,个体将受到伤害,丧失自我主体性。有了生命与自由的权利,人才能真正"成为人",才能从自在的存在转变为自我的存在。否则,空留有会跳塔伦特拉舞的身体而不能自主,娜拉的"自我"名存实亡,其人也不复为人了。因此,"出走还是回归"这一个两难困境体现出易卜生对现实中权利与美德的关系所进行的反思。从中我们看到,娜拉的生命散

---

① 汪余礼,王阅. 试论易卜生现代剧创作的"秘密":从《易卜生的工作坊》说起 [J]. 戏剧(中央戏剧学院学报),2017(5):42.
② 易卜生. 易卜生文集:第八卷 [M]. 潘家洵,萧乾,译. 北京:人民文学出版社,1995:222-223.

发出易卜生"唤醒尽可能多的人去实现独立自由的人格"① 这一自由思想的光芒,"我首先是一个人"也一语道破了现代西方社会依然不自由的人的生存状态与悲剧性现实。

路·莎乐美认为:"娜拉希望得到解放,不是为了自由,而是为了发现自己充分的潜质……像一个完全自觉的人"②;德国学者弗朗茨·梅林则认为:

> 娜拉是一个被玩弄的玩偶,她和生活嬉戏,并不比一个玩偶更懂得生活,直到她与这种生活发生了严峻的冲突,认识到它的残忍粗暴,并决定撕破它那用使人筋酥骨软的柔情蜜意束缚她的整个欺骗之网。③

易卜生对处于"玩偶"地位的女性的自我解放与自由人格的歌颂与呼吁似乎是对尼采鄙视女性的回击。尽管我们没有证据证明易卜生阅读过尼采的论著,但这位艺术家似乎和这位哲学家之间具有某种心灵感应般的对抗性精神联系,易卜生的许多剧作中都反向地体现了尼采的思想精神。④的确,尽管尼采不一定观看过《玩偶之家》(1879 年)这部剧,但他在《查拉图斯特拉如是说》(1883—1892 年)一书中描绘了他对"玩偶"般的女性的鄙视:

---

① 易卜生. 易卜生书信演讲集 [M]. 汪余礼,戴丹妮,译. 北京:人民文学出版社,2012:181.《玩偶之家》在易卜生写这封信的四个月后于丹麦首演.
② 莎乐美. 阁楼里的女人:莎乐美论易卜生笔下的女性 [M]. 马振骋,译. 上海:上海人民出版社,2013:37.
③ 梅林. 亨利克·易卜生 [M]//梅林全集:第 12 卷. 高中甫,译. 柏林:狄茨出版社,1963;易卜生. 论易卜生 [M]//易卜生文集:第八卷. 潘家洵,萧乾,译. 北京:人民文学出版社,1995:附录 386.
④ 关于易卜生与尼采的关系,参见 LAAN V F F. Ibsen and Nietzsche [J]. Scandinavian Studies, 2006, 78 (3): 255-302; HELLAND F. Ibsen and Nietzsche: The Master Builderl [J]. Ibsen Studies, 2009, 9 (1): 50-75.

>　　一个真正的男子有两重愿望：占有玩具和经历危险。因此他才需要女人，因为女人是最危险的玩偶……男子的幸福是"我要"。女人的幸福则是"他要"。①

　　笔者认为，海尔茂对待娜拉的态度证实了他"占有玩具"的强烈愿望，但他之所以对娜拉说"我常盼望有桩危险的事情威胁你，好让我拼着命，牺牲一切去救你"，并不是真的希望自己有机会为了娜拉去"经历危险"，而是因为他需要"女人"，需要娜拉这个"最危险的玩偶"，娜拉是他内心祈愿并且想要创造的幸福所在，是海尔茂的"我要"。而娜拉的幸福正是在于满足海尔茂的这种愿望与欲求，在于"他要"。尼采还认为："妇女最大的本领是撒谎。"② 偷吃甜食（马卡龙和杏仁饼干）的娜拉和伪造借据上签名的娜拉似乎印证了尼采的这句话，但这仅仅是表象，在这浅层表象的背后隐藏着娜拉内心深处的反叛精神与寻求解放的迫切愿望，她的自我牺牲源于她内心钦佩、敬仰和害怕海尔茂的习惯，而她的自我拯救则源于她内心渴盼获得自由的强烈冲动与真切心愿。依据尼采的观点，女性一旦如此，便丧失了自己"最富有女性的本能"，他认为，男性应将女性看作"占有的对象"和"应该关锁起来的私有物"③，娜拉是否具有或者丧失"最富有女性的本能"暂且不论，但她确实被海尔茂看成了"占有的对象"与"关锁起来的私有物"，她可爱、天真、单纯、无私，这些品质与性情似乎没能使她获得跳出这个"关锁"她的樊篱与牢笼的能力，尽管她的身体"出走"了，但她的精神实际上并没有真正离开"玩偶之

---

① 瓦西列夫. 情爱论 [M]. 赵永穆，范国恩，陈行慧，译. 北京：生活·读书·新知三联书店，1984：54.
② 瓦西列夫. 情爱论 [M]. 赵永穆，范国恩，陈行慧，译. 北京：生活·读书·新知三联书店，1984：54.
③ 瓦西列夫. 情爱论 [M]. 赵永穆，范国恩，陈行慧，译. 北京：生活·读书·新知三联书店，1984：54.

家",因此,笔者认为,尽管娜拉采取了实际行动,想要进行"自我拯救",但她的自我拯救仍然是存在问题的。

奥托·魏宁格在《性别与性格》一书中也声称,男性是存在的积极基础,而女性则是缺乏自身内部运动的物质①:

> 女性是子虚乌有的东西,所以可以随心所欲地把她造成任何一种东西,而男子则只能获得他自己所追求的东西。②

无疑,奥托·魏宁格也和尼采一样,持有纯粹形而上学的贬斥女性、推崇男性的态度。依照他的观点,娜拉即便在其父亲与丈夫的影响之下做出了自我牺牲与自我救赎的选择,也不能和当时的男性一样被认为是行动果敢与道德高尚的人,她无法成为历史进程中任何具有影响力的因子,无法获得任何人"首先是一个人"的那种价值前提。娜拉所创造的纯精神领域的力量,在魏宁格看来,只有男性才能创造。他认为,女性"没有本性","女性唯一的本性就是缺乏本性",女性是"子虚乌有",是"空的容器","男性对女性的关系犹如主体对客体的关系。女性是男性的所有物或者是孩子的所有物"③。这与海尔茂的思想是完全吻合的,海尔茂正是将娜拉看作他和孩子的所有物,才严厉斥责娜拉首要的身份是"妻子与母亲",应当承担妻子与母亲的责任与义务,而实际上,娜拉早已承担了超越妻子与母亲的责任与义务,甚至默默承担起了只有丈夫与父亲才能担负

---

① 在根据奥托·魏宁格的遗稿整理出来发表的《最后的事情》一书中,奥托·魏宁格也写道:男性是动物性的存在,而女性是植物性的存在。显然,他和尼采一样,也将男性置于远在女性之上的地位,遵循和效法尼采维护的两性之间的等级制度。魏宁格.最后的事情[M].温仁百,译.南京:译林出版社,2014:24-26.
② 瓦西列夫.情爱论[M].赵永穆,范国恩,陈行慧,译.北京:生活·读书·新知三联书店,1984:55.
③ 瓦西列夫.情爱论[M].赵永穆,范国恩,陈行慧,译.北京:生活·读书·新知三联书店,1984:56-57.

起的生活重担。正因为如此,娜拉具有了人的"本性",懂得了人的自由,深入到了生活的本质,并且重新认识了自我、家庭与周围的事物,她才具有了了解客观真理的愿望,才学会了"讨论"与"讲道理"。这个追求真理与独立人格的娜拉再也不是原先那个仅会操持一些家务与经常撒小谎的娜拉了,她变得有原则、有思想、有自尊、有理想,而不再轻信别人、缺乏逻辑、好奇心重,她在学会承担生活重任的过程中渐渐变得灵魂高贵、道德高尚。

第二节　束缚与消亡:反象海伦·阿尔文太太[①]

易卜生在给他的出版商的书信中写道:"娜拉之后必有阿尔文太太。"[②] 在潘家洵先生主译的八卷本中文版《易卜生文集》中,对《群鬼》一剧的题解里写道,可以将此剧与《玩偶之家》结合起来阅读,它描写的是一位"与娜拉性格很不相同的妇女"[③] 的悲惨故事。石琴娥先生也认为,《群鬼》这部家庭伦理剧作为《玩偶之家》的姐妹篇,其女主人公阿尔文太太"正好同娜拉相反"[④]。西格弗莱德·曼德尔认为:

> 阿尔文太太是被易卜生特意选中作为娜拉的后继者的,娜拉放弃了玩偶之家和不可和解的婚姻,海伦在这个位子上留了下来,甘心忍

[①] 阿尔文(Alvine)在古英语中是女孩的名字,意为"精灵或有魔力的存在,朋友",也可能是德语名字 Elvira 的变体,意为"真正外来的"。
[②] 李兵.《群鬼》,回到罗马 [N]. 中华读书报,2007-12-26(18).
[③] 易卜生. 群鬼 [M] //易卜生文集:第五卷. 潘家洵,译. 北京:人民文学出版社,1995:212.
[④] 石琴娥. 北欧文学论:从北欧中世纪文学瑰宝到"当代的易卜生" [M]. 上海:上海社会科学院出版社,2015:87.

受——不论有责任地还是无责任地——悲剧的后果。①

不过，他同时指出，"虽然阿尔文太太留在'阴影深处'，路（指个性独特、人生传奇的女性学者路·莎乐美）依然看到她的生活是朝着太阳变化的（指剧终的台词）。"② 在路·莎乐美看来，阿尔文太太比娜拉走得更远，人格塑造也更深刻，在某种程度上是娜拉的继续。笔者则认为，阿尔文太太是出走未遂的娜拉，是她的反面。娜拉带着青年人跃动不止的心准备出走奋战，剧末单纯可爱的娜拉虽然已经有了独立意识与对社会人生的反思能力，但她还没能真正独自面对鲜血淋漓的残酷现实，无法彻底改变自己的地位与身份，无法真正和男性一样去工作和生活，尽管如此她对未来仍是满怀豪情与期待的；然而，阿尔文太太则早已经历了这样的初级阶段，她已经饱经风霜，备尝艰辛，真实地领悟与理解了生活磨难与命途多舛，这位虽败犹荣、精疲力竭的女英雄看不到光明的未来，陷入了一种类似"野渡无人舟自横"的境地，仅谦卑而诚恳地祈愿能竭尽全力掩盖可怕的残忍真相，竭力完成世俗社会与传统习俗要求家庭主妇遵守的道德行为。实际上，她所做的远远超出了这些，她高贵无私的自我牺牲精神与伟大人格也正在于此——阿尔文太太在现实"真理"面前没有退缩，也没有倒下，甚至都来不及悲痛与叹息，她在这孤独绝望之中不断斗争，顽强反抗，变得坚强有力、勇猛坚韧，和男性一样承担起了全部重压，在现实意义上撑起了家庭生活的全部，这是多么高贵的意志，多么坚强的毅力，多么独立而强大的内心！她拼尽全力去实现不自由人生中的自由自我，虽败犹胜！更可贵的是，她忍受了即使男性也不一定能忍受的各种心如刀剜的

---

① 莎乐美. 阁楼里的女人：莎乐美论易卜生笔下的女性 [M]. 马振骋，译. 上海：上海人民出版社，2013：30.
② 莎乐美. 阁楼里的女人：莎乐美论易卜生笔下的女性 [M]. 马振骋，译. 上海：上海人民出版社，2013：30.

切肤之痛，那是命运带给她的深切苦难与不公对待。这位女英雄海伦拥有的高贵圣洁的灵魂虽然没能彻底拯救那个荒淫无耻、可恶可憎的阿尔文，无法挽回那起源于罪恶的家庭与事业的必遭毁灭的悲剧性结局，但是至少颠覆性地通过改变其存在方式而转变了其存在的意义与价值，从而改变了其精神实质与本体意义。阿尔文太太内心最初怀有的娜拉式的理想与憧憬早已如泡沫般破灭，她必须迅速学会直面现实生活，脱离娜拉那样青春懵懂的性格，选择极力维护家庭表面的平衡与和谐，并从这一个"造梦"过程中感到由衷的愉悦充实。尽管这个"幸福美满"的牢笼最终原形毕露，如同烈火中的孤儿院一般一夜之间便倾颓坍塌为废墟尘土，但她美好伟大、纯净圣洁、无私无畏的心灵在这废墟之上、穹顶之下，朝着太阳升起的地方开出了拥有美丽灵魂的向阳花，她真正可以"静静地待在曾经出现过光明的天空下"，而不像娜拉"漫无目的地走在不可预测的黑暗道路上"①。

李兵先生亦提出：

> 易卜生创作于1879年的《群鬼》一剧应该与《玩偶之家》（1877）相参照而阅读。它不仅是《玩偶之家》的续篇（sequel），也是其反题（antithesis）的演绎。阿尔文太太就是出走之后又被劝回的娜拉，其结局也必迥异于后者。②

德国学者弗朗茨·梅林认为，"《玩偶之家》和《群鬼》大概将易卜生的名字保持得最为长久"：

---

① 莎乐美. 阁楼里的女人：莎乐美论易卜生笔下的女性 [M]. 马振骋, 译. 上海：上海人民出版社, 2013：76.
② 李兵.《群鬼》，回到罗马 [N]. 中华读书报, 2007-12-26 (18).

>>> 第四章 娜拉系列：在独立与依附之间

……阿尔文太太在她生活的关键时刻却没有做出这样的抉择（指娜拉那样的决定）。当她认识到自己的婚姻仅是一种欺骗时，她没有撕破它。"我没有勇气打别的主意，为了我自己我不能这样做，我是这样的胆怯。"她恐惧地忏悔着，因为她青年时代的魔鬼又回来了。由不健康的父亲遗传下来的肉体上可怕的痛苦，使她唯一的儿子患有抽搐病，她不得不把解脱痛苦的毒药给他吃，这部令人心悸的剧本的主人公是阿尔文太太，而不是那个由于父亲的罪过而遭到报应的儿子。[①]

笔者认为：首先，相对于厌倦了长期做贤妻良母、敢于突破和揭露当时社会法律弊端的娜拉而言，海伦·阿尔文太太在曼德牧师的影响下"一心要做贤妻良母"，遵守当时社会的"规范"，"不敢触碰"家庭"罪恶"，不敢同"群鬼"抗争；其次，尽管她们都为丈夫做出了极大的牺牲，但娜拉的牺牲是为了拯救海尔茂的生命和维护他的颜面，而并没有像阿尔文太太那样在得知阿尔文先生道德沦丧的丑恶实情之前提下，故意遮盖与隐瞒真相、盲目地自欺欺人；再次，娜拉至少在"讨论"之后得到了维护表面和谐的可能性和海尔茂的真诚理解与忏悔，但阿尔文太太长久以来的"忍辱负重"却好心没能得到好报；然后，娜拉的孩子们并没有受到什么不良遗传与影响，而阿尔文太太的独生子欧士华不仅遗传了阿尔文先生的梅毒病，而且走上了和他父亲一样与女仆私通的老路，可怕的是，这个女仆吕嘉纳正是他父亲阿尔文先生与以前的女仆的私生子，是他的异母妹妹，这样一种可怕的遗传病加上不堪入耳的乱伦罪，实在与阿尔文太太超乎常人的付出与应该得到的回报不相符，当然，欧士华的悲剧命运也可以被理解

[①] 梅林．亨利克·易卜生［M］//梅林全集：第12卷．高中甫，译．柏林：狄茨出版社，1963；易卜生．论易卜生［M］//易卜生文集：第八卷．潘家洵，萧乾，译．北京：人民文学出版社，1995：附录386．

为阿尔文先生"自食恶果"的"报应",最后,此剧在阿尔文太太的万般绝望与无奈之下落幕。据此归纳分析可知,海伦·阿尔文太太在"群鬼"的"束缚"中接受阿尔文家族的覆灭与"消亡",而非像娜拉那样在"牺牲"后"自救",她们成为相互对立、相反相成的人物形象,因此,本书作者将海伦·阿尔文太太作为娜拉系列人物谱系中与娜拉相对的"反象"。

第三节 伴生与重生:类象泰娴·爱尔务斯泰太太

易卜生在《玩偶之家》的札记中无不忧虑地写道:"在现代社会中,一位母亲就像某种昆虫一样,当她完成了繁衍后代的职责之后,她就出走、死去了。"[①] 这是他对娜拉出走的忧虑,娜拉出走不论对娜拉还是她的创作者,都是一种无可奈何的出路,因为,本来就没有出路。就算娜拉不是一个母亲,她也会与易卜生笔下的诸多女性一样,"有时会温顺地放弃自己的想法。忽而又感到焦虑与恐惧。她必须独自承担这一切。灾难最终不可避免地来临了。绝望、冲突,终至毁灭"[②]。娜拉既是易卜生笔下出走女性的一个符号,也是当时社会历史条件下没有出路的女性的符号。前述的阿尔文太太便是没能成功出走的娜拉。然而,在易卜生的《海达·高布乐》一剧中,有一个人们并不注意,却是易卜生极其着力地刻画的女性形象,这就是泰娴,即泰娴·爱尔务斯泰太太。如果说易卜生为了争取女性自由与人格独立,已经成功地塑造了出走的娜拉,并引起了世人的极大关注。那么,在《海达·高布乐》中,易卜生笔下再度出现了一个出走的女性。泰娴在"伴生"的生活状态中与乐务博格的精神遗产一同"重生",

---

[①] 易卜生. 易卜生的工作坊:现代剧创作札记、梗概与待定稿 [M]. 汪余礼,等译. 武汉:武汉大学出版社,2016:50.

[②] 易卜生. 易卜生的工作坊:现代剧创作札记、梗概与待定稿 [M]. 汪余礼,等译. 武汉:武汉大学出版社,2016:50.

她的自我牺牲精神与独立自主意识与娜拉类似，故将之归为娜拉系列人物谱系中的类象。

在第一幕中，海达不断地向泰娴·爱尔务斯泰太太打听她的家事，爱尔务斯泰太太起先还有所掩饰，后来想，"我索性痛痛快快都说出来算了！反正瞒不住人"①。看她们的一段对白：

  爱尔务斯泰太太 干脆一句话，我丈夫不知道我进城的事。
  海 达 什么！你丈夫不知道你进城！
  爱尔务斯泰太太 不知道，他当然不知道。再说，我出来时他也不在家——他出远门去了。喔，我实在忍不下去了……
  ……
  海 达 啊，亲爱的泰娴，想不到你有胆量干这种事。
  爱尔务斯泰太太 （站起来走动）不这么办，又有什么别的办法？
  海 达 可是你想到没想到，你再回去的时候你丈夫会说什么话？
  ……
  爱尔务斯泰太太 我永远不再回到他那儿去了。
  ……
  海 达 可是你想到没有，人家会怎么说你，泰娴？
  爱尔务斯泰太太 人家爱说什么就说什么，我才不放在心上呢。

我们在这段对白中可以看到，首先，爱尔务斯泰太太在家庭中极度压抑，没有个人的自由和独立地位，除了打理家务、照顾爱尔务斯泰前妻留下的孩子，还要伺候这位州官，"从来没享受过人家的温存体贴"，"实在

---

① 易卜生．易卜生戏剧集：第3卷[M]．潘家洵，译．北京：人民文学出版社，2006：129. 本文所引剧本《海达·高布乐》的内容皆引自此书，下文不再标注。

忍不下去了"。其次，从家中出来没有告诉丈夫，只带了"自己随身必需的东西，悄悄地没让人知道就这么溜出了门"。这表明这是一次出走的行动。最后，她"永远不再回到他那儿去了"，"人家爱说什么就说什么，我才不放在心上呢"，可见，她已经抱着"豁出去"的心态，痛下决心离开家庭，追求个人的自由与独立。

除此之外，我们在这段对话中，还看到一个似曾相识的情景：

　　海　达　可是你想到没有，人家会怎么说你，泰婀？
　　爱尔务斯泰太太　人家爱说什么就说什么，我才不放在心上呢。

在《玩偶之家》中，当娜拉公然宣告她要离开海尔茂，离开这个玩偶之家时，海尔茂也如海达问泰婀那样问娜拉：

　　海尔茂　丢了你的家，丢了你丈夫，丢了你儿女！不怕人家说什么话！
　　娜　拉　人家说什么不在我心上。我只知道我应该这么做。

我们不难发现，泰婀给出的回答与娜拉的回答的语义几乎等价，甚至完全可以互换，这丝毫不会引起任何误读。

这样一句"人家爱说什么"我"不放在心上"，表明了两位女性都同样下定决心要去追求自由独立的人格，更让我们看到，易卜生的戏剧作品实际上（《玩偶之家》1879年、《海达·高布乐》1890年）持续地聚焦于探讨与反思女性个体自由与权利的问题，尽管他本人并不强调甚至有些否认这一点：1898年5月26日，易卜生在挪威妇女权益保护协会的讲话中说道，他并没有有意识地宣传妇女的权利问题，不能接受促进女权运动的荣誉，但同时，他也承认："在我看来，妇女的权利问题在总体上是一个

>>> 第四章 娜拉系列：在独立与依附之间

全人类的问题"，尽管"解决妇女问题"并不是"我的总的目标"，"我的任务一直是描写人类"，然而，他又补充说道，"正是女性，将要去解决全人类的问题"①；1890年12月4日，在写给莫里兹·普罗佐尔的书信中，易卜生写道，他在《海达·高布乐》这部剧中，"主要想做的是描写人性、人的情感和人的命运"，这些是以"当今尚存的某些社会关系和基本观念为基础的"，"你只要读完了这整个剧本，就会对我的基本想法有一个更清晰的了解"②。客观地说，从《玩偶之家》与《海达·高布乐》这两部作品所呈现的事实来看，易卜生其实一直没有放弃对女性自由与人格独立这一个问题的追问与探索。

如果要论这两个女性形象的区别，应该说，易卜生对泰娅这一形象的刻画更加着力，也就是说，他在这个形象上寄托了争取女性自由的更多、更大的希望。首先，泰娅出走是经过深思熟虑的，是有准备的，也是更加决绝的。娜拉出走之前，还是准备为丈夫而牺牲自己的，因为她此时突然发现，丈夫并不是像他说的那样爱自己，幡然醒悟，感受到丈夫的虚伪，了解到他根本就没有把自己当作一个人，所以她才改变了原来的计划，意识到"首先要做一个人"，这样才决定离开这个玩偶家庭。泰娅却不同，泰娅没有爱尔务斯泰的孩子，她不用像娜拉那样去顾及孩子，脱离了因孩子所带来的羁绊，同时，泰娅非常清醒地认识到"我想他无非把我当作一分有用的产业看待罢了。他养活我，也花不了多少钱"③。而娜拉没有这样清晰的认识，还是海尔茂自己坦率直接地告诉她："从此以后他老婆越发

---

① 易卜生. 易卜生书信演讲集 [M]. 汪余礼，戴丹妮，译. 北京：人民文学出版社，2012：385-386.
② 易卜生. 易卜生书信演讲集 [M]. 汪余礼，戴丹妮，译. 北京：人民文学出版社，2012：314.
③ 易卜生. 易卜生戏剧集：第3卷 [M]. 潘家洵，译. 北京：人民文学出版社，2006：128.

是他私有的财产。"① 尽管娜拉在向海尔茂宣示要出走后,也对海尔茂说出了"我只知道我的想法跟你的想法完全不一样"② 这样的话,但这只是娜拉在此时此刻的醒悟。此前,娜拉对海尔茂倾尽了她的真爱,而且对海尔茂言听计从,"你不赞成的事情我决不做"③,"跟你在一块儿,事情都归你安排。你爱什么我也爱什么"④;即使到她说"我不爱你了"之时,娜拉也还是承认:"我说这话心里也难受,因为你一向待我很不错。"⑤ 而泰娴呢,我们看到她长期以来对丈夫冷静、深刻的认识,"他的一举一动我都讨厌!我们的心思没有一点儿相同的地方。他和我——我们俩彼此一点儿同情心都没有"⑥。她所说的"彼此一点儿同情心都没有",明确地表明,她没有爱过他,只是寄人篱下求得生存而已,然后,泰娴进一步得出的结论是:"我想除了他自己,谁也不在他心上。"⑦ 在她与海达的对话中,只几句话就把那个州官的冷酷无情描摹得淋漓尽致,这大大超出了娜拉在突然醒悟之时的只言片语,可见,泰娴对婚姻现实与社会人生的认识远比娜拉深刻,她更富有远见卓识。正因为"谁也不在他(爱尔务斯泰先生)心上",而且他们"彼此"都不关心,所以,泰娴根本不打招呼,不

---

① 易卜生. 玩偶之家 [M] //易卜生文集:第五卷. 潘家洵,译. 北京:人民文学出版社,1995:199.
② 易卜生. 玩偶之家 [M] //易卜生文集:第五卷. 潘家洵,译. 北京:人民文学出版社,1995:203.
③ 易卜生. 玩偶之家 [M] //易卜生文集:第五卷. 潘家洵,译. 北京:人民文学出版社,1995:123.
④ 易卜生. 玩偶之家 [M] //易卜生文集:第五卷. 潘家洵,译. 北京:人民文学出版社,1995:200.
⑤ 易卜生. 玩偶之家 [M] //易卜生文集:第五卷. 潘家洵,译. 北京:人民文学出版社,1995:204.
⑥ 易卜生. 玩偶之家 [M] //易卜生文集:第五卷. 潘家洵,译. 北京:人民文学出版社,1995:128.
⑦ 易卜生. 玩偶之家 [M] //易卜生文集:第五卷. 潘家洵,译. 北京:人民文学出版社,1995:128.

告而别,"永远不再回到他那儿去了"①。娜拉的出走是随着"砰"的关门声而开始的,但关门之后,给无数观众留下了无尽的担忧和各种各样的猜想。很多评论者(包括鲁迅先生)都认为,娜拉还是得回来,否则难以生存。而其实,通过泰娴这一形象,我们发现,易卜生并不这样认为,他不仅要让出走后的女性不用重新回到丈夫身边而独立生存,而且要让她们充满自信,光彩熠熠。我们从海达的追问与泰娴对她的回答中,可以感受到出走女性的这种自信,以及她出走后的日子过得光辉充实:

爱尔务斯泰太太　他把老脾气都改掉了。并不是我叫他改他才改的,我从来不敢那么办。可是他当然看得出我多么讨厌他那些坏脾气,所以他就改掉了。

海　达　这么说,倒像俗话说的他在你手里"改邪归正"了,我的小泰娴。

爱尔务斯泰太太　至少他自己是这么说的。在他那方面说,他把我培养成一个真正的活人——他教我怎么思想,教我懂得了许多事情。

海　达　他也教你念书吗?

爱尔务斯泰太太　不,他不一定教我念书。可是他常跟我谈话,谈到各种各样、无穷无尽的事情。到后来我帮他做事——他允许我给他帮忙,那种有趣的快乐日子就来了!

海　达　喔,他用得着你帮忙吗?

爱尔务斯泰太太　用得着!他从来没有写文章不要我帮忙的时候。

海　达　你们实在是一对好伴侣,对不对?

---

① 易卜生.易卜生戏剧集:第3卷[M].潘家洵,译.北京:人民文学出版社,2006:129.

我们知道，娜拉在出走之前提出的最重要的问题，就是"首先我是一个人，跟你一样的一个人——至少我要学做一个人"，"什么事情我都要用自己脑子想一想，把事情的道理弄明白"①，"先得教育我自己"②。如果说这就是娜拉所说的"对自己的责任"，那其中最重要的就是"教育"，娜拉自身的教育。无论是"学做一个人"，还是把"道理弄明白"，这都离不开教育。那么，我们在泰婀与海达的对话中不难看出，这些娜拉所期盼的东西在泰婀那里都已经实现了，"他把我培养成一个真正的活人——他教我怎么思想，教我懂得许多事情"③，泰婀在接受乐务博格的"培养"和"教"之前，她也是一个"活人"，但她认为那不是"真正的活人"，那只是个没有尊严的仆人。经过了乐务博格的培养和教育后，泰婀学会了"怎么思想""懂得了许多事情"，成为"一个真正的活人"。她现在不仅有了做人的尊严，而且充满了自信，所以，她在回答海达问的"他用得着你帮忙吗？"这句话时，非常自信地告诉海达："他从来没有写文章不要我帮忙的时候。"在娜拉出走之后的十余年，易卜生在《海达·高布乐》中，创造了与娜拉同类的走出家庭的女性——泰婀，只不过泰婀比娜拉更加勇敢、更加自信、更加有能力。实际上，易卜生通过塑造泰婀的形象而续写了出走之后的娜拉形象，回答了所有关心娜拉的观众和读者，让我们看到泰婀就会联想到出走的娜拉，难道她们不是一样都实现了自己的人生理想，实现了自己的生活目标？

杜克大学的莫伊（Toril Moi）教授指出："易卜生至少和黑格尔一样看清了女性在家庭中的处境，而易卜生与黑格尔不同的是，他认为，如果

---

① 易卜生. 玩偶之家 [M] //易卜生文集：第五卷. 潘家洵，译. 北京：人民文学出版社，1995：202.
② 易卜生. 玩偶之家 [M] //易卜生文集：第五卷. 潘家洵，译. 北京：人民文学出版社，1995：201.
③ 易卜生. 易卜生戏剧集：第3卷 [M]. 潘家洵，译. 北京：人民文学出版社，2006：130.

女性将有机会在现代社会中追求幸福,则必须改变这一现实。"① 其实,黑格尔对妇女是有严重的偏见的,他认为妇女"天生不配研究较高深的科学、哲学和从事某些艺术创作"。他甚至讥讽地否认女性能够并应该接受教育:"妇女——不知怎么回事——仿佛是通过表象的气氛而受到教育,她们在很大程度上是通过实际生活而不是通过获得知识而受到教育的。"②

正如贺麟先生在《黑格尔著〈法哲学原理〉一书评述》中所说:"黑格尔《法哲学》的出版和在柏林大学的其他讲学活动使得他成为普鲁士王国的'官方哲学家'。他在这书中,明确提出'哲学主要是或者纯粹是为国家服务'的看法","这就使得他的'法哲学'成为表现他的政治观点和立场最保守的著作。"③ 这也就揭示了黑格尔对女性严重偏见的根源。

难得的是,易卜生不仅突破了世俗的偏见,而且始终在其作品中为女性创造"追求幸福"的机会,总是要让她们"必须改变"她们所处的现实环境。所以,他笔下的女性人物,尽管也是世俗社会中的普通女性,但她们对于事物的认识,对于生活理想的追求是不俗的。

我们通过泰娴的婚姻家庭及其生活实际,可以看到易卜生的这一创作特色。

"幸福的家庭都是相似的,不幸的家庭各有各的不幸"④,泰娴的婚姻家庭生活怎么也与"幸福家庭"无法相比,而且恰恰是如托尔斯泰所说的不幸的家庭各有各的不幸。

泰娴结婚前是没有家的,当海达问她在家里享受过家人的真情没有

---

① MOI T. "First and Foremost a Human Being": Idealism, Theatre, and Gender in A Doll's House [J]. Modern Drama, 2006, 49 (3): 256-284.
② 黑格尔. 法哲学原理 [M]. 北京: 商务印书馆, 2009: 208.
③ 商务印书馆编辑部. 汉译世界学术名著评论集: 第一集 [M]. 北京: 商务印书馆, 1988: 478.
④ 托尔斯泰. 安娜·卡列尼娜 [M]. 草婴, 译. 南昌: 二十一世纪出版社集团, 2017: 2.

时，泰娴答道："唉，我要有家就好了！可惜我没有。我一向没有家。"①如是海达继续询问她的家庭状况：

  海　达　……你刚到爱尔务斯泰先生家去的时候，是不是给他管家？

  爱尔务斯泰太太　我原来是去当家庭教师的，可是他的太太——他那去世的太太——那时候是个病人，轻易不出她自己的屋子，所以我就不能不兼管家务了。

  海　达　后来呢？后来——你就做了他家的女主人了吧？

  爱尔务斯泰太太　（伤心）是的，后来我就做了女主人了。

  海　达　让我想想——那大概是多少年前的事了？

  爱尔务斯泰太太　你是不是问我结婚的日子？

  海　达　是。

  爱尔务斯泰太太　五年以前。

  海　达　不错，一定是的。

  爱尔务斯泰太太　唉，这五年工夫！至少是最近这两三年的日子！唉，要是你能想象——

  ……

  海　达　我想他太老了，配不上你。你们俩至少差二十岁，是不是？

  爱尔务斯泰太太　（烦恼）不错，这是实在情形。他的一举一动我都讨厌！我们的心思没有一点儿相同的地方。他和我——我们俩彼此一点儿同情心都没有。

  海　达　在他那方面，不也算是爱你吗？

---

① 易卜生. 易卜生戏剧集：第3卷［M］. 潘家洵，译. 北京：人民文学出版社，2006：127.

第四章 娜拉系列：在独立与依附之间

爱尔务斯泰太太 我实在没法说。我想他无非把我当作一分有用的产业看待罢了。他养活我，也花不了多少钱。我这人不费钱。

我们通过以上对话足以看出泰婀婚姻家庭生活的不幸。她从一个受雇的家庭教师，变成一个受雇的家庭教师兼管家务，再后来就"做了女主人"，连先前受雇时的工钱也省了。由一个家庭教师变为一个"花不了多少钱"就可养活的"女主人"——实则是女仆人。恩格斯在分析以雅典人为代表的伊奥尼亚人的家庭时说："妻子除了生育子女以外，不过是一个婢女的头领而已。"[1] 他还引用希腊悲剧作家欧里庇得斯的话来说明这类家庭中女性的不幸，即妻子是"用来照管家务的一件物件"[2]。其实泰婀更加不幸，她没有自己的孩子，仅仅是爱尔务斯泰与前妻的孩子交由她抚养，她连生育子女的工具都不是，而且家中没有其他女仆，她自己就是女仆且不是所谓的"头领"。

海达·高布乐极好奇地追问泰婀的个人情况，其实她最感兴趣的就是泰婀的婚姻状态，她的追问引导观众和读者加强对泰婀的婚姻家庭生活的关注。因此，泰婀的婚姻家庭生活就成为一个无法回避的问题。

易卜生既然让海达·高布乐那样好奇地追问泰婀的个人生活及家庭婚姻状态，难道不就是要引导观众和读者更加关注泰婀，更加关注泰婀的婚姻家庭生活吗？他要让观众和读者自己去观察泰婀的婚姻家庭生活处于一种什么状态，让人们自己去理解与发现泰婀为什么要出走。

泰婀最初到爱尔务斯泰家去做家庭教师兼管理家务时，爱尔务斯泰的太太还病着，孩子们及家务都有泰婀打理，只要爱尔务斯泰太太对泰婀的工作满意，就不会有人责难泰婀。何况，爱尔务斯泰太太连房门都不出，

---

[1] 马克思,恩格斯. 马克思恩格斯论文学与艺术：上 [M]. 陆梅林, 辑注. 北京：人民文学出版社，1982：298.
[2] 中共中央马克思恩格斯列宁斯大林著作编译局. 马克思恩格斯选集：第4卷 [M]. 北京：人民出版社，1995：62.

什么都依靠泰娴。当爱尔务斯泰太太去世后，尽管那些孩子们及其家务事情还是泰娴在打理，但泰娴也必须考虑，如果爱尔务斯泰再娶一个太太，这个太太还会让她做这些事情吗，爱尔务斯泰还会留她在家工作吗？本来就"一向没有家"的泰娴，不得不考虑自己的出路：是轻易地放弃已经拥有的可以生存的活路，再去寻找新的生活来源；还是嫁给爱尔务斯泰，继续留在这里求得生存。所以对于泰娴来说，她的婚姻尽管是并不般配的婚姻，但同样是权衡利害的婚姻。

就当时的社会制度及婚姻制度而言，谁也无法摆脱那种权衡利害的婚姻，泰娴的婚姻当然也是权衡利害的婚姻，她是为了生存，没有家，没有家人，所以选择嫁给爱尔务斯泰；而州官爱尔务斯泰呢，他娶了泰娴就可以不付原来要付出的家庭教师工钱，他的孩子和他本人都有人伺候，他可以用最低廉的价格买下年轻的泰娴所出卖的全部劳动力以及那个年轻生命的身体。这种权衡利害的婚姻恰如恩格斯在《家庭、私有制和国家的起源》中所说："妻子和普通的娼妓不同之处，只在于她不是像雇佣女工计件出卖劳动那样出租自己的肉体，而是一次永远出卖为奴隶。"[①] 对于年轻的泰娴本人，她并不知道婚姻家庭的真实意义，她只是觉得爱尔务斯泰虽然老了点，但给人的感觉还不错。所以当海达问她，"他待你好不好？"时，泰娴其实是按照她最初的感觉来回答海达的："我觉得他在一切事情上头心眼儿都很好。"[②] 泰娴为什么对爱尔务斯泰有这种感觉呢？因为最初她来这里工作时，主要是和爱尔务斯泰的太太打交道，具体事情都和太太联系，并不和爱尔务斯泰接触，就是碰面也只是礼貌性地接触如打一下招呼什么的，所以觉得他在一切事情上头心眼儿都很好。其实，就是嫁给爱尔务斯泰后，也没有谁直接虐待她。从泰娴和海达谈话中，我们可以知道

---

① 中共中央马克思恩格斯列宁斯大林著作编译局. 马克思恩格斯选集：第4卷 [M]. 北京：人民出版社，1995：69.
② 易卜生. 易卜生戏剧集：第3卷 [M]. 潘家洵，译. 北京：人民文学出版社，2006：128.

她与爱尔务斯泰的矛盾冲突主要是一些家庭琐事。

泰婀说她丈夫，"他不常在家""做了州官就不能不在他的管区里时常走动"① 就连泰婀这次出走，他也"出远门去了"②。至于泰婀说的："他的一举一动我都讨厌"，"我们的心思没有一点儿相同的地方"，"彼此一点儿同情心都没有"③ 等问题，海达起先就替她说明了原因："我想他太老了，配不上你。你们俩至少差二十岁。"④ 年龄差距导致的思维差距、心理差距，带来了泰婀所说的这些家庭矛盾。就当时一般家庭来说这类问题也是常有的，这些都是当时婚姻家庭中普遍存在的问题。"实存的婚姻可能在这一方面或那一方面有所欠缺，而仍无害于婚姻的本质。"⑤ 如果起初泰婀把年龄问题看作是十分严重的问题，那也就不会有这个婚姻家庭了。在黑格尔看来，"婚姻的客观出发点则是当事人双方自愿同意组成为一个人，同意为那个统一体而抛弃自己自然的和单个的人格"⑥。这就是说，一旦组成了家庭即所谓"统一体"，这个"统一体"就像一个人一样，原来的两个人不复存在了，他们都成为构成这个家庭统一体的元素，这个家庭就是一个人。如果一个家庭如同一个人，那当然是最理想的家庭，但在现实生活中这几乎是不可能存在的，就如黑格尔自己说的那样，实存的婚姻总是有所欠缺的，只要无害于婚姻的本质就还是一个统一体。

除了这些所谓的"欠缺"外，真正导致泰婀出走还有更深层次的原因吗？

---

① 易卜生. 易卜生戏剧集：第3卷［M］. 潘家洵，译. 北京：人民文学出版社，2006：128.
② 易卜生. 易卜生戏剧集：第3卷［M］. 潘家洵，译. 北京：人民文学出版社，2006：129.
③ 易卜生. 易卜生戏剧集：第3卷［M］. 潘家洵，译. 北京：人民文学出版社，2006：128.
④ 易卜生. 易卜生戏剧集：第3卷［M］. 潘家洵，译. 北京：人民文学出版社，2006：128.
⑤ 黑格尔. 法哲学原理［M］. 北京：商务印书馆，2009：205.
⑥ 黑格尔. 法哲学原理［M］. 北京：商务印书馆，2009：202.

黑格尔对家庭问题有着深刻的研究，他对家庭的描述是："家庭作为法律上的人格，在对他人的关系上，以身为家长的男子为代表。此外，男子主要是出外谋生，关心家庭需要，以及支配和管理家庭财产。"① 他在这里明确了家庭的主要责任人即家中的男性，并且由男性支配和管理家庭财产。"家庭的任何一个成员都没有特殊所有物，而只对于共有物享有权利。但是这种权利可能同家长的支配权发生冲突"②。由此可见，在支配和管理家庭财产上，家庭成员可能同家长发生冲突。作为家庭成员的女性，在家中是没有任何"特殊所有物"，换句话说，就是在家中没有任何权利，一切只能听命于家长。正因为这样，黑格尔随后无奈地写道："于是不免于分歧和偶然性之弊。"③ 这里的"分歧和偶然性之弊"当然不是前面所说的"无害于婚姻的本质"的"这一方面或那一方面"的欠缺。我们知道，黑格尔在研究家庭婚姻问题时，一贯坚持家庭"统一体"的观点，作为一种家庭理想无疑是值得期待的境界，但是他的这个统一体的内部元素太不平等，作为统一体内部元素之一的女性，其实就如海尔茂所说，"他老婆越发是他私有的财产"而不是一个人。黑格尔自己也很清楚"分歧和偶然性之弊"难以避免，却没有从根本上找出解决这些问题的方法，反而从另外的更加远离现实的角度作出分析："婚姻本身应视为不能离异的，因为婚姻的目的是伦理性的，它是那样的崇高，以致其他一切都对它显得无能为力，而且都受它支配。"④ 婚姻家庭有其具体历史条件下的伦理性因素，但又不仅仅是伦理性的，婚姻家庭离不开物质生活，否则它将无法存在。正因为如此，仅仅用伦理性解释不了也解决不了婚姻中客观存在的分歧。所以，作为哲学家，他做出了如下论述："因为婚姻含有感觉的环节，所

---

① 黑格尔. 法哲学原理 [M]. 北京：商务印书馆，2009：211.
② 黑格尔. 法哲学原理 [M]. 北京：商务印书馆，2009：211.
③ 黑格尔. 法哲学原理 [M]. 北京：商务印书馆，2009：211.
④ 黑格尔. 法哲学原理 [M]. 北京：商务印书馆，2009：204.

以它不是绝对的，而是不稳定的，且其自身就含有离异的可能性。"① 黑格尔多次论及离异问题，他总是在指出"不能离异"的同时，又指出离异的不可避免性。总是强调统一体本身就造就了它的对立者，为什么会在统一体内形成它的对立者呢？还是因为家庭婚姻制度的不合理所导致的。所以，不愿看到"离异"的黑格尔把希望寄托在国家立法上，"但是立法必须尽量使这一离异可能性难以实现，以维护伦理的法来反对任性"②，黑格尔对家庭婚姻问题做了大量的深刻研究，由于阶级与历史的局限性，他始终没有对家庭婚姻问题给出合理的答案和令人信服的理论阐释。

作为艺术家的易卜生，同样对19世纪的婚姻家庭问题有着深刻的思考和研究。从《玩偶之家》到《海达·高布乐》，从娜拉到泰娴，他始终研究女性在婚姻家庭中的地位权利问题，女性如何争取到自己的独立及其权利问题，他把女性的精神解放看作他的社会责任，如果逃避，就无法实现自身的心灵净化，甚至是犯罪。所以，他在给友人的信中说，"我所创作的一切，……都旨在实现我自己的精神解放与心灵净化——因为没有一个人可以逃脱他所属社会的责任与罪过"③。正因为如此，他艺术创作的主要任务不仅仅是描绘人的情感与人的命运，更加关注"现存的某些社会状况与法律的背景"以及女性在这种社会状况和法律背景下的真实命运。埃德蒙·葛斯说，"易卜生并不是一位开路先驱或者革新家，但他确实产生了强烈的道德影响力"④。易卜生在《海达·高布乐》的创作札记中说，他要通过创作该剧作探讨"不可能的存在"，即他"热望并努力去触及反抗整个传统"⑤。

---

① 黑格尔. 法哲学原理 [M]. 北京：商务印书馆，2009：204-205.
② 黑格尔. 法哲学原理 [M]. 北京：商务印书馆，2009：205.
③ 易卜生. 易卜生书信演讲集 [M]. 汪余礼，戴丹妮，译. 北京：人民文学出版社，2012：190.
④ GOSSE E. Henrik Ibsen [M]. New York：Charles and Scribner, 1915：166.
⑤ 易卜生. 易卜生的工作坊：现代剧创作札记、梗概与待定稿 [M]. 汪余礼，等译. 武汉：武汉大学出版社，2016：226.

剧作家要反抗的这个传统无疑包括当时女性所生存于其中的婚姻家庭传统，而当时的家庭传统是女性只能在家像工具一样做家务，不能接触外界，对家庭生活不满意也不能离婚，离异要受到法律的限制，更不能离家出走，也不能受教育，特别是不被允许参与各种社会事务，因为当时规定家庭的对外事务必须由男性家长打理。易卜生通过泰娴这一形象，揭示出女性在婚姻家庭中的真实存在，当海达进一步询问其丈夫对待泰娴如何时：

爱尔务斯泰太太　我实在没法说。我想他无非把我当作一分有用的产业看待罢了。他养活我，也花不了多少钱。我这人不费钱。

泰娴无法向海达描绘她在家里的生活状态，她感觉她丈夫就是把她当作"一分有用的产业"看待。也许，过去在这里做家庭教师和管理家务时，多少还可以拿一点工资，现在已经成为女主人了，当然连工资都不需要拿了，只要能养活就行了。我们从泰娴的叙述中不难看出，所谓女主人，不过是家中的一个仆人而已。我们不能不钦佩易卜生精确而生动地刻画，他让泰娴说出"把我当作一份有用的产业看待"这句话时，正是一个女性对当时文明社会家庭所谓"统一体"的无情揭露和愤怒控诉。恩格斯在揭露资产阶级家庭时，曾借用古希腊悲剧作家欧里庇得斯悲剧中话语：妻子是"用来照管家务的一种物件"，"在雅典人看来，妻子除了生育子女以外，不过是一个婢女的头领而已"[①]。在这里我们看到泰娴所说的"一分有用的产业"与欧里庇得斯所说的"照管家务的物件"是多么类似，妻子在自己的家庭里都被物化为"产业"或"物件"了，哪里还有人格及尊严。像泰娴这样的家庭，她根本不可能是"婢女的头领"，充其量也就

---

① 中共中央马克思恩格斯列宁斯大林著作编译局. 马克思恩格斯选集：第4卷［M］. 北京：人民出版社，1995：62.

是一个婢女。我们在此更看到戏剧家易卜生与思想家恩格斯在思想上的惊人默契。

泰娴的出走与娜拉的出走最大的不同是娜拉是自己认识到自己不能继续做海尔茂的"玩偶老婆"①而是"要学做一个人"②，所以必须离开海尔茂。而泰娴出走则是有着精神指引的，正与她和海达说的："他把我培养成一个真正的活人——他教我怎么思想，教我懂得了许多许多事情"③。这个把她培养成"一个真正的活人"的人就是艾勒·乐务博格。

海　达　（轻描淡写地）艾勒·乐务博格在你们那儿住了三年光景，是不是？

爱尔务斯泰太太　（疑惑地瞧着她）你问的是艾勒·乐务博格吗？不错，是的。

泰娴五年前做了爱尔务斯泰家的女主人，因为要打理家中各种事务，比起过去做家庭教师兼管家务要忙得多。所以，三年前，爱尔务斯泰就另外请了一位家庭教师——艾勒·乐务博格。乐务博格的到来，给泰娴的生活投进了一丝亮光。由于他们经常谈论各种事情，因此启发了泰娴对自己地位身份的认识，"教我懂得了许多事情"，变成了一个"真正的活人"。甚至能够协助乐务博格写书，被乐务博格称为"真正的伴侣"④。

---

① 易卜生. 玩偶之家［M］//易卜生文集：第五卷. 潘家洵，译. 北京：人民文学出版社，1995：201.
② 易卜生. 玩偶之家［M］//易卜生文集：第五卷. 潘家洵，译. 北京：人民文学出版社，1995：202.
③ 易卜生. 易卜生戏剧集：第5卷［M］. 潘家洵，译. 北京：人民文学出版社，2006：130.
④ 易卜生. 易卜生戏剧集：第3卷［M］. 潘家洵，译. 北京：人民文学出版社，2006：161.

海　达　你们实在是一对好伴侣，对不对？

爱尔务斯泰太太　（兴奋）伴侣！一点儿都不错，海达，他用的正是这两个字！

从这段对话中我们可以看到，乐务博格来后的三年，泰婀渐渐改变了对生活的看法，原来跟了爱尔务斯泰，就是不得不节俭地"跟他过日子"，现在她对海达说："最近这两三年的日子！唉，要是你能想象——"，"我实在忍不下去了……"而且，她并不避讳海达，当面说他们"是一对好伴侣"。所以，泰婀是有着充分的思想准备从这个家庭中出走，毅然决然地进城来了。

当海达问她进城来"你打算怎么办？"时，泰婀回答说："我还不知道呢。我只知道，要是艾勒·乐务博格在这儿，我也一定要在这儿——要是我不死的话。"[①] 可见，在她看来，她到城里来至少应该有一个精神伴侣！这个伴侣便是乐务博格。

尽管泰婀把乐务博格看作自己精神上可以依靠的知己，然而乐务博格过去的底细她并不清楚：

海　达　从前在城里时你认识他吗？

爱尔务斯泰太太　几乎不认识。不过我当然知道他的名字。

泰婀过去在城里时根本就不认识乐务博格，所以对其过去一无所知。她更没有想到乐务博格与海达曾经是情侣。而乐务博格呢，一方面，他心里依然没有放下海达，尽管海达已经与泰斯曼结婚了；另一方面，他又对泰婀情有所钟。所以易卜生说：

---

① 易卜生. 易卜生戏剧集：第3卷[M]. 潘家洵，译. 北京：人民文学出版社，2006：130.

第四章 娜拉系列：在独立与依附之间

艾勒·乐务博格具有双重本性。说一个人终身只爱某一个人是虚幻不实的。他爱着两个女人——或者更多——轮流地。但是他该怎么解释他的处境呢？爱尔务斯泰太太，这个一直努力让他改邪归正的女人，已经从她丈夫那儿跑出来了；海达，这个一度促使他突破种种社会限制的女人，现在又因为害怕丑闻而退缩了。[①]

虽然乐务博格不止一次地表示泰娴是他的"真正的伴侣。我们彼此绝对信任。所以我们可以毫无掩饰地自由谈话"[②]。但真正与他一样具有双重本性的却是海达，海达"跟泰斯曼结了婚，却梦想着艾勒·乐务博格"[③]。海达对于乐务博格与泰娴的亲密关系感到十分妒忌，但她又非常传统，不能放下与泰斯曼的婚姻，这样，就形成了她总是"希望对于人的灵魂产生影响"[④]，却总是达不到这一个目的。她意识到乐务博格已经"从她的生活中飞走了，她变得厌烦不堪"[⑤]：

乐务博格 （等了一会儿，向海达）你瞧她可爱不可爱？
海　达 （轻轻抚摩爱尔务斯泰太太的头发）只是瞧着可爱吗？
乐务博格 是。我们俩——她和我——我们俩是真正的伴侣。我们彼此绝对信任。所以我们可以毫无掩饰地自由谈话。

[①] 易卜生. 易卜生的工作坊：现代剧创作札记、梗概与待定稿 [M]. 汪余礼，等译. 武汉：武汉大学出版社，2016：228.
[②] 易卜生. 易卜生戏剧集：第3卷 [M]. 潘家洵，译. 北京：人民文学出版社，2006：161.
[③] 易卜生. 易卜生的工作坊：现代剧创作札记、梗概与待定稿 [M]. 汪余礼，等译. 武汉：武汉大学出版社，2016：227；易卜生. 易卜生书信演讲集 [M]. 汪余礼，戴丹妮，译. 北京：人民文学出版社，2012：415.
[④] 易卜生. 易卜生的工作坊：现代剧创作札记、梗概与待定稿 [M]. 汪余礼，等译. 武汉：武汉大学出版社，2016：229.
[⑤] 易卜生. 易卜生的工作坊：现代剧创作札记、梗概与待定稿 [M]. 汪余礼，等译. 武汉：武汉大学出版社，2016：227.

海　达　用不着绕弯儿，是不是，乐务博格先生？

乐务博格　唔——

爱尔务斯泰太太　（软绵绵地挨紧海达）喔，我心里真痛快，海达！因为，你想，他还说我对他起过鼓舞作用。

海　达　（对她一笑）啊！他说过这话吗，亲爱的？

当着海达的面，乐务博格不停地夸赞泰娴的可爱和他与泰娴的亲密关系，海达"意识到了她的处境。陷于困境！"① 于是出于嫉妒与憎恨，海达悄悄将乐务博格的书稿藏起来了，当乐务博格发现自己不留神地将他和泰娴共同努力完成的书稿弄丢时，他对泰娴说：

乐务博格　我要说的是，现在咱们一定得分手了。

……

乐务博格　泰娴，你对于我再也没有什么用处了。

……

爱尔务斯泰太太　（绝望）那么往后我怎么过日子呢？

乐务博格　你应该自己想办法，只当你从来没认识我一样。

爱尔务斯泰太太　可是你知道这个我办不到！

……

爱尔务斯泰太太　你知道不知道，乐务博格，你撕了那部书，我心里好像觉得你害死了一个小孩子，我到死都会这么想。

乐务博格　是的，你说得不错。这是一桩杀害婴孩的罪行。

爱尔务斯泰太太　……在那孩子身上，难道我不也有一份儿吗？

---

① 易卜生. 易卜生的工作坊：现代剧创作札记、梗概与待定稿［M］. 汪余礼，等译. 武汉：武汉大学出版社，2016：227.

第四章 娜拉系列：在独立与依附之间

当泰娴离开后，乐务博格对海达说："泰娴的灵魂整个儿都在那本书里"，"你也知道，她和我两个人在一块儿没有前途了"①。乐务博格的精神已经完全倒下了。如果泰娴一直在他身边，即使书稿没有了，泰娴也会鼓舞乐务博格继续努力，从头再来。但是，现在的乐务博格一方面受到环境的干扰，如勃拉克推事的阴险行为；另一方面也受到海达恶劣情绪的影响，他也如海达一样有一种陷入困境不能自拔的感觉。所以他对海达说，"没路可走。我只想找个结束——越快越好"②：

海　达　（走近一步）艾勒·乐务博格，你听我说。你肯不肯把事情做得——漂亮一点？

……

乐务博格　再见，泰斯曼太太。替我问候乔治·泰斯曼。（想要出去）

海　达　慢着，等一等！我得送你一件纪念品。（走到写字台前，开了抽屉和枪盒，拿出一支手枪回到乐务博格身边）

乐务博格　（瞧着她）这干什么？这就是你说的纪念品？

海　达　（慢慢点头）你认得吗？这支枪曾经对你瞄准过。

乐务博格　那时候你就应该使用它。

海　达　拿去——现在你自己去使用吧。

……

乐务博格　再见，海达·高布乐！③

---

① 易卜生. 易卜生戏剧集：第3卷 [M]. 潘家洵，译. 北京：人民文学出版社，2006：185.
② 易卜生. 易卜生戏剧集：第3卷 [M]. 潘家洵，译. 北京：人民文学出版社，2006：185.
③ 易卜生. 海达·高布乐 [M]. 易卜生文集：第六卷. 潘家洵，译. 北京：人民文学出版社，1995：419.

乐务博格离开后，海达疯狂地将他们的手稿全部烧毁。勃拉克推事带来了艾勒·乐务博格中弹的消息。只有海达在说，这是"一桩值得做的事情！"① 勃拉克推事也大体知道此事的原委，还阴阳怪气地以此纠缠海达。泰斯曼已经知道书稿是海达烧毁的，但他并不知道乐务博格用了海达的手枪。他低声说："喔，海达，这件事永远会压在咱们的良心上。"②

泰娴经受了短暂的"真叫人伤心"③的痛苦后，马上从悲痛中振作起来。她最先提出"把那部书再拼起来"④并得到了泰斯曼的响应：

  泰斯曼 咱们得想办法！咱们非做不可！我要把我的生命贡献给这个事业。
  ……
  爱尔务斯泰太太 是的，是的，泰斯曼先生，我一定努力去做。
  ……
  海 达 （还是那声调）你想！（用手轻轻抄弄爱尔务斯泰太太的头发）你觉得不觉得奇怪，泰娴？你在这儿跟泰斯曼一块儿坐着——正像你从前跟艾勒·乐务博格一块儿坐着一样！
  爱尔务斯泰太太 啊，但愿我能同样地鼓舞你丈夫！
  海 达 喔，那也做得到——只要日子长下去。
  泰斯曼 不错，海达，你知道——我现在已经有点儿觉得那种滋

---

① 易卜生. 易卜生戏剧集：第3卷 [M]. 潘家洵，译. 北京：人民文学出版社，2006：195.
② 易卜生. 易卜生戏剧集：第3卷 [M]. 潘家洵，译. 北京：人民文学出版社，2006：196.
③ 易卜生. 易卜生戏剧集：第3卷 [M]. 潘家洵，译. 北京：人民文学出版社，2006：195.
④ 易卜生. 易卜生戏剧集：第3卷 [M]. 潘家洵，译. 北京：人民文学出版社，2006：196.

味了。①

当初,海达向泰娴询问乐务博格状况时,泰娴向海达描述乐务博格在她的鼓舞下写书的情境:

  海 达 (竭力忍住一声不由自主的嘲笑)这么说,倒像俗语说的他在你手里"改邪归正"了,我的小泰娴。
  爱尔务斯泰太太 至少他自己是这么说的。……

泰娴非常清楚地知道海达忍不住不嘲笑她,只是丝毫不受其影响,仍然实话实说,根本不考虑海达是否真的相信她。这表明,泰娴坚定地相信自己,相信自己拥有面对生活中种种逆境的勇气。在乐务博格饮弹身亡后,她并没有沉浸在伤心痛苦之中,也没有考虑泰斯曼为什么会如此坚定地响应她一起把书拼起来的创意,更没有顾忌海达的心理活动。对于海达充满醋意的感叹,她坦然而自信地说:"但愿我能同样地鼓舞你丈夫!"

泰娴为了帮助乐务博格成为一个"归正"的人而努力,也通过乐务博格学会了女性难以学到的知识。她并没有把解放自己的希望完全寄托在乐务博格或者其他人身上,而是通过自己不断努力、不断从逆境中爬起来继续前行,最终在乐务博格倒下后,她不但没有垮掉,反而又站了起来,而且继续努力去完成曾经与乐务博格共同创作的书稿。泰娴将完成书稿作为自己的责任,以使自己的心灵更加净化、精神获得解放,最终成为一个独立自由的人。

---

① 易卜生. 海达·高布乐 [M]. 易卜生文集:第六卷. 潘家洵,译. 北京:人民文学出版社,1995:437.

第四节　觉醒与复归：超象艾梨达[①]

莫里斯·格拉维耶认为："从某种程度上看，思想剧《海上夫人》是《玩偶之家》的不足与继续。"[②] 哈罗德·克勒曼认为："从今以后，社会问题的争论在他（指易卜生）的作品中将很少出现"，"这个剧本反映了易卜生信念的基本原则：没有责任感，自由就不会有正当的意义"[③]。路·莎乐美和西格弗莱德·曼德尔认为："出于（与娜拉）同样的原因，艾梨达认为自由、志愿承担责任和彼此促进成长这三者汇合的婚姻是可能的"，路·莎乐美认为，艾梨达反复请求汪格尔大夫救救她，"救救我离开我自己吧！"导向她回归平衡的和解[④]。《海上夫人》这部剧的确可视为一部深入探讨自由问题与家庭婚姻问题的思想剧，易卜生对艾梨达这一个人物的思想深度与内心世界的探掘也远在娜拉的人物形象之上。海上夫人艾梨达对自由的深刻反思与自省体现出易卜生越来越深刻的存在之思，如果说

[①] 艾梨达的名字是她父亲用一艘旧船的名字给她起的，这艘船是属于弗里蒂奥夫的，弗里蒂奥夫是古代萨迦传说和泰格奈尔笔下的英雄形象。参见海默尔·易卜生：艺术家之路[M]．石琴娥，译．北京：商务印书馆，2007：343．挪威著名历史学家、传记作家哈夫丹·科特发现，艾梨达的名字源自《弗里蒂奥夫勇士传奇/萨迦》中的一艘船名，传奇中这艘船在跟强大的海洋巨人搏斗时被赋予人的性格（亦即被人格化）；民间传说中的超自然生物千方百计要将艾梨达这艘船拖入海底。参见曼德尔．引言［M］//莎乐美．阁楼里的女人：莎乐美论易卜生笔下的女性．马振骋，译．上海：上海人民出版社，2013：38．从易卜生亲笔写作此剧的创作札记、梗概以及草稿中，我们也能看到艾梨达有各种对海洋的奇怪念头与幻想，仿佛受到无意识与超自然力量的迷惑与支配。易卜生．易卜生的工作坊：现代剧创作札记、梗概与待定稿［M］．汪余礼，等译．武汉：武汉大学出版社，2016：195-223．

[②] 高中甫．易卜生评论集［M］．北京：外语教育与研究出版社，1982：407．

[③] 克勒曼．戏剧大师易卜生［M］．蒋嘉，蒋虹丁，译．长沙：湖南人民出版社，1985：186，189．

[④] 曼德尔．引言［M］//莎乐美．阁楼里的女人：莎乐美论易卜生笔下的女性．马振骋，译．上海：上海人民出版社，2013：37-38．

《玩偶之家》还停留在对女性在家庭与婚姻中的地位的反思上,那么《海上夫人》则重在探索人的思维与潜意识活动,亦即,对自由的渴求与期盼以及对自主选择和为自己的行动负责的深沉哲思。尽管艾梨达相对独立,不为丈夫与孩子操心,追求个体自由与爱,但回归陆地上的家庭也并不是终点,人生价值问题仍旧悬而未决,她是否会再度选择出走仍是一个无法回避的沉重问题。

在《海上夫人》一剧中,长久以来,女主人公海上夫人艾梨达心中一直记挂着曾与她私订终身、长期在海上生活的陌生人,她无法真正和谐地融入汪格尔的家庭,常常遁入虚无的状态。心中对大海与自由的无限憧憬与现实中的陆地生活形成不可调和的矛盾,然而,在激烈的心理斗争与郁闷徘徊之后,她最终超越了自我,做出了回归真实生活的决定,并从真实生活中找到了爱情与幸福的真谛。艾梨达经过理性反思与自省的"觉醒与复归"充分体现出易卜生对女性在陷入情感两难的困境时的艰难抉择的思考,进而也体现出他对自《玩偶之家》以来提出的婚姻与自由问题的反思与自省,并对"娜拉走后怎样"给出了相对实际的回答——无论如何,女性终究还是得回归稳定的现实家庭与生活轨道。尽管回答总给人留有一丝遗憾,也没能创造出惊喜,可它是基于活生生的现实经验与血淋淋的历史教训的,毕竟,现实生活总归是有些悲情的。

在陌生人到达汪格尔家的花园里,艾梨达决定拒绝跟他一起去过海上生活以前,艾梨达一直"无法融进现在的家庭生活"①,她与两个继女的关系较为疏远,很少交流,她与汪格尔的婚姻"处于分裂状态"②,他们的家庭也长期处于"分裂的状态之中"③。不仅海上夫人的家庭与婚姻处于分裂的状态之中,她本人亦处于精神分裂的状态。因为在艾梨达的内心

---

① 杜雪琴. 易卜生戏剧地理诗学问题研究 [D]. 武汉:华中师范大学,2013.
② 杜雪琴. 易卜生戏剧地理诗学问题研究 [D]. 武汉:华中师范大学,2013.
③ 杜雪琴. 易卜生戏剧地理诗学问题研究 [D]. 武汉:华中师范大学,2013.

之中，始终承认她与陌生人之间的"自愿的盟誓"与"婚约"完全具有"效力"。因此，多年以来，艾梨达一方面记挂着与陌生人之间的"盟誓"与"婚约"；另一方面，艾梨达又想着全心全意地爱她的汪格尔，在她困难时伸出援助之手的汪格尔，照顾她、关怀她的汪格尔，她对两者都怀有深深的眷恋、内疚与自责，她思虑徘徊，终日不得安宁。艾梨达被置于一种既不能前进，也无法后退的两难困境之中，她感到"既对不起陌生人，也对不起汪格尔"，"对于前者，她违约出嫁，是一种背叛；对于后者，她情感出轨，也是一种背叛"①，她的灵魂仿佛处在熔炉之中，备受煎熬②。在陌生人到来时，她内心的各种想法、矛盾、冲突都在一瞬间爆发了，只有在汪格尔给予她自主选择的权利之后，她才能做出真正自由，并且也通向自由的选择。最终，艾梨达"收回她的诺言，企图重获自由"，"就像一个孩子向海里扔石头，要留住波涛不让它侵吞海岸"③，她的强大自由意志与理性精神比陌生人的"意志更有力量"④，她拒绝陌生人，拒绝海上生活，拒绝被某种神秘意志控制，就像与她自己的可怕而迷惑人的心魔搏斗并取得胜利一样，她在她自己"能自由选择的时候"⑤战胜了她的心魔——来自大海的、神秘莫测、深不见底的"深渊魔兽"。正如汪格尔医生所言，艾梨达"对于海的眷恋"和陌生人对于她的"吸引"，都不过表

---

① 汪余礼. 伦理困境与易卜生晚期戏剧的经典性 [J]. 华中学术，2017，9（1）：33-42；汪余礼.《海上夫人》：异体自剖与艺术家的自我镜像：兼论该剧所开创的新方向 [J]. 艺苑，2011（6）：24.
② 此处受到汪余礼.《哈姆雷特》中的隐性艺术家及其炼金之路：兼论莎翁"炼金诗学"对当代戏剧创作的启示意义 [J]. 中国莎士比亚研究通讯，2016，6（1）：6. 的启发，特此致敬！
③ 莎乐美. 阁楼里的女人：莎乐美论易卜生笔下的女性 [M]. 马振骋，译. 上海：上海人民出版社，2013：124.
④ 易卜生. 海上夫人 [M]//易卜生文集：第六卷. 潘家洵，译. 北京：人民文学出版社，1995：328.
⑤ 易卜生. 海上夫人 [M]//易卜生文集：第六卷. 潘家洵，译. 北京：人民文学出版社，1995：328.

现了在她心里"逐渐滋长的要求自由的愿望"①。事实上，艾梨达对于海洋生活的向往，"本质上是一种自由舒展个人情感、充分发挥个人潜能的内在生命需要"，而这种需要是"永远不可能得到充分满足的"②。对此，汪格尔大夫对症下药，为海上夫人开出了一张自由勇敢的"药方"。唯其如此，艾梨达才能从"内心的自由欲求与魔性冲动"中"理性回归"③，在"觉醒"后"复归"，重新开始新生活，过上真正幸福安宁、美满和谐的家庭生活。

海上夫人艾梨达与生俱来的对大海的莫名向往成为她的心魔，这种魔性力量使她脱离现实中的自我，驱使她在冒险途中陷入危险的两难困境，使她不得不反思自我与现实、自我与自由的关系，而这一艰难的过程使她超越了娜拉。当她从汪格尔医生这里获得自由的时候，她具备了自主降服这种魔性力量的能力。此时，这种魔性力量成为提升艾梨达人格的良性促进力；相反，这种魔性力量在阿尔文太太身上则表现为过度的焦虑与茫然以及不知所措，她的灵魂在这种魔性冲动的煽动下也爆发过（阿尔文太太一度想离开阿尔文先生家，和曼德牧师私奔），但被曼德牧师的一番说教言辞压抑了，受到束缚的阿尔文太太最终落入危险的境地，她不得不接受阿尔文家族消亡的事实。艾梨达内在的非理性冲动在其强大意志的控制下转变为其本质的升华，超越了她本人的局限性，也超越了现实的束缚，更超越了简单天真的"出走的娜拉"。同时，艾梨达的创造性也避免了因过于冲动或过于压抑而导致的类似阿尔文太太那样的破坏性与悲剧性，是一种合目的性的存在。正如法兰西斯·费格生所说，驾驭海上夫人艾梨达的

---

① 易卜生．海上夫人［M］//易卜生文集：第六卷．潘家洵，译．北京：人民文学出版社，1995：328.
② 汪余礼．《海上夫人》：异体自剖与艺术家的自我镜像：兼论该剧所开创的新方向［J］．艺苑，2011（6）：25.
③ 汪余礼．《海上夫人》：异体自剖与艺术家的自我镜像：兼论该剧所开创的新方向［J］．艺苑，2011（6）：23-24.

"那种精神",十分类似易卜生戏剧中许多男性主人公所具有的那种精神。……它(指那种精神)通常被感觉为一种"客观存在的精灵"。它攫住了有才干的人们,并驱使他们作出"创造性的或是毁灭性的行动"①。艾梨达的超越性正是源于这种精神,她在这种精神的驱使下作出创造性行动,她为自己的自由选择而负责。最终,艾梨达幸运而自主地作出了理性的选择——她创造性地超越了自我。正因艾梨达所追求的是娜拉所说的"对自己的职责",她才能直面真实的自我存在,进行自由的选择。

第五节 娜拉形象谱系的寓意

娜拉系列形象谱系中的诸位"在独立与依附之间"的女性人物体现出易卜生对个体的独立与解放以及对自由人格的深刻反思。易卜生通过为"出走后是否回归"与"如何回归"这些问题提供四种不同的可能性而呈现出他对"自我牺牲的女性是否能进行自我拯救"这一问题的反复思索与考量。在《玩偶之家》中,娜拉渴望通过自我牺牲—觉醒—讨论—出走而获得独立人格与自由意志,她"砰"的关门声开启了易剧中对这一问题的探求,故本文作者将娜拉这一个形象视为这一问题的开启者形象与源头,也就是这一系列形象的"本象";在《群鬼》中,阿尔文太太尽管也想过要出走,却因曼德牧师的劝告而回归,她在过度的自我牺牲中丧失了自我,被无情的现实彻底地击溃,阿尔文太太没能成功出走,也无法改变回归后的悲惨命运,是为娜拉的"反象";在《海达·高布乐》中,从爱尔务斯泰先生家出走的爱尔务斯泰太太(泰娴)为了与乐务博格真情相伴而甘愿牺牲个人名誉,为完成乐务博格的书稿而全心投入、心力交瘁,在海

---

① 高中甫.易卜生评论集[M].北京:外语教学与研究出版社,1982:389.

达烧毁书稿、乐务博格自杀以后又在无比悲恸之中从最初手稿中整理出新的书稿,从而挽救了乐务博格的学术成果,也挽救了她自己的灵魂,泰婀在成功出走后实现了自我人格的独立,是为娜拉的"类象";在《海上夫人》中,艾梨达既渴望到海上去冒险以及生活,又顾虑自己在汪格尔医生家(陆地生活)中的责任与真情,她最终在自主自由的情况下选择了回归陆地生活,实现了自我,也挽救了自我,艾梨达超越了娜拉所获得的那种不明真相或者未来尚不确定的"自由",也经历了像阿尔文太太那样几近"自我消亡"的心理过程,最终"觉醒"而获得比泰婀更完整、更完善的新的"自由",她既回归了现实家庭,也回归了陆地生活(远离了海洋生活),更回归了自我本性,回归了"对自己的职责",这四重成功回归使艾梨达充分完成了肉身与精神的双重"自救",她在精神上经历了跟随心魔出走与理性回归的痛苦过程,在内心进行了无数场思想斗争,因而她比娜拉、阿尔文太太和泰婀都更为深刻,是为娜拉系列的"超象"。娜拉系列的四重形象从多个侧面立体多维地再现了作为独立个体的现代女性为寻找真爱、进行自救、自我发现与自我实现所做出的努力及其复杂的心理过程,显示出易卜生对现代生活独具慧眼的敏锐洞察力与对女性心灵世界细腻深刻的艺术感受力。

  反思上述娜拉谱系出走女性之困境,深入易卜生的思考与探索,我们发现易卜生对这些形象的刻画并不代表易卜生本人的主张。易卜生对女性的期待很高,他期冀女性来解决全人类的解放问题。对女性生存困境的反思体现了易卜生对女性命运的深沉思考与探索。然而,对这些以协助男性为生活重心的女性形象的塑造并不代表易卜生本人对女性的价值定位与心理期待,相反,他认为,"正是女性,将要去解决全人类的问题"[①],因此,再现她们的困境与局限性,表现出他对现实中未得到解放的女性从依

[①] 易卜生. 易卜生书信演讲集[M]. 汪余礼,戴丹妮,译. 北京:人民文学出版社,2012:386.

附、从属于男性到进行独立创造的深度期盼。易卜生利用真实现状的描绘刺痛人们的心，引导人们关注这一现实问题。他写出现实的黑暗以让人感受光明（反向感通），体现出痛感—反思的艺术辩证法以及女性的真实困境与当代社会现实的关系。

第五章

从形象谱系看易卜生的创作思维与思想进程

对易剧做形象谱系研究，主要价值在于由此可以洞察作家易卜生的创作思维与思想进程。其实，作家的创作思维就像表演艺术家的表演思维一样，里面有许多"玄关秘窍"是"说不出"的，正所谓"得鱼而忘筌""得兔而忘蹄"[①]（《庄子·外物》），有经验的作家和表演艺术家可以凭自己积累的创作经验或艺术直觉把他们独特的创作思维本质直观表现出来。笔者在此也只是尝试着"说不可说语"，探索作家的创作思维，从作家的作品中摸索其精神发展历程。笔者的探索与尝试无异于磨砖成镜，磨砖虽不能成镜，但若对作家的创作经验与创作思维有所思考、归纳、总结，对作家的思想进程做一番演绎、推理，总能从中发现一些新线索，由此产生一些新看法、新观点、新结论。可以说，不论从横向还是纵向来看，形象谱系中的诸位人物形象都明显地体现出易卜生内心对人类命运的反复思索与怀疑，尤其从纵向来看，我们可以发现，同一类形象中后者对前者的否

[①] 庄子. 庄子［M］. 哈尔滨：北方文艺出版社，2019：182-187.

定显示出深刻而复杂的矛盾。对于易卜生剧作法中的分析性技巧①与"讨论剧"②形式革新,前人已有诸多论述。上述这种深刻而复杂的矛盾,亦有专文论述,且将易卜生这种独具特色的、多层次的"悖反诗学""复调诗学"论述得非常充分③。笔者尝试从易剧形象谱系中考察出不同于前人的发现,力求挖掘出潜藏在易卜生戏剧花园深处的不为人知的创作思维。

第一节 从男性形象谱系看易卜生的创作思维与思想进程

首先,笔者以布朗德系列形象谱系为例,探索易卜生的创作思维。在布朗德系列中,类象斯多克芒从表象上看更类似布朗德,也是一个为了崇高理想和高尚信仰而自我牺牲的悲剧英雄;实际上,他是作家在创造了一个英雄形象(布朗德)和一个反英雄形象(培尔·金特)之后,再度反思自我、批判自我、否定自我、质疑自我、扬弃自我之后而创造出的新形象。这样纵深地看,我们发现,斯多克芒的诞生和这三个人物形象的精神发展历程彰显出作家的一种"否定之否定"的创作思维。我们看到,斯多克芒的经典台词"世界上最有力量的人正是最孤立的人"让我们联想到布朗德那句"单枪匹马去战斗的人是毫无希望的";同时,斯多克芒在行动上保持了自己做人的本来面目,是对奉行山妖主义"为自己就够了"的培

---

① 斯丛狄. 现代戏剧理论:1880—1950 [M]. 王建,译. 北京:北京大学出版社,2006:14-25.

② SHAW G B. The Quintessence of Ibsenism [M]. London:Constable and Company Limited,1932:44;JANG K H. Shaw on Ibsen and Ibsenism in Shaw [J]. The Journal of Modern British and American Drama,2008,21(2):183-202;DUKORE B F,SHAW B,WISENTHAL J L. Shaw and Ibsen:Bernard Shaw's the Quintessence of Ibsenism and Related Writings [J]. Theatre Journal,1981,32(4):542.

③ 汪余礼.《布朗德》:以悖反思维创构的复调诗剧 [J]. 长江学术,2015(2):97-104.

<<< 第五章　从形象谱系看易卜生的创作思维与思想进程

尔·金特的批判与否定。布朗德系列中的超象罗斯莫则是一个精神上的道德超人，他发展了布朗德"全有或全无"的思想，不仅甘愿为崇高的精神事业付出一切，而且容不得自己的戴罪之躯去玷污伟大的精神解放运动，他认为"起源于罪孽的事业绝不会成功"，为了纯洁自身以完成使命，他宁肯跳下水车沟，勇敢赴死；同时，罗斯莫还继承了斯多克芒身上那种正直坚韧的精神，他勇敢地拒绝了克罗尔和摩腾斯果的威逼利诱，并和他们进行了斯多克芒式的辩论和斗争；此外，罗斯莫身上又或多或少有一些培尔·金特的影子，他的过往生活在自欺之中，他原以为碧爱特之死和自己无关，直到吕贝克向他吐露心声，他才逐渐意识到自己也间接地参与了谋害碧爱特的这桩罪行，于是，为了"清白的良心"，他决心跳下水车沟，以死谢罪，这一行动使他超越了过往那个自欺欺人的金特式的自我。罗斯莫仿佛北欧的独特自然景观"夜半太阳的光芒"一样，展示出一种突破性的生命冲动。纵向来看，布朗德系列的这四个人物形象的演变历程显示出作家不断自我否定、自我批判、自我扬弃、自我超越的精神发展过程，这一创作过程体现出作家的内在自我和艺术自我不断进行类似太极图式"乾坤"两极之间的思维自运动，这一运动过程隐合黑格尔式的精神辩证法。最终实现的"合"的意境开显出：一、文学形象的人性历经"绚烂之极"而复归平静和平淡的白贲的美学境界[①]；二、作家在创作过程中追求不断扬弃自我、超越自我的精神境界。

其次，我们可以从布朗德系列到此后的索尔尼斯系列这两个男性人物形象谱系略微窥见并发现易卜生进行戏剧文学作品创作的思想进程。布朗德系列的男性形象涵盖易卜生早期剧作《布朗德》（1866年）和《培尔·

[①] 关于白贲，刘勰在《文心雕龙》情采篇第三十一里说："衣锦褧衣，恶文太章；贲象穷白，贵乎反本。"贲象源自《易经》中的贲卦："上九，白贲无咎"，杂卦曰："贲，无色也。"白贲的美学境界主要指魏晋六朝之后文人崇尚的"初发芙蓉，自然可爱"的最高境界，强调"最高的美应该是本色的美，自然朴素的美"，与之相对的是"铺锦列绣，镂金错彩，雕缋满眼"所代表的繁复华美之态。

141

金特》（1867年）、中期剧作《人民公敌》（1882年）以及后期剧作《罗斯莫庄》（1886年），而索尔尼斯系列的男性形象则都在易卜生晚年回到挪威以后而创作的最后四部剧作中（都发表于1892年以后）。整体来看，索尔尼斯系列人物形象的诞生都晚于布朗德系列人物形象，也就是说，易卜生创造出索尔尼斯系列人物形象是在他漂泊海外、饱经风霜，对丰富人生经历已有较深刻的体验与认识、对世事变迁与人世沧桑也有更深刻的体悟之后，这意味着他不再像早中期作品中那样仅仅关注人的"精神反叛""道德升华"与"整体革命"，以及注重对人的伦理道德问题的揭示和对社会问题进行尖锐批判与讽刺，而是从改造与拯救世人的灵魂这项精神事业中超脱出来，将重心转到提升自我的精神境界上来，这在艺术家个人精神修炼的高度上是一种"质的飞跃"。事实上，易卜生在创造罗斯莫这个形象的时候已经在深切地反思人在道德上的超越性。从理论上而言，罗斯莫在决定自我裁决，高高兴兴地跳下水车沟的瞬间就实现了对个体的超越。这时候，以死谢罪这一项行动是易卜生想到的要让人成为人、保持人的高尚自我并提升他人心智的唯一办法。但到此为止，他仅仅认识到人的道德价值。然而，易卜生从索尔尼斯、艾尔富吕、博克曼和鲁贝克这些艺术家和反艺术家身上，认识到了超越道德的价值，也就是不再以孤注一掷的行动去改造世界，而是在无法扭转乾坤之际，听从命运的安排，同时为自己心中追求的理想信念而生活和努力，唯其如此，方能将真正的自由意志实现出来。这四个后期人物生活在自己的幻想之中，仿佛人生的最高理想一定能在幻想出来的精神王国中实现，但这已不是简单地选择生活在自欺之中的金特式的自我，而是意识到单凭一己之力无法改变世界之后（布朗德曰"单枪匹马去战斗的人是毫无希望的"），在绝望之极想到的唯一出路。在布朗德系列中，布朗德只是认为自己受神的命令的指派，来提升芸芸众生的心智；培尔·金特总是一心要做"国王"，让世人都臣服于自己；斯多克芒医生以根除人心中的痼疾为己任，尖锐地批判社会问题；罗斯莫则对克罗尔和摩腾斯果在政治上的威逼利诱给予勇敢回绝并进行斯多克芒式的辩论与斗争。这些都展现出作家的内在自我在不断向陌生的外界进行延伸和拓展，是作家带着懵懂的好奇心对未知的外界不断进行探索与挑战的体现。等到了索尔尼斯系列，索尔尼斯、艾尔富吕、博克曼和鲁贝克不再对外界发出任何反叛的行动，而只是生活在自我内心世界之中（这也可以说是易卜生的另一种精神反叛，但是此为"反叛后之反叛"）：索尔尼斯和鲁贝克认为自己是受上帝的指派，来建造房屋或雕塑艺术品，做好这些事就是自己最大的责任和对世界的最大贡献；艾尔富吕并没有完成他的学术论著，他没能实现自己的人生理想，也没有尽到做父亲的责任，最终他只想弥补此前的过失，维持家庭幸福的表象；博克曼甚至把自己封闭起来，生活在幻梦之中，像野鸭一样一蹶不振，因此他无法在现实中真正存活下去。前后比照，这四个人物都早已放弃布朗德系列的人物想要拯救世人灵魂这项不可能完成的任务了。就像易卜生本人晚年不再为剧场演出写作剧本，转而创作供给人们阅读的"书斋剧"一样，他似乎不再寄希望于改变世人的灵魂，进行"精神革命"，而是更多地想写他自己内心想要表达的东西，不论人们是否看得懂，也不管是否有人能真正理解他。这也许就是他后期剧作神秘隐晦的真实原因。可以说，易卜生后期剧作的转变体现出易卜生自我精神的发展，这些形象的变化发展和演进过程体现出易卜生晚年人生观与价值观的极大变化，他在晚年时已经意识到自己即使竭尽全力，也依然存在着一些超乎他自己的能力控制范围的事情，这也就是说，对于那些人力无法扭转、无法回避的事情只能无可奈何地接受，安于天命，顺其自然。因此，易卜生后来转而相信自己写作是受到上帝的支持（的确，他在晚年重新返皈宗教，重新相信上帝的存在），创作的价值高于道德价值和社会批判价值。可以说，他所重新认识、体验到的新的超经验、超道德、超功利价值，更贴近艺术家的内心，而远离日常生活。晚年的易卜生认识到，艺术家如若想求得相对幸福的人生，则应顺乎人自身内在发展的自然天性。他的艺术哲学，目的恰在于在对艺术家人生的反思与质疑之中为每个人求得相对幸福。纵深来看，易卜生后四部戏剧的人物形象索尔尼斯系列整体上强化了布朗德系列人物形象的思想深度与精神高度，代表着作家精神发展的最高阶段。

第二节　从女性形象谱系看易卜生的创作思维与思想进程

接下来，让我们来看看易卜生笔下的两个女性形象系列（索尔薇格系列与娜拉系列）展现出他怎样的创作思维与思想进程。索尔薇格、碧爱特、海达、吕贝克与娜拉、阿尔文太太、泰婀、艾梨达这两组人物体现了作家对女性精神力量究竟有多大以及她们的命运是否能由自己决定这两个主题的探讨。围绕着这两个主题，易卜生有时候运用基督教的理念与象征去掩盖问题本身，譬如赎罪的观念在碧爱特和吕贝克身上都有所体现，阿尔文太太纠结到底要不要出走以及出走后又被曼德牧师用基督教信仰加以劝阻等。在这些作品中，易卜生不仅探讨了传统社会要求女性不断为家庭自我牺牲的这一个问题，而且讨论了基督教神学教诲对女性生存状态以及自我身份确认能力的损害。我们发现，索尔薇格所代表的道德理想化身很快就被易卜生本人放弃了，但这并不意味着艺术家不再执着于坚持自己的艺术理想，相反，通过对娜拉、阿尔文太太、碧爱特、吕贝克、海达、泰婀这些人物心理与现实生存处境的反复考量，易卜生又重新认可了基督教思想对女性的要求，并且，他在艾梨达面临两难困境之后给出了美好的答案：她自主选择回归现有家庭，放弃追逐海上的风浪，过上真正自由、安稳而幸福的生活。从这些女性形象的精神演变过程来看，易卜生仿佛绕了一大圈又回到了最初的原点。其实不然，除去这两个系列中的一首一尾

<<< 第五章　从形象谱系看易卜生的创作思维与思想进程

（索尔薇格和艾梨达），娜拉、阿尔文太太、碧爱特、吕贝克、海达和泰娴分别从不同维度证明了易卜生长期以来对基督教观念的反复质疑：娜拉冲出金丝雀的牢笼，却未必能展翅飞翔；阿尔文太太受曼德牧师阻拦而无法走出阿尔文先生的宅邸，尽管她遵照曼德牧师的教诲承担起妻子和母亲的责任，尽力保留家族的荣光和声誉，最终却免不了要接受悲剧上演、家毁子亡的结局；碧爱特为成全丈夫和吕贝克，宁可牺牲自己的生命，若非克罗尔与摩腾斯果向罗斯莫揭穿真相，且吕贝克亲口向罗斯莫坦白事实，罗斯莫甚至都没有意识到这是自己的问题；吕贝克勇于追求自己的幸福与爱情，甚至为了罗斯莫的事业可以牺牲自己的生命，但终究没有冲破罗斯莫庄的流言；海达在安稳家庭与自由真爱之间选择了前者，但内心又憧憬后者，在情感矛盾不断激化后，犯下引诱情人自杀的罪愆，又在追求者勃拉克推事的威胁下畏罪自杀；泰娴不记名分地追随乐务博格，即使乐务博格因痛失手稿而自杀，她还是选择继续从笔记中整理出他的著作，无人知道她此后是否还有安居之所。作为一位艺术家，易卜生敏锐地意识到了传统习俗观念对女性及其所在社会的意识的侵害，他更意识到现代社会要发展，人们必须与传统习俗观念决裂，必须以新时代的新思想去更新那些陈腐的观念。1867年，当易卜生创作浪漫主义诗剧《培尔·金特》的时候，38岁的他让索尔薇格依然保持住了圣洁仁慈的圣母玛利亚式的权威，至少在象征意义上是如此。而后，在1879年之后，中年的易卜生不断反思与质疑神的力量。出走还是回归，一心赴死、成全他人、以死谢罪还是苟活于世，牺牲、伴生还是逃避，娜拉、阿尔文太太、碧爱特、吕贝克、海达、泰娴从不同层面体现出易卜生对"人的精神反叛"这一问题的努力求索。我们发现，不论叛逆与否，女性都终将难逃噩运，即便不死，也需勇敢地承担"生命之重"，忍辱负重，面对生存的严峻形势与考验，唯有和活着的人一起继续艰难度日。我们看到，青年艺术家的人生理想在世俗面前被撞击得粉碎，而"出走"以及经由"出走"而产生本质联系的这些

145

女性群象获得了观众的心理认同与信赖。这些作品中的生存困境也不仅仅局限于女性，而成为贯穿在易卜生早中后期所有剧作（共25部剧）中关于"普遍的人"的生存困境：人之为人，如何游走于在理想信仰与尘世俗物之间？在高尚、圣洁、遗世独立的神性（仿佛备受世人褒赞与推崇）与卑微、污浊、依附他人的魔性（人性弱点）之间，如何取舍？追求、保持、选择、坚持何者为人？1888年，在《海上夫人》这部剧中，易卜生给出了一个近乎完满的折中的答案。然而，艾梨达的这个答案似乎远没有前面那些女性形象更能感通观众，引起读者与观众的共鸣。难道，人们不想看到理想与现实达成一致与和解吗？还是作家想要弥补这生活中"不可能的存在"的意图过于明显，反而远离了艺术本身呢？总之，索尔薇格、碧爱特、海达、吕贝克与娜拉、阿尔文太太、泰娴、艾梨达这两组女性人物形象显示出作家对道德、宗教影响下的女性精神力量究竟有多大以及她们的命运是否能由自己决定这两个问题的探讨：一方面，她们的精神发展过程呈现出螺旋式上升的圆圈图式，不断反叛与回归原点都没能在实际上解决作家提出的问题；另一方面，这些形象的演变过程也体现出作家对人性深层结构的创造性反思。作家引起的讨论也许没有得到最好的答案，但是讨论本身是有意义的。整体而言，易卜生在中后期剧作中不再执着于他早年时心仪的理想女性形象的塑造（譬如索尔薇格），而是根据社会现实中出现的新情况、新现象、新问题提出了想要借助于戏剧力量而同社会共同努力解决的问题（例如娜拉、阿尔文太太、泰娴等女性形象对"出走"问题的看法与讨论）。尽管易卜生本人想要提出应对与解决这些新出现的新情况的现实方法，但他最终提出的解决方案（艾梨达回归原先家庭；泰娴继续整理乐务博格手稿）仍然存有一些问题、隐患与疑点，比如艾梨达会不会成为下一个阿尔文太太，泰娴已经放弃爱尔务斯泰夫人这一身份，但这位"出走后的'娜拉'"真的具备继续独立生存下去的能力吗？即便是这些相对美好的结局，对于观众而言，也似乎不太具有说服力，未见就是现实可行的最佳办法。那么现代女性独立之路到底路在何方，其实是难以找到答案的。然而，只要我们每个读者和观众都思考过这个问题，反思过自我人性、社会道德、家庭婚姻、法律保护、责任意识等与生活在现代社会中的我们息息相关的这些问题，那么就证明这些戏剧作品正在持续地"发光发热"，照射到了我们内心深处，也就证明与实现了它们存在的意义与价值。我们发现，这些作品中的新情况、新现象，剧中人提出的问题，他们的命运与作家给出的未来可能性不仅反复出现在19世纪和20世纪其他作家的文学艺术作品中，而且真实地出现在我们的现实生活中，这位作家仿佛一直与我们同在，和我们共同生活在一个世界里，思考着相同或类似的问题。这也许就是易卜生之所以被称为"现代戏剧之父"的一个重要原因吧，他的精神生命存在于他的作品之中，而他的作品已经与我们的当代社会生活水乳交融、浑然一体了。

第三节 综合四个形象谱系来看易卜生的创作思维与思想进程

从易卜生戏剧的四个系列人物形象谱系来看，易卜生"不断自否""弃彼任我""类而有异""异而相类"的创作思维在他的整个思想进程中具有往复性。譬如他在娜拉系列中反复思考的"出走"问题其实关乎人的"自由还是生存"这一两难困境，而这正是布朗德系列中诸位"英雄"形象与"反英雄"形象所体现的核心关注；在索尔尼斯系列中，这一问题升级为"艺术家"与"反艺术家"对选择"理想还是幸福"的不断求索与反思；而在索尔薇格系列中，易卜生则反复地对女性"牺牲还是毁灭"这一中心问题不断进行探索和追问。同时，作家这种"不断自否"的创作思维也包含着深刻的自我矛盾。作家的内在自我与艺术自我就在这种深刻的自我矛盾中来回往复地不断进行思维的自运动。追求理想、自由并为此而牺牲是人性中接近高尚、圣洁、神性的一面，是一种高度理想主义的应然状态。易卜生在不同时期的作品中都不同程度地展现了他对这一传统价值观的坚持，但同时他在另一些作品中又表现出对世道已发生改变、无力扭转乾坤的隐忧。一方面，易卜生显示出他保守的一面；然而，另一方面，易卜生同时又是革命的，在他的另一些作品中，他创造了为了幸福的俗世生活和苟活于世的迫切生存需要而放弃崇高理想与高尚信仰的一群人，他们身上往往具有魔性或妖性（人性的弱点与缺陷），反映出时代与社会现实的变化。作家不断追问这样做是否值得，反复讨论这样做的意义，探寻人之为人的价值，这实际上是作家自己在作品中反思，也要求读者和观众跟他一起反思这个问题：人是否应以更高的行为准则和道德修养要求自己，冲破现实的藩篱与束缚，努力完成人自身的"精神革命"，将自己铸造成器，实现心灵的自由、陶冶、净化与升华。在这个意义上，易卜生又显示出他革命的一面。我们看到，作家始终徘徊在理想主义与现实主义的两难困境之中，而剧中人物的互相指责与争论（理想主义者斥责现实主义者不要脸面、投机取巧、粗鄙不堪，从不考虑他人感受；而现实主义者则驳斥理想主义者空有幻想、自我欺骗，表面儒雅具有学究气，实则迂腐不堪、懦弱无能）就像作家在和另一个自我不断进行对话，如此循环往复，仿佛作者在进行一场永不休庭的自我审判。

从易卜生进行戏剧创作的整个过程来看，他不断在两极之间寻求那个"恰到好处"的中和点，以求得平衡。这正是作家"不断自否""弃彼任我""类而有异""异而相类"的创作思维之鹄的。而寻求"中和"与"平衡"本身也是作家进行创作、"文思泉涌"的动力源泉——作家思维的内在运动正是由此而起、由此而生的。诸谱系中的本象、反象和类象都有些过于极端，只有超越了这些形象谱系的超象才恰到好处。譬如在布朗德系列中，布朗德和斯多克芒过于理想主义，培尔·金特过于现实主义，只有游走于理想与现实之间的罗斯莫实现了这种平衡——他既勇于追求现实真爱，为吕贝克放弃了碧爱特；同时又追求自由解放和灵魂净涤，为此放弃了俗世生活的康乐与幸福——可谓灵性（神性）与魔性（妖性）兼备。再如在索尔尼斯系列中，索尔尼斯为艺术而牺牲家庭幸福甚至孩子生命，过于追求艺术事业的极致；艾尔富吕为实现衣食无忧而将婚姻变成一场交易，又为撰写学术专著而推卸养育孩子的责任，这两次人生的关键选择，都显得过于功利；博克曼更是极度迷恋自己的"白日梦"，将自己紧锁在"心狱"之中，幻想自己成为"王国"的主宰，过于"消极避世"，逃避真实生活；只有鲁贝克既追求完美的雕塑作品，也在现实中组建了幸福、和谐、美满的家庭，只不过，当他发现自己的真爱原来就是自己的得意之作的时候，他幡然醒悟，感到自己的幸福家庭不过是个幌子，于是，他豁然放弃了现有家庭，选择与作品一起奔赴"充满荣光"的终点，这对于一名名副其实的艺术家而言，也许是个美好的结局。又如在索尔薇格系列中，索尔薇格过于伟大、高尚、圣洁，距离现实过于遥远；碧爱特过度地自我牺牲，为成全他人却将自己置于死地；海达过于咄咄逼人，损害他人性命的同时也不利于自己生存；只有吕贝克既敢于追求自由解放的人生，也为赎罪而付出了生命——最终实现了"绚烂之极，复归平静"的生命境界。复如在娜拉系列中，娜拉本人过于强调独立人格，但没有考虑到将其贯彻到底的现实可能性；阿尔文太太过于忍气吞声，尽管忍辱负重，却没能力挽狂澜，冲破藩篱；泰娅续写了出走后娜拉的某种可能性，但仍旧过于依附他人，只不过是换了一个与自己共同语言更多的男性来依靠，经济上是否真正独立，也没有给予正面交代；只有艾梨达在深切而沉痛地反复思索"出走还是回家"这个难于抉择的问题之后，给出了明确而坚决的答案——回家，尽管回家后也未必会永远一帆风顺、风平浪静，但至少她的妥协、让步与和解是她在理想与现实、自由与束缚之间反复权衡之后才得出的结果。由此可见，在这四个形象谱系之中，尽管"超象"也未必就是作家思考的终点，但作家已借由这些不断"自反""自省""自否"的形象，展示出了他在创造文学艺术形象时对"中和"与"平衡"（不仅指人物性格塑造与创作思维，也指创作目标、创作动机与剧本结局）的求索，以及他为找到两极之间那个"恰到好处"的中和点所做出的创造性努力。

　　那么，我们不妨继续追问，易卜生，特别是晚年的易卜生，为什么要不断地追求那个"恰到好处"的中和点，原因也许如前述所提到的，晚年的易卜生将重心转到提升自我的精神境界上来，这时的他意识到了"普通而平常"的重要性。当然，这里所说的"普通而平常"并不是指放弃艺术上的个性特点与风格，而是指艺术家在日常生活中和常人一样，尽管他在精神上仍保持高度自觉，但"大隐隐于市"，他不可能远离日常生活去进行精神创造、孤立地完成精神事业。艺术家若是悟透了日常生活中那些普通平常的事情，参透了其中的真谛与意义，那么他便是真正的"内圣外王"之人了，在易卜生的最后四部剧中，作家反复地考量这个问题。在《建筑大师》中，建筑师索尔尼斯一味地想要"成己"，尽其天性，认为自己要完成上帝赐予他的使命，成为特别杰出、特别优秀的艺术家，可是他一直抵制"成人之美"，不愿意帮助他人，甚至有意压制新生力量，这表明这位艺术家尽管对建筑艺术颇有造诣，但不懂得社会人伦的基本道理，不懂得仁义礼智之道，这就从根本上阻碍了他自身的精神发展。在《小艾友夫》中，艾尔富吕只想着完成自己的学术专著，却连家人的生死安危也不顾，连为人父的基本职责都没有尽到，这导致小艾友夫幼年摔断腿，成为跛足，后来又受鼠婆子引诱溺水身亡，易卜生借此剧揭示出艺术家和学者不应为了事业而荒废或摒弃普通平常却至关重要的事务，而应做好每个人都应做到的事情，承担起基本的社会责任，尽到为人父母的义务，否则是无法完成精神事业的，即便完成得很好，也是有精神缺陷甚至是有罪的。在《约翰·加布里埃尔·博克曼》中，博克曼和艾尔富吕一样，也将婚姻当做一场金钱交易，为了自己的事业而背叛了真爱。可以说，他们都想用一种非常规的手段和方法去赢得事业上的成功和圆满，而忽视了自己的良知和内心的不安。当博克曼失败而归，他又不愿面对破产的瑞替姆宅邸和自己并不爱的妻儿，只有将自己紧锁在楼上，生活在幻想之中。博克曼的逃避并非对破产这一现实感到绝望（如果是那样，他还是可以在陪伴自己的妻儿身上寻得一些安慰），而是不愿接受自己昧着良心去做的这些交易竟然输了，不愿接受自己放弃最宝贵的真爱去换取的那些财产原来是那么不值得。而这正是作家想告诉我们的事情：千万不要用金钱无法换取的珍贵情感做交易，人之为人，要懂得珍惜"普通平常"的赤诚之心，这对每个人而言都无比重要；只有以前两者为前提，在此基础之上再去发展自我，铸造精神事业，才能真正将自由意志实现，才能真正提升自我的精神境界，否则一切都是"空中楼阁""白日幻梦""海市蜃楼"。在《复活日》中，雕塑家鲁贝克看起来并没有做非常规之事，可是他年轻时为了艺术事业而压抑与扼制了自己的真爱与情感，在精神上"谋杀"了爱吕尼，也"谋杀"了自己的艺术灵感源泉。虽然鲁贝克后来也做好了那些"普通平常"的事情，但始终弥补不了早年的缺失。因此，当鲁贝克再次遇到爱吕尼，他感到那个怀着初心的自我"复活"了。这表明，一个人，即便是艺术家，要将"普通平常"的事情做得"恰到好处"，知晓自我选择的全部意义，并且无悔当初的选择，也是非常难的。因为逝者如斯，光阴无法逆转，过去的错误很难弥补。倘使能做到这一点，这个人就将"出世"与"入世"统一起来，真正实现了"天人合一"，将人的精神境界提升到与天地同一的精神境界了。那么，这个时候，这个人也就超脱了普通平常的自我，得到了精神升华。所以，晚年易卜生所追求的提升自我的精神境界，是以他本人经过反复思索，充分认识到"普通平常"的重要性为基本前提的。晚年的易卜生在戏剧创作这条道路上已收获颇丰，他充分相信自己的能力与才华，于是放下世俗名利，回归到日常生活中来，于"普通平常"之中"用功修行"，这也就是用"不用之功"，修"不修之修"。作家的这种日常生活中的"不修之修"并非自然的写作状态，而是经年累月，历经反复积累与多次努力之后而实现的更高层次的、超越性的精神创造——看似"顺其自然""无心而为"，实乃铁杵成针、滴水穿石之后而"修成正果""功到自然成"。

这样来看，由于作家的"不修之修"与"灵心妙悟"，作家进行创作的过程和他致力于完成的精神事业从而获得了新的意义。原先其作品多半被评论家们评定为颇具社会批判意义与道德价值，而从形象谱系的维度来看，这些作品获得了更高的价值，即超经验、超道德、超功利的人学与美学价值。可以说，正是易卜生的"不修之修"与"灵心妙悟"才使得他的作品具备了独特的文艺价值与审美品格。譬如罗斯莫、吕贝克和索尔尼斯这三类形象的自我裁判显示出人在自我良知觉醒后终于抵达"真"的境界。这三类形象——英雄、"永恒的女性"和艺术家——既揭示出人类普遍自我的内在联系与人性的必然规律，也展现出作家心灵理想的矛盾辩证统一。我们说"终于抵达了'真'"，因为易卜生创作这些人物形象是经过了曲折的发展过程的。他并非单纯地只创作浪漫主义或现实主义的作品，而是将两者糅合在一起，并在后期被人们常称作象征剧或死亡剧的作品中将这种创作趋势与美学形态向前推进了一些，从中我们发现浪漫与现实、美与真的统一。

诚如汪余礼先生所言，易卜生在其戏剧花园里创造出"山外有山，楼外有楼；景深无穷，境界层深"的复象世界①。然而，易卜生所追求的自由与独立的实在性、诗性智慧与源自爱的精神内核本身正是我们所见的现象世界。这就好比瓷器的本身就是瓷，复象世界并不在现象世界之外，正如瓷器并不在瓷之外。在易卜生的戏剧花园里，复象世界与现象世界不可

---

① 关于易卜生的"复象诗学"，参见汪余礼. 双重自审与复象诗学：易卜生晚期戏剧新论[M]. 北京：中国社会科学出版社，2016：1-290.

分割，它们是一个浑然天成的有机整体，共同显示出作家的精神世界。这就好比"月印万川"：不论在复象世界还是在现象世界，明月印照在万川之上，天下共赏同一轮明月，这轮明月就是作家的精神世界。我们所见之月与心中所想之月同为这一轮明月，尽管月光或散落于茫茫江海，或洒落在记忆里，却依旧还是那独一无二的同一轮明月，我们不能将四海之内或人内心的月色分割开来，视为不同的月亮，因此，我们便也不能将复象世界与现象世界分隔开来，而要去观察并欣赏它们共同显示出的作家的精神世界。有些读者与观众只看到现象世界，而不见其精神与智慧的实在性；有些读者与观众却能从现象世界中悟见完全不同的道理与真谛，这便与前者所见之世界具有截然不同的意义和价值。正所谓"迷则为凡，悟则为奇"，能透过现象世界悟到精神世界之人，便能从诸人物形象谱系中悟到易卜生独特的精神发展历程以及作家的创作逻辑所包含的诗性智慧与精神价值。

总体而言，易剧形象谱系内的诸人物在纵深方向上呈渐进、自否式发展态势，这体现出易卜生随世事变迁、艺术直觉的改变与艺术情感的流动而不断深化、内转的创作思维与内向性、内省性越来越强烈的创作倾向与思想进程。英国文学研究者布里安·约翰斯顿（Brian Johnston，1932—2013）认为，易卜生从《社会支柱》到《复活日》这12部剧形成了三个系列：一、从《社会支柱》到《人民公敌》——包括《社会支柱》（1877年）、《玩偶之家》（1879年）、《群鬼》（1881年）以及《人民公敌》（1882年），这四部剧构成第一系列，以社会政治内容为焦点，注重戏剧的教化功能；二、从《野鸭》到《海达·高布乐》，包括《野鸭》（1884年）、《罗斯莫庄》（1886年）、《海上夫人》（1888年）以及《海达·高布乐》（1890年），这四部剧（以《野鸭》为首）开创了现代剧创作的新方法、新路径；三、从《建筑大师》到《复活日》（易卜生自己也坚持认为他的最后四部剧构成一组独特的系列剧），包括《建筑大师》（1892年）、

《小艾友夫》（1894年）、《约翰·加布里埃尔·博克曼》（1896年）以及《复活日》（1899年，亦译作《当我们死而复醒时》或《当我们死人醒来的时候》）；他认为，易卜生戏剧的这三个系列恰好同黑格尔在《精神现象学》第二部分探讨的人类精神发展过程类似，形成了一种辩证的进化综合体，易卜生的精神戏剧系列之纵深发展过程类似于黑格尔提出的人类精神意识的进化过程，经历了去伪存真、去弊还原、批判自否，同时展示出积累与提纯的进化特质。这一过程主要包含三种不同的精神活动：一、社会政治生活的客观世界（正题）；二、个人意识的主观世界，区别于客观世界（反题）；三、前两者的综合（合题），关于对世界产生影响的艺术、宗教与哲学的意识形态世界。[1] 笔者认为，易卜生的这12部剧（按照时间顺序每四部一组，分为三组）的确显示出类似黑格尔"正反合"精神发展过程的某些特质。然而，将易卜生戏剧直接而笼统地黑格尔化或精神现象学化无疑过于简单，也未能阐释与说明易卜生戏剧中诸位主要人物之间隐秘的精神联系，倘若遵照易卜生本人的原意，我们不仅需要将他的戏剧作为意脉贯通的整体来阅读，而且最好将他笔下的人物进行分类，进而找寻与探讨诸位人物之间的关系。人物是戏剧之眼，厘清每一类型或系列人物形象的精神进化历程，也有助于更好地发掘与发现戏剧作品的精妙神韵，进而更好地引导与启发新时代的戏剧创作。如前（特别是第六章）所述，易卜生戏剧人物形象谱系的"本—类—反—超"四象发展历程基本上类同于黑格尔提出的"正反合"辩证思维过程，在此，值得提出的是，笔者论述的易卜生剧中人物精神的发展过程不同于布里安·约翰斯顿提出的易卜生后12部剧本整体的进化过程：笔者是先将诸位形象分类，再将每类形象按时间顺序理出，每类人物都归为四象，且类与类之间略有差别，并不完全相同；而布里安·约翰斯顿则笼统地将易卜生的后12部剧按时间顺

---

[1] JOHNSTON B. The Ibsen Cycle [M]. Boston: G. K. HALL & CO, 1975: 30.

<<< 第五章　从形象谱系看易卜生的创作思维与思想进程

序安排，每四部一组，直接套用了黑格尔的"正反合"模式，难免显得过于生硬，其论述中也多出现"自然""恰好""巧合""显然"等词①，显得不够严谨。不过，值得肯定的是，不论是易卜生剧作整体的创作过程，还是其中诸类人物形象的精神发展历程，都体现出强烈的"批判自否"精神与"积累与提纯的进化特质"，布里安·约翰斯顿清晰而有力地指明了这一点，可谓其可取之处。

1899年，易卜生在当时北欧主流报刊《世界漫步》（*Verdens Gang*）上写道：

> 有鉴于自《玩偶之家》为起始的一系列现代剧作品，我将《复活日》作为"戏剧收场白"，也就是这一系列作品的终点……这部剧是我完成这一系列作品的句号，也是这些作品成为有机整体的一个重要标志，它标志着我现在已经正式完成这个阶段的创作了。如果我还将写作任何作品，那将会是我于另一种语境中以另一种形式进行写作的新的开始。②

由此可见，不同于布里安·约翰斯顿将从《社会支柱》到《复活日》这12部剧看作同属一个"黑格尔精神现象学式的循环"，易卜生本人将从《玩偶之家》到《复活日》这11部戏剧作品作为"同一系列"作品。而笔者又与这两者不同，此书是将易卜生的早期作品《布朗德》到最后一部剧《复活日》看作为有机整体，然后在此基础上遴选其中有代表性的典型人物形象，进行分类解析。至此，我们似乎陷入了一种尴尬困窘的境地，其实不然，笔者认为，我们无妨采取"仁者见仁，智者见智"的审美鉴赏

---

① 比如在上引这段布里安·约翰斯顿的引文中，就连续出现了"naturally""obviousness""apparent"等词。

② VALENCY M. The Flower and the Castle [M]. New York: Universal Library, 1966: 234.

态度，如同对待莎翁笔下的哈姆雷特一样，"一千个人眼中亦可有一千种不同的易剧系列"，也就是说，不同的分类思维可能会产生与界定出不同的分类方法、主题、结构设计与人物类型，从而有可能归纳总结出不同的作品系列、单元或亚结构。只要这些都是有益于理解与解析作品本身的，那么所做努力就都是有意义、有价值的。不论是从《玩偶之家》最后一幕到其后一系列剧作中关涉家庭伦理的道德内核，还是以《社会支柱》为起点所关注的辩证的戏剧动作与发展线索（基于黑格尔现象学），抑或是从《布朗德》甚至《凯蒂琳》就开始萌发的各类人物雏形，都共同建构了易卜生创造的"山外有山，楼外有楼；景深无穷，境界层深"的复象世界，我们无须对哪种分类最贴切、最合适做出明确评判，而只需采取多种批评视角与鉴赏维度品读易卜生的作品，仔细体会他在其所处历史环境中的创作思维即可，所谓"横看成岭侧成峰，远近高低各不同"，也许，这样更能接近易卜生终其一生不懈追求的"羚羊挂角，无迹可寻"的高妙艺境。

第六章

从形象谱系看易卜生戏剧的独特价值

本文作者试图从形象谱系的纵向联系与横向联系两方面来看易卜生剧作的独特价值，从中总结出易卜生戏剧人物形象谱系的精神规律——"二元四象"。"二元四象"不仅是易卜生戏剧创作的精神规律，也是其艺术思维的精神原则。这一原则不是我们研究易卜生戏剧的出发点，而是研究的最终结果；它不是被应用于分析与阐释诸形象谱系，而是从各形象谱系中抽象出来的；不是戏剧作品去适应这一精神原则，而是这一原则只有在适合于易卜生戏剧艺术作品的情况下才是正确的。下文将分别论述笔者经纵向分析易剧人物而发现的"圆圈循环"图式与横向观察易剧人物而发现的"交叉网格"结构与图式，从而总结与抽象出易卜生笔下戏剧人物形象之间的内在联系以及易卜生的创作思维。

第一节　从形象谱系的纵向联系看易卜生戏剧的独特价值

在本文作者试图构建的易卜生戏剧人物形象谱系中，纵向分析每一系列中的"四象"（本象、类象、反象与超象），可以发现，它们之间暗含着这样的规律：本象不断通过自否与自运动一步步逐渐展开并成为类象、反象（或反象、类象）与超象，这一形成过程正是易卜生的内在自我在不断追求精神自由①的思想过程与他进行戏剧创作的艺术思维过程。超象之所以暗含着本象进一步发展的潜在可能性，并保持与本象起初所具有的那种单纯性一致，乃是因为超象就是本象历经类象与反象再进一步实现出来的结果，超象返归类象或本象（如吕贝克重走碧爱特走过的那条路，鲁贝克重新站在了布朗德与建筑大师索尔尼斯登上的高处、进行自我审判，等等）就是返回于自身内在固有的本质与本真的东西，这个返回于自身的东西就是易卜生的内在自我的本性与他的创作内核，就是他的个体生命、艺术创作与艺术精神相联系的一致性。

在"四象"（本象、类象、反象与超象）构成的形象谱系中，本象不断地生成新的形象（类—反—超），易卜生首先创建一个真实的主体，而四象的本质与内核通过这一个真实主体在自身之中不断进行自我反思与自我否定的运动与变化而实现出来，从而这四象所构建的坚固共同体的潜在主体性得以留存下来。本象只有在这种不断向超象实现的过程中，才是充实的、内涵丰富的，超象也只有在朝本象或类象复归的终点处，才变得愈加完善与完整，它们共同组成我们对易剧人物形象谱系概念的现实认知。通过这一历时长久而复杂的生成过程建立起来的形象谱系并非简单形象叠加而成的一般的组合体，而是一种不断在自身之中反思自我存在、否定过往自我、追求自由意志实现的主体精神。

在四个系列（布朗德系列、索尔尼斯系列、索尔薇格系列以及娜拉系列）中，每一系列的类象和反象在时间上都出现在本象之后，他们是从本象自身当中发展而来的，而不是根据外在对立的理念与"灵光一现"贸然从外界"借来"的。类象保持有本象个性与人格的主要特征，与本象总体一致但有所演变与衍生；反象是本象经历自我否定而推出来的，从本象中

---

① 易卜生不仅强调人要进行"精神革命"，而且很注重人对个体自由的追求。参见挪威驻华大使赫图安先生为比约恩·海默尔著、石琴娥先生译《易卜生——艺术家之路》（商务印书馆，2007年）所写的贺词第1页："对易卜生来说，个人的自由是最重要的主题之一。易卜生在他的作品中始终关注着人们对于个人自由的追求。"

自然而然地发展出了与之对立的真正彻底的否定形象。因此，可以说，类象和反象是本象自身分别从肯定方面与否定方面实行真正的自我发展与自我补足的结果，这一结果也是本象朝着生成超象的方向运动与发展过程中的阶段性成果。类象与反象都在一定程度上克服了本象的抽象性与不确定性而变得更加具体、丰富与复杂，从而一步步地把易卜生的内在自我与艺术自我发展出来。类象并非单纯地承继本象的个性与精神，反象也并非单纯地否定本象的行为与目的，两者都是从不同的侧面和维度产生的积极结果，因为两者的出现与生成都肯定了本象自身的发展。反象不是从外在否定本象，而是从内在否定本象，它是本象对自我的否定。这种自我否定是本象发展而非毁灭的体现，其结果是本象距离超象的生成更进了一步，反象或本象的自我否定的真正意义就在于此。反过来，类象之所以肯定与延续了本象的主体精神，否定与摒弃了其他部分，从而肯定地把本象进一步实现出来，实际上也是本象"自否定"与"自立"的结果。类象在肯定本象的同时也否定了本象，它和反象一样，推动了本象的发展，阶段性地实现了本象不断超越自身、不断自我扬弃（aufheben）与自我展开、实现潜在可能性的目的。总而言之，类象和反象都以"自立"与"自否定"的方式揭示出以本象为开端与根据并朝向超象生成的形象谱系整体的内在目的与运动轨迹，整个形象谱系是由原初的本象不断地演变与发展出来的。

本象由自在的存在（das Sein an sich; der an sich seiende Begriff; An-sichsein）能动地逐渐发展为自为的存在（das Fürsichsein auf）则生成超象。刘勰在《文心雕龙》情采篇第三十一里说："'衣锦褧衣'，恶文太章；《贲》象穷白，贵乎反本"①，超象的生成往往经历了类似于这样的一个丰富、绚烂、复杂的过程，而最终复归于平淡。这样一种从原初的自然

---

① 刘勰. 文心雕龙［M］. 上海：上海古籍出版社，2015：194.

平实到华丽繁复再到与其对立的平淡素净的生命历程，达成于"白贲"之境，正所谓"绚烂至极，归于平淡"，不断接近白贲之境的"本象—超象链"体现出人不断超越自我、扬弃自我的精神境界，散发出人物内心与人性之中本真的光与美。超象是本象也是它自身的对象，它是被由本象发展而成的类象与反象中介过、扬弃过，在自身之中反思自我的对象。超象由本象迈步向前、不断发展、自身反思而生成，它离开了本象，变成本象的对象，同时又回归本象或本象初步发展而成的类象，通过自我反思而返归起点、返归自身。对其自身而言，超象在它的实存（Existenz）与定在（Dasein）① 中也是自我反思过的对象，本象、类象、反象与超象只不过是处于不同发展阶段的彼此。因此，形象谱系的本—类/反—超四象的运动

---

① "定在"是黑格尔逻辑学中的一个概念。定在是存在自身发展的一个环节，是在《逻辑学》开端的"纯粹存在"经过"变化"（Werden）之后而获得了规定的存在。黑格尔把存在作为第一个逻辑概念，但没有任何规定性的存在是纯粹的无。由存在过渡到空无是变易或生成，变易就成为第一个具有特定内涵的概念，即具有质的规定性。这样，存在就成为有特定规定性的存在——定在。参见黑格尔. 小逻辑 [M]. 贺麟，译. 北京：商务印书馆，1980：200. 黑格尔在《小逻辑》中关于"定在"的定义为："定在是得到规定了的存在，它的规定性是存在着的规定性，是质。通过定在的规定性，某物与他物相对，是可改变的，且是有限的，不仅仅与他物相对，而且还在他物之上完全地被规定为否定的。他物的有限性首先与有限的某物相对而是无限；这一抽象的、上述这些规定在其中显现的对立化解为无对立的无限性，化解为自为存在。"此段的德语原文为："Dasein ist bestimmtes Sein; seine Bestimmtheit ist seiende Bestimmtheit, Qualität. Durch seine Qualität ist Etwas gegen ein Anderes, ist veränderlich und endlich, nicht nur gegen ein Anderes, sondern an ihm schlechthin negativ bestimmt. Diese seine Negation dem endlichen Etwas zunächst gegenüber ist das Unendliche; der abstrakte Gegensatz, in welchem diese Bestimmungen erscheinen, löst sich in die gegensatzlose Unendlichkeit, in das Fürsichsein auf."

160

轨迹与运动机制构成了黑格尔式的目的论圆圈①。本象发展到超象这里就既是自在也是自为的。因此，易剧人物形象谱系（及其"圆圈循环"图式）具备自在自为的主体性精神；本—类/反—超四象所构成的"圆圈循环"谱系图式是纵向观察与分析易卜生所创作的戏剧人物抽象而成的精神模式。

第二节　从形象谱系的横向联系看易卜生戏剧的独特价值

在横向比较与分析形象谱系中的诸形象时，我们发现，易卜生的诸多戏剧都存在这样一种独特的现象，即在纵横交错的人物谱系网中，通常有两位主要的女性形象作为男主人公内心相悖的两极声音久久回荡在其脑海之中，令他感到身负重罪，难以抉择。比如，《布朗德》中的阿格奈斯与

---

① 以黑格尔哲学分析与诠释易卜生作品的著名学者 Brian Johnston 所著 The Ibsen Cycle (Pennsylvania State University Press, 1992) 一书以《社会支柱》为起点，《复活日》为终点，重点分析了《群鬼》《罗斯莫庄》和《建筑大师》中的原型反复、辩证法以及死亡和转变，是以黑格尔辩证法诠释易卜生剧作的学术力作。但遗憾的是其剧目选择颇有些局限，没能将易卜生的早中后期的主要戏剧作品作为前后贯通的整体统归起来，也没有对戏剧作品中的主要人物分类进行系统化研究，本文试图弥补这一缺憾与不足，因而将更多易剧作品（包括早期作品2部、中期作品3部以及后期作品7部）划归进来，并提出"四象"的概念对易剧整体和其中的主要人物进行形象谱系研究，祈愿能起到一定的推动作用。

葛德分别代表布朗德心中人道与神性这两极声音①；《培尔·金特》中索尔薇格与绿衣女分别代表培尔内心"保持你自己"与"绕道而行"这两极声音；《罗斯莫庄》中的吕贝克和碧爱特分别代表罗斯莫心中自由解放与传统保守这两极声音；《建筑大师》中，希尔达和艾林分别代表建筑大师索尔尼斯心中尼采式的超人哲学精神与康德哲学精神这两极声音；《小艾友夫》中吕达和艾斯达分别代表艾尔富吕·沃尔茂心中金钱欲念与乱伦罪感两种声音；《博克曼》中艾勒与耿希尔德分别代表真爱与利益这两极声音；《复活日》中爱吕尼与梅遏分别代表鲁贝克心中艺术理想与俗世生活这两极声音。这一形象关系的建构方式既有益于我们更全面、更充分地理解易卜生笔下作为"整体"的人，也揭示出易卜生独特的创作方法，从剧作法的层面而言，对当代戏剧的创作与诗学研究具有一定的启示意义，可谓易卜生馈赠给后世的遗产。

形象谱系中男女人物形象之间彼此交织的间际关系与人际互动联系形成了支持与支撑他们构建坚固共同体的交叉网格结构，这些形象通过互相交错的运动与自运动构建了形象谱系的内在精神结构。奇妙的是，易卜生并不是外在地将这种人物之间的间际关系通过外部行动附着、捆绑在一起，而是使处于中心的男性形象的内在精神从内部分化、表现为两个具体

---

① 本文作者认为，在易卜生的戏剧世界中，这一独特现象的源头事实上肇始于易卜生的第一部剧《凯蒂琳》，剧中的阿瑞丽亚与弗瑞亚分别代表凯蒂琳心中善良与复仇这两极声音，而后在易卜生的早期戏剧《苏尔豪格的盛宴》中玛吉特与西格纳分别代表古德蒙内心的两种声音，《海尔格伦的维京人》中伊厄棣思与达格尼也分别代表希古尔德内心的两种声音（勃兰兑斯. 第三次印象 [M] //易卜生论. 姚俊德，译. 伦敦：海恩门出版公司，1899；易卜生. 论易卜生 [M] //易卜生文集：第八卷. 潘家洵，萧乾，译. 北京：人民文学出版社，1995：附录304）。不过，本文所探讨的人物形象谱系建构并不涉及《凯蒂琳》《苏尔豪格的盛宴》和《海尔格伦的维京人》几部剧中的人物形象，故此处稍加说明。由此，我们看到，如卢卡契所言，易卜生思想发展的伟大与统一在于"他的第一部作品就已包含最后一部作品的所有问题了，可是我们仍然认为在他为达到这一步而走过的道路上大部分问题都是使我们着迷的，很多人物典型对我们来说都是重要的"。易卜生. 论易卜生 [M] //易卜生文集：第八卷. 潘家洵，萧乾，译. 北京：人民文学出版社，1995：附录240.

女性形象所代表的矛盾（如果不完全对立，也至少是迥异的）两极，让这位男性形象的内部活动经由在两位女性形象所代表的两极思想之间的运转表现出来并展现出中心人物自身的精神运动与灵魂风景。易卜生用这种巧妙的精神推演过程确立了人物形象谱系的交叉网格结构与图式及潜隐在这种网格结构与图式之下的"源自爱的内核"，从而也更进一步地确证了形象谱系是作为易卜生内在精神自运动而生成的坚固共同体的主体和实体。

这个位于中心的男性人物形象在两个客观的女性人物形象的生命意识中构建起"矛盾的自我"与"源自爱的自我内核"，从而获得其生成自我意识与精神存在的基础和情感与生命的运动过程。两个女性人物形象的意识也并非静止不变，而是能动地发挥自我主体性，不断地融合到这个男性主人公内在的"矛盾自我"与"自我反思"之中，成为一种新的精神性存在。在人物内部的精神运动与自运动中，各形象的本质得到普遍确立与提升。易卜生的这种将艺术自我对象化的方式在某种程度上而言是一种"自我间离"，他使得男性主人公将自我精神中的矛盾当作客体的对象（外化为两个不同的女性形象）来看待，使他在这种反思活动中与自我产生了距离，把自己变成了间接性存在。而主人公的这种在自我反思活动中不断进行自否定的生命历程就是易卜生自在自为的艺术自我存在方式，亦即，易卜生创造戏剧人物的独特精神模式。

第三节　易卜生戏剧人物形象谱系的"二元四象"

在本文列出的四种易卜生戏剧人物形象谱系系列中，诸系列中的本象往往与反象形成二元对立的结构，这种不断变化、充满变数的动态矛盾结构类似于太极阴阳、乾坤两卦之间相生相克、两仪三极的关系，比如，布朗德与培尔·金特、索尔尼斯与博克曼、索尔薇格与海达等。这种二元对立的现象印证了歌德①在《浮士德》中的著名譬喻：

> 两个灵魂在我胸中，
> 想要彼此分离，相互摆脱；
> 一者执着于粗鄙的情欲，
> 留恋尘世的感官欲望；
> 一者憧憬于崇高的灵魂与精神，
> 攀登那彼岸的精神殿堂。②

当然，易卜生的二元对立较之歌德所言更为丰富与复杂，也更为深刻：培尔·金特的粗鄙情欲在索尔薇格面前消失，转变为超脱自身的谦逊羞赧，成为一股自我救赎的力量，这更接近于崇高的灵魂与精神，其人格力量因其具有人情味儿与生活气息而更真实、活泼、灵动，培尔的"彼岸的精神殿堂"反倒显得比布朗德信仰的冰教堂更温暖人心；成功的建筑大师索尔尼斯的艺术理想及其事业的宏伟愿景与失败的银行家博克曼对金钱、矿脉的欲望及其人生理想在某种程度上是极为相似的，两者在结果表现上拉开了距离，形成了两种差别巨大的人生景象与灵魂风景，英雄成败只是命运的一念之差，而两者的生命最终都在去往高处的地方落幕，又回

---

① 关于作为世界文学开启者的歌德与现代戏剧之父易卜生的关联性，请参见马丁·普契纳，王阅. 歌德、马克思、易卜生与世界文学的创造 [J]. 长江学术，2015 (4)：106-116.
② 这段话出自歌德的《浮士德》，德语原文为："Zwei Seelen wohnen, ach! In meiner Brust, Die eine will sich von der andern trennen; Die eine hält, in derber Liebeslust, Sich an die Welt mit klammernden Organen; Die andre hebt gewaltsam sich vom Dunst, Zu den Gefilden hoher Ahnen." in Goethe：Faust. Eine Tragödie. Werke：S. 4578. vgl. Goethe - HA Bd. 3, S. 41. 中文译文参照绿原先生译文译出，请参见歌德. 歌德文集：第 1 卷 [M]. 北京：人民文学出版社，1999：34.

<<< 第六章　从形象谱系看易卜生戏剧的独特价值

归到易卜生对自我艺术生命本质的反思与人类灵魂的过往罪愆这个母题上来了；魔性的海达妒火中烧，占有欲强烈，却因不愿受制于他人而高贵英勇地选择了自戕，而这一行为却使她距离像索尔薇格这样神圣高尚的灵魂更近了一步……由此可见，这些"反象"人物在与"本象"人物的对立之中有时候甚至是更贴近真实生活的，他们在某种程度上也是发源于"本象"、接近"本象"甚至回归"本象"的。

在上述本象与反象的二元对立与二象相搏[①]之后，谱系中的有些类象与反象因不同原因与不同程度的精神分裂痛苦而死，比如，索尔薇格系列的类象碧爱特与娜拉系列的反象阿尔文太太；而另外一些类象与超象则在本象与反象的彼此分裂之中实现了一种中和，达到了"和合"之境，比如，索尔尼斯系列的类象艾尔富吕·沃尔茂，娜拉系列的类象泰婀·爱尔务斯泰太太，以及娜拉系列的超象海上夫人艾梨达。这些形象非常重要，它们意味着易卜生对自己在早中期作品和部分后期作品中让主要人物走向死亡极端的倾向进行了深刻反思，从而在二元四象中转而寻求倾向于审美感通[②]的第三条道路——"爱之欲其生"的生命美学[③]。类象与反象所具有的进步性在于他们将本象所缺乏的东西明朗化、清晰化、尖锐化，而这些也正是后来易卜生创作出超象所要求的性格质素。所以类象与超象在由本象过渡到超象的发展过程中起到了较大的促进作用。

由是观之，四象中的超象作为易卜生艺术灵魂的完满实现，既不是绝对纯粹的理想形象，也不是彻底真实的凡俗形象，前者完全脱离现实生活的实践经验，后者缺乏艺术作品必需的抽象哲思。超象是理性形象与凡俗

---

① 易卜生的座右铭是：生活，就是与自我的心魔搏斗；写作，就是对自我进行审判。
② 关于审美感通学批评的根基、内涵、理念与方法，汪余礼．双重自审与复象诗学［M］．北京：中国社会科学出版社，2016：258-282．
③ 在此借用台湾学者张逸帆教授的论文（张逸帆．易卜生《小爱渥夫》中的孩童之死，创伤与回忆："爱之欲其生"的生命美学［J］．2009 易卜生国际学术研讨会论文集，2009：85．）特此致敬！

形象这两者的共同对象，具有易卜生在戏剧艺术审美过程中探寻第三条路径的超越性精神。

不仅如此，诸谱系中的超象都导向易卜生毕生追求的最高目标——自由精神，因为"对易卜生来说，个人的自由是最重要的主题之一。易卜生在他的作品中始终关注着人们对于个人自由的追求"①。罗斯莫、鲁贝克、吕贝克、艾梨达与爱吕尼都在完成自我实现的过程中不断追求个体自由、不断完善个体的自由意志，作为共相的超象几乎都经历了席勒所说的三个内在发展与变化的阶段：

人在其物质/身体状态里，服从自然的力量；

人在其审美状态里，摆脱自然的力量；

人在其道德状态里，控制自然的力量。②

"超象"人物在历经了前两个阶段的矛盾运动之后，都具备了超出现实极多的控制力，进而进入到第三阶段，即伦理精神层面极为高超的自由自决阶段：他们或在死亡瞬间最终实现完满的理想状态或道德状态（罗斯莫、鲁贝克、吕贝克、爱吕尼），达到阴阳和合之境（罗斯莫—吕贝克；鲁贝克—爱吕尼）；或在一种中和的生命美学过程中达到"爱之欲其生"的"和合"之境（如前所述，艾梨达）；这表明，超象的出现无疑是前述"二元三象"（本象、反象、类象）在易卜生内心不断进行内部搏斗与矛

---

① 参见海默尔. 易卜生：艺术家之路 [M]. 石琴娥，译. 北京：商务印书馆，2007：贺词.

② 这段话出自席勒的《美育书简》，德语原文为："Über die Ästhetische Eryiehung des Menschen in einer Reihe von Briefen" in Schiller, Friedrich von : *Gesammelte Werke. Band 8*. Berlin: Aufbau Verlag, 1955. S. 473-478. 中文译文参照冯至先生译文与朱光潜先生译文译出，请参见冯至，韩耀成，等. 冯至全集：第11卷 [M]. 石家庄：河北教育出版社，1999：132-139；朱光潜. 西方美学史：下 [M]. 北京：人民文学出版社，2004：442.

盾运动，从而到达席勒所谓"第三阶段"的产物。上述"二元四象"也逐渐地显示出易卜生创作戏剧作品的艺术思维与思想进程，渗透出他对自由精神与个体生命的独特理解与哲学阐释。

结语

易卜生戏剧人物形象谱系：精神与价值

　　研读易卜生的戏剧，必须深入挖掘易卜生笔下人物之间的内在联系，将这些人物形象看作"整体的人"。因为易卜生戏剧中的人物之间是彼此关联、相互渗透、前后贯通而共同构成易剧人物谱系的，故我们不能将其从谱系整体之中分隔开来，孤立地加以理解。易卜生本人也十分希望读者理解其作品的内在联系，他认为"只有把我所有的作品作为一个持续发展的、前后连贯的整体来领会和理解，读者们才能准确地感知我在每一部作品中所力求传达的意象与蕴涵"①，如果不顾作为"持续发展、前后连贯的整体"的易剧及其人物谱系，仅仅为抓住其个别特点而加以主观片面的分析，那就很可能会"只见树木不见森林"，偏离其本意。因此，建立人物形象谱系是亟须的，也是必要的，它是易卜生对于生活的形象化与形式化的研究。但真正的易卜生戏剧人物形象谱系并不是现成地摆在我们面前的，而需要我们通过对易卜生的全部作品进行综合研究才能把握。

　　在《易卜生戏剧人物形象谱系研究》这个课题中，笔者尝试从易卜生戏剧中选出最富代表性的四类人物形象进行深入剖析，力求"入乎其内，出乎其外"，努力探索易卜生戏剧之间的内在联系与作家的创作思维及其思想进程，进而反思作家在创作实践中不断更新对世界与自我的认知、作

---

① 参见易卜生为德文版和丹麦文版《易卜生文集》所写的卷首序言，易卜生. 易卜生书信演讲集［M］. 汪余礼，戴丹妮，译. 北京：人民文学出版社，2012：410.

家进行创作活动的整个精神历程，以及作家在晚年为重新认识世界与自我的关系而进行的创造性努力。这四类人物形象分别为：英雄和反英雄系列（布朗德系列），艺术家和反艺术家系列（索尔尼斯系列），自我牺牲者和自我毁灭者（索尔薇格系列）以及反叛婚姻者和出走失败者（娜拉系列）。每类形象由四个处于不同性格发展阶段的人物组成，他们分别是易卜生早中后期作品中相互之间暗含内在联系的人物形象，其精神发展过程隐合黑格尔"正反合"的精神辩证法。按照形象谱系内诸人物性格发展的不同阶段，可将每个系列的人物形象分为：本象、类象、反象与超象。"四象"是形象谱系整体的四个动态生成阶段的统一：本象是易卜生戏剧中具有代表性的起点或开端形象，具有某类人的共性，它往往体现出易卜生思考与揭示的人的本质问题；类象是本象的继续，它与本象相似，同时体现出进一步的发展，往往肯定或强化了本象的某些正面积极的特征；反象是本象的逆转，它从内部否定本象与类象，是本象"自否定"、转化到对立面的阶段；超象是本象在合目的性中的潜在可能性的实现。形象谱系以本象为原点，历经类象与反象的发展阶段，最后又在超象阶段返归到与自身精神的同一，是展示文艺作品人物关系与精神结构的张力系统。

从形象谱系的视角来看，每类形象在不同作品中以不同的形式连续地表现出互相联系的共同特质来。在英雄和反英雄系列（布朗德系列）中，类英雄斯多克芒出现于英雄形象布朗德与反英雄形象培尔·金特之后，他既为崇高理想和高尚信仰而牺牲自我，同时在行动上保持自我的本真，是对奉行山妖主义、"为自己就够了"的培尔·金特的批判与否定；道德超人（超英雄）罗斯莫身上则显现出"合"的意境，他不仅甘愿为崇高的精神事业付出一切，容不得自己的戴罪之躯去玷污伟大的精神解放运动，宁肯以死谢罪，以实际行动践行布朗德"全有或全无"的信条，而且给予克罗尔和摩腾斯果以斯多克芒式的辩论和斗争，同时，他还超越了过往那个自欺欺人的金特式自我，展示出一种突破性的自我超越精神。这类英雄和反英雄形象整体体现出作家在理想主义与游戏主义之间不断徘徊以及对如何选择合适的人生观这一问题的反复考量。在艺术家和反艺术家系列（索尔尼斯系列）中，艺术家索尔尼斯一心认定自己是受上帝指派完成建造房屋的任务，为此他甘愿牺牲家人的幸福甚至生命，同时费尽心思压制有才华的同行；类艺术家艾尔富吕也想一心为学，但即便失去了小艾友夫，他也仍旧没写出关于责任的学术论著，未尽到为人父亲的职责，终日生活在忏悔之中；反艺术家博克曼事业失败后便将自己封闭起来，拒斥与外界交流；超艺术家鲁贝克尽管将雕塑艺术和现实生活分开，却在与爱吕尼重逢时无法抵抗内心重燃的"复活"之火。这类艺术家和反艺术家形象整体体现出作家对"艺术家实现个人理想是否必然牺牲家庭幸福"这一问题的深刻反思。在自我牺牲者和自我毁灭者（索尔薇格系列）中，本象索尔薇格是富有自我牺牲精神的道德化身，能像圣母一样宽恕人性的弱点；类象碧爱特与索尔薇格类似，富有自我牺牲精神，散发出积极的正能量；反象海达的个性之中则有着与索尔薇格之神性相对抗的魔性因素，最终走向自我毁灭；超象吕贝克秉持解放的人生观，她并不赞同碧爱特那种泯灭自我个性的宽容、忍耐，但为了罗斯莫，她宁愿牺牲自己的幸福乃至生命。这类自我牺牲者和自我毁灭者形象整体体现出作家对"以女性的自我牺牲拯救男性"这一问题的深入思考。在反叛婚姻者和出走失败者（娜拉系列）中，本象娜拉是反叛婚姻者，反象阿尔文太太是没能成功出走的娜拉，类象泰娴是成功出走以后的娜拉，超象艾梨达是回归原来家庭的娜拉。可见，出走成为这类形象的本质联系。这类反叛婚姻者和出走失败者形象整体不仅体现出作家对女性在婚姻、家庭中必然牺牲自我这一问题的反复思量，同时也体现出作家对女性在现实社会中的生存状态与生存方式的深切关怀。

从形象谱系中看易卜生的创作思维与思想进程，可以发现，作家易卜生在早中期作品中注重对人的伦理道德问题的揭示与对社会问题进行尖锐批判与讽刺，而在相较于布朗德系列、索尔薇格系列与娜拉系列而言创作时间较晚的索尔尼斯系列中，作家的关注重心逐渐由人的"精神反叛""道德升华"和"整体革命"转到艺术家自我精神境界的提升上来。布朗德系列所体现出的理想主义与游戏主义的矛盾辩证关系在索尔尼斯系列中深化并升华为对艺术家性格中神性精神与魔性因子的反思。在索尔薇格系列中，作家同样反思了女性的神性光辉（本象索尔薇格与类象碧爱特）及其性格中的魔性因子（反象海达），但最终认识到和男性一样，女性也需要不断地超越自我，达到"合"的意境（超象吕贝克）。如果说索尔薇格系列反映出作家对女性"牺牲还是毁灭"这一问题的探索与追问，那么娜拉系列则不仅体现出作家对女性自我牺牲这一问题的深入思考，而且更深入地以"出走"为线索和本质联系，反复思考了女性"究竟应该竭尽全力争取独立自由，还是放弃抵抗、依附男性苟且求生"这一生存困境。不论在哪一类人物形象谱系中，易卜生都不断地在两极之间寻求"中和"与"平衡"、寻求"恰到好处"的中和点、探索"阴阳合和"的矛盾辩证统一。尽管每个系列中的"超象"也未必就是作家思考的终点，但透过本—类/反—超这一不断生成的动态过程，我们看到，这些不断"自否""自反""自省"的形象，本质上显示出作家的内在自我在创作实践中不断更新对世界与自我关系的认知并致力于提升自身精神境界的生命过程。易卜生"不断自否""弃彼任我""类而有异""异而相类"的创作思维与由此演绎而来的作家的内在自我和艺术自我不断深化、内省、批判、超越的思想进程显示出其作品的独特美学价值，作家在作品中孜孜以求想要达到"绚烂之极复归平淡"之"白贲"的美学境界以及真情进取、恬静自由[1]

---

[1] 关于易卜生为创造恬静的写作环境而自主选择自我流放的历史事实，详细请参见汪余礼，王阅，弗洛德·海兰德. 当代易卜生研究的问题与方法：奥斯陆大学弗洛德·海兰德教授访谈录 [J]. 外国文学研究，2018, 40 (5): 1-12；关于易卜生追求自由精神与独立人格的论述，请参见海默尔. 易卜生：艺术家之路 [M]. 石琴娥，译. 北京：商务印书馆，2007：序言.

171

的创作状态与生命境界。可以说，形象谱系的"二元四象"，不论是横向探索发掘出的"交叉网格"图式，还是纵向探索发掘出的"圆圈循环"图式，都渗透着作家本人对自由精神、个体独立人格、人类命运以及文艺作品的超经验、超道德、超功利的价值的长期关切与独到理解。作家将他本人领悟到的深刻人生哲理，于诸谱系中这些人物形象的身上充分而灵动地展现出来，体现出作家艺术造诣之深、启人深思之用心良苦。

综观易卜生的创作生涯，我们发现，这位伟大作家的作品之效用、功能以及价值不仅在于有市场、高票房和令人产生愉悦感、快感或恐惧感、崇高感，而更在于思想深刻、饱含哲理、启人深思、令人回味。形象谱系的构建工作力图把易卜生所塑造的重要形象放在易剧整体中洞察，了解它们在易剧形象谱系中的位置以及与其他形象之间的关联，进而深入理解易卜生艺术思维的思辨性，探寻易卜生创作的艺术思维与思想进程，找寻其创作与思想的关系，发掘究竟何为易卜生剧作之内核及其成因。通过分析易剧中的四类人物形象，笔者旨在沿波讨源，探赜索隐，找寻隐藏在剧作深处的闪光的真理与感通人心的内在实质，亦盼愿能为理解与研学易卜生与现代戏剧进献一份绵薄之力。

如果说对易卜生戏剧作品进行形象谱系探讨能激励我们持续追寻在更深层次的认知意义上不断靠近易卜生戏剧的创作本体，那么形象谱系研究本身也在向我们宣告：没有普适的认识论，也没有能使我们获得研究对象全部知识的万全之策。我们只有在接受这一前提的基础之上，才能真正认识易卜生其人及其营构的戏剧世界。从认识论方面来看，存在这样一种精微的解释学循环现象：我们认识、研究易卜生，必须建基于他留存下来的文献资料，而对这些文献资料的解读又是通过我们对易卜生的认知而揭示的。对易卜生戏剧进行形象谱系研究就是这样一种循环现象，它鼓舞并激励我们相信：进入这样一种治学循环是有意义的。

附录一

易卜生年谱简编[①]

1828 年　希恩镇　易卜生 1 岁

1828 年 3 月 20 日,亨利克·约翰·易卜生出生于挪威东南海滨滨海小镇希恩镇。他的祖上是丹麦船长彼得·易卜生,于 18 世纪之初迁居卑尔根。家族中的男性成员都在年轻时出海航行,而女性成员大多来自丹麦、德国或苏格兰。易卜生的祖辈自 1771 年便离开卑尔根,定居于希恩镇这个木材业与航运业中心,这座小镇曾是个充满活力而且喜好社交的地方。易卜生的祖父在航海时遭遇海难,葬身鱼腹,祖父触礁事件对易卜生创作长诗《泰耶·维根》产生巨大影响。易卜生的外祖父约翰·阿尔滕堡从德国北部迁居挪威。易卜生的父亲克努特于 1797 年出生于希恩镇。1825 年,他(指易卜生的父亲)同比他年长一岁的商人女儿玛希契肯·科妮莉亚·马尔蒂·阿尔腾堡(后来成为易卜生的母亲)结婚。从血缘上看,易卜生是德国人、丹麦人、挪威人的后代。

1828—1834 年　希恩镇　易卜生 1~7 岁

1832—1833 年,易卜生家族常同镇上受过高等教育的、富裕的家族一起参加社交活动,比如跳舞、晚宴、音乐聚会等。易卜生四五岁时经常随

[①] 该易卜生年谱的编制,参考了王忠祥先生写的《易卜生年谱》(王忠祥. 易卜生 [M]. 北京:华夏出版社,2002:201-207.),特此致谢!

父母出入社交场合，过着养尊处优的少爷生活。易卜生六七岁时，他父亲的木材生意由盛转衰。

1835—1843年　文思多普　易卜生 8~15 岁

1835 年，易卜生的父亲破产，家道中落。为偿还债务，不得不变卖所有财产，家中留下的唯一财产就是一间位于希恩镇郊外的名曰"文思多普"的小农舍，因此，在此生活拮据、亲友疏离之际，易卜生举家迁至希恩镇郊外的文思多普①。就在这一年，最早尝试创办民族剧场的瑞典人耶·佩·斯特罗姆贝尔格于 1827 年在克里斯蒂阿尼亚创建的剧场在大火中毁于一旦。

1834—1838 年，发生了以两位天才诗人（威尔格兰德和魏尔哈文）为代表的两大阵营之间的争论。这个在挪威与瑞典文化领域内著名的"暮光争论"，深刻而长久地影响了易卜生的精神发展过程：易卜生早期创作的诗歌体现出以魏尔哈文为代表的丹麦式审美趣味，他强烈地抵制威尔格兰德的肤浅与松散。在易卜生晚期剧作《小艾友夫》中，还引用了魏尔哈文的诗句。现代挪威文学以这场伟大的争论为开端。

1836—1843 年，此时的易卜生过着清贫节俭的生活，他常常躲在他的小房间里阅读一些陈旧的书籍。小房间内的物品后来都如实地呈现在易卜生五十年后创作的《野鸭》一剧的阁楼里。在这期间，希恩镇的教堂司事约安·汉森为易卜生讲授拉丁语和神学。易卜生在大约 15 岁时创作了第一个情节剧剧本，描述的是一场梦境。然而，当时他所在的"小型中产阶级学校"的校长却严厉地责骂他，指责他的这个剧本肯定是抄袭而来的。毫无疑问，这番斥责令沉默内向的易卜生情绪跌落到沮丧的最低点。他转

---

① 文思多普（Venstøp）小农舍，亨利克·易卜生 8 岁至 15 岁时生活在这里。他童年时期的家如今成为一座现代博物馆，易卜生写的剧本在这里以电影、图片、讲述和全息影像的形式展出。

而努力练习水彩画，立志成为一名画家。

1844—1850 年　格里姆斯塔　易卜生 16~22 岁

1844 年，新国王奥斯卡一世即位。易卜生开始在格里姆斯塔的药铺当学徒，跟从一位名叫马恩的药剂师学习。他白天捣药打杂，夜间在阁楼里读书、学习、写作。

1846 年，易卜生的私生子汉斯·雅克布·亨利克逊·比尔克达林于 10 月 9 日出生。这个孩子的母亲是艾尔瑟·索菲·严思达特·比尔克达林，是药铺的一个女佣，比易卜生年长十岁。易卜生一直极不情愿并且艰难地对待这个孩子的养育问题，这种状况一直持续到 1862 年 6 月。（他可能在 1892 年见过他的私生子一次。）

1847 年，易卜生开始创作感伤浪漫的诗歌。

1848 年，易卜生为法国"二月革命"欢呼。此间，他跟牧师蒙拉先生学习拉丁文，开始研学萨卢斯特的历史著作和西塞罗的演说（萨卢斯特的作品，对易卜生的人格养成与创作语言颇有影响：尤其在凯蒂琳形象的塑造方面。萨卢斯特对历史质朴严格的保留、严肃古老的文风以及冷峻猛烈的情感深刻地影响了易卜生），并准备参加大学入学考试。

1849 年，易卜生写作了他的首部戏剧作品《凯蒂琳》，该剧在易卜生的好友舒勒路德的全力支持与帮助下，以易卜生的笔名"布里恩约尔夫·布雅勒姆"署名，于 1850 年正式出版。

1850—1851 年　克里斯蒂阿尼亚　易卜生 22~23 岁

1850年，挪威独立于丹麦三十六年①。易卜生开始对他所处年代的传统文学感到焦灼不安。他呼吁："少一些冰川和松树林的描写""少一些关于过去的枯燥无味的传奇，多一些关于同胞们寂静的心中发生的事情！"这将易卜生同此前所有的北欧作家区分开来。

1850年3月，易卜生赴克里斯蒂阿尼亚②，与好友舒勒路德住在一起，依靠舒勒路德的月俸过活，一贫如洗，潦倒不堪。两人都参加了海特贝格于1843年创办的拉丁语学校开办的"考前强化复习"课程班。这个学校以"学生工厂"而闻名，易卜生、比昂松、文叶和约纳斯·李都参加了这里的课程学习。易卜生参加大学生入学考试，未被录取。

1850年5月，易卜生完成《武士冢》的定稿，被克里斯蒂阿尼亚剧场采用。

1850年6月，易卜生与比昂松因都在"学生工厂"的课程班学习而成为好友，他们共同签署了一项抗议书，反对在1850年5月29日驱逐一名名叫哈尔林的丹麦人。

1850年9月，《武士冢》在克里斯蒂阿尼亚剧场上演了三次，这是易卜生首部被演出的作品。扮演剧中唯一女性角色布兰卡的女演员劳拉·斯文德森后来成为著名的古恩德勒森太太，她是易卜生戏剧诠释者中最有天赋的一位。

1850—1851年，易卜生的物质生活没有保障，他为多家贫困不堪且存

---

① 1397年，挪威、丹麦与瑞典加入卡尔马联盟（1397—1523年）。1523年，瑞典离开该联盟，挪威成为丹麦—挪威（1524—1814年）的下级伙伴。1814年，挪威被丹麦割让给瑞典，且通过了挪威宪法。挪威宣告独立，但后来被瑞典占领，史称瑞典与挪威间联盟（1814—1905年），挪威议会被允许继续存在。1884年，挪威引入议会制。1905年，挪威和瑞典间联盟解体。这里的1850年，挪威独立于丹麦（1814年）有36年了。

② 克里斯蒂阿尼亚，今称奥斯陆（恢复1624年以前的旧称）；1624年，一场大火几乎毁灭了这个城镇，重建以后这座城市以国王克里斯蒂安四世的名字重命名。1877年，官方将名字的拼写由Christiania更改为Kristiania。这一拼写方式是源于挪威民族的一场长期的反对丹麦统治的政治斗争，多年来，许多激进人士包括易卜生本人都在官方修改拼法前一直使用这个名称。1925年，这座城市的名字又恢复为奥斯陆。

世不久的杂志写作。他开始着手写作下一部戏剧《奥拉夫·里列克兰斯》和讽刺喜剧《诺尔玛》。

1851—1857年　卑尔根　易卜生23~29岁

1851年秋季，易卜生在好友小提琴家欧雷·布尔的推荐与帮助下，赴卑尔根担任挪威剧场的文学经理、戏剧导演与作家。有学者认为，易卜生的卑尔根之行是他人生的转折点。根据剧场与易卜生签订的合同，在五年内（1852—1857年）他每年一月的第一周要为剧场提供一部原创剧本。从这些剧本来看，易卜生的非凡之处在于，他试图通过这些戏剧创造出属于他自己的独立风格，从而展示出他的干劲与才华。在实现这一令人钦佩的目标的过程中，他遭遇的困难非常之多。这一年（1851年），易卜生发表三幕讽刺喜剧《诺尔玛，或政治家的爱情》。

1852年，易卜生受卑尔根挪威剧场派遣，首次旅至国外，赴丹麦哥本哈根皇家剧场学习，在海依贝尔格（自1849年起担任丹麦皇家剧场的唯一负责人）的作品中寻找到某种类似于索福克勒斯的东西（易卜生从海依贝尔格身上学到了如何出色地诠释戏剧舞台的才智，海依贝尔格也以由衷的热情优雅地接受了易卜生），很可能首次看到莎士比亚的戏剧，并了解到以风格细致优雅、语言精致细腻而闻名的丹麦作家亨利克·海尔茨的戏剧作品《丘比特的天才灵感》（1830年）、《斯文德·迪林的房子》（1837年）和《国王雷内的女儿》（1845年）。随后前往德国东部城市德累斯顿。

1853年，易卜生所著《圣约翰之夜》在卑尔根剧场上演失败（当时并没有出版）。马格努斯·布德罗斯特茹普·兰德斯塔德出版了《挪威民歌集》第一版；艾荠·艾姆·李恩德马恩也在1853—1859年间分期出版了《挪威民间歌曲集》。易卜生通过阅读收集来自挪威本土的这些文献以及彼得森为古老的萨迦所做的准确而生动的译文而准备进行一场纯粹的民族复兴实验。

1854年，易卜生所著《武士冢》（修改版）上演。冬季，完成《英格夫人》的剧本写作，这是易卜生唯一一次以斯克里布的写作方式进行的浪漫尝试，也是易剧中唯一一部取材于近代历史的剧作，它被认为具有研究当代阴谋的价值。事实上，《英格夫人》是一部极为浪漫的光华璀璨之作，它极富韵味地照亮了易卜生创作的进化过程，特别是展现了他从丹麦传统中解放自己的行动和过程。

1855年，易卜生所著《英格夫人》在卑尔根首演（1857年出版）。

1856年1月2日，易卜生的三幕剧《苏尔豪格的盛宴》在卑尔根首演，大获成功。

1856年1月7日，易卜生受邀拜访玛格德琳·托雷森，在她家里初次见到玛格德琳19岁的继女苏珊娜·托雷森，随后发表了一首写给苏珊娜女士的诗体情书，信中写道"我要勇敢地选择你作为此生钟爱的新娘"[①]。

1856年2月3日，易卜生与苏珊娜·托雷森订婚。并参加斯堪的纳维亚学生运动。

1856年，约根·穆莪与彼得·克里斯蒂安·阿思比约恩塞恩合作收集、共同编纂的《挪威民间故事集》再版（1841年初版），唤醒了身处卑尔根的易卜生。

1857年，易卜生的《奥拉夫·里列克兰斯》在卑尔根上演。

1857—1864年　克里斯蒂阿尼亚　易卜生29~36岁

1857年，易卜生担任克里斯蒂阿尼亚的挪威剧场的艺术指导。四幕悲剧《海尔格伦的维京人》面世。易卜生阐明了自己在写作此剧之前所考虑的问题，明确指出，其目的在于反叛奥伦施莱厄的传统："我的目的不是要呈现我们的神秘世界，而是要质朴地表现我们原始时期的生活。"此剧

[①] 易卜生. 易卜生书信演讲集［M］. 汪余礼，戴丹妮，译. 北京：人民文学出版社，2012：6-8.

体现出易卜生已掌握了戏剧写作的精湛技艺。

1858年6月,易卜生与来自卑尔根最文雅家族的苏珊娜·托雷森结婚。在克里斯蒂阿尼亚安顿下来。接下来的六年是易卜生人生中最为痛苦的日子,他不仅要为自己和家人的生存而搏斗,更要为挪威的诗歌艺术与戏剧舞台的存在而艰苦搏斗。

1858年夏季,构想严肃悲剧《觊觎王位的人》。

1858年,《海尔格伦的海盗》公演。

1859年,发表两首标志性的诗歌:《在高原》与《在画廊里》(商籁体);同比昂松共同组建"挪威社团"。

1859年12月,易卜生的儿子西古尔德·易卜生出生,他请比昂松做孩子的教父。

1860年,易卜生写作《斯凡希尔德》。挪威剧场经营困难,濒临倒闭。8月,易卜生向政府申请给予一定的经费支持,但这笔津贴被发放给了比昂松和文叶,易卜生一文钱也没得到。

1861—1864年,易卜生经济拮据,被控欠债;差点没能逃脱债主的监禁。苦于挪威剧场所遭受的经济危机,生活条件日愈恶化。四年内搬迁七次。易卜生精神不振,身患疾病。

1862年,在青年小说家约纳斯·李的热忱帮助下,三幕剧《爱的喜剧》作为一份报纸的增刊内容得以发表。易卜生在此剧中通过对订婚方式的讽刺,体现出他对爱情本身的哲学审思。此剧中许多关于自由的表达导致女性解放运动的倡导者认为易卜生是很同情她们的,实际上并非如此。克里斯蒂阿尼亚的挪威剧场破产,此后两年,易卜生无固定工资收入。3月,在好友的支持与帮助下,易卜生得到政府为他颁发的旅行奖金,奔赴挪威西北部考察民间传说与民歌,他的这次旅行在《布朗德》与《培尔·金特》中留下了诸多印记。

长篇史诗《泰耶·维根》面世,它成为挪威文学中最受人们喜爱的诗歌之一，并在发表以后享有稳定且极高的声誉。

1863年3月，易卜生获得出国旅行津贴。6月，易卜生受邀赴卑尔根参加歌曲节，他的诗歌受到了热烈的欢迎。同比昂松再续旧谊，一起度过了这一年的大半个冬天。8月，普奥联军侵占丹麦领土石勒苏益格-荷尔斯泰因；12月，对荷尔斯泰因地区的攻击引发了第二次丹麦战争。在此背景下，关于易卜生与比昂松的友谊，正如哈夫丹·科特所言：“他们受到同样的思想与希望的鼓舞，也经历了同样的苦难与失望。他们极度痛苦地、眼睁睁地看着兄弟民族丹麦绝望地同强大的德国搏斗，看到一个居住着斯堪的纳维亚民族人民、说着斯堪的纳维亚民族语言的省区从丹麦分割出去，并入一个陌生的国度，而作为具有亲缘关系的同族的挪威人与瑞典人，尽管曾许下庄严神圣的承诺，却拒绝提供任何援助。”[①]

1863年，《爱的喜剧》上演。五幕历史剧《觊觎王位的人》面世，成为易卜生第一部家喻户晓的代表作，其技艺精湛，品格威严，优美精练，令人由衷感佩。勃兰兑斯在1867年评论此剧时写道，"在《觊觎王位的人》中，再次出现了两个互相对立的人物（指争夺同一个王位的哈康和斯古勒两个人），一强一弱，一高一低，其本质如同阿拉丁与努德莱丁。迄今为止，易卜生在无意之中一直朝着这种二元对立的方向努力，如同大自然母亲不知不觉地尝试着摸索她的道路，最终形成了她的特质。……前者（指哈康）是幸运、胜利、正义与自信的化身；而后者（指斯古勒）……在真实性和原创性方面体现出此剧的精湛技艺……他说：'我是国王的手臂'，'也许甚至是国王的大脑；然而，哈康是国王的全部。'而哈康则对他说：'你拥有智慧、勇气，以及一切崇高的思想秉性'，'你天生就注定要紧紧跟随国王，然而，你自己不能成为国王。'"[②] 葛斯认为，将《觊觎王位的人》中这两位贵族公爵视为易卜生与比昂松的镜像式反映丝毫不

[①] 葛斯. 易卜生传 [M]. 王阅, 译. 北京：中国人民大学出版社, 2018：45-63.
[②] 葛斯. 易卜生传 [M]. 王阅, 译. 北京：中国人民大学出版社, 2018：60-63.

为过,"比昂松—哈康"的光明自强、热情自信与幸运同"易卜生—斯古勒"的阴郁延宕、对希望落空的极端厌恶以及最终信仰的缺失形成了强烈而鲜明的比照。在这哀而不伤的岁月里,比昂松之幸运,正如易卜生的不幸一样,双子并行,福祸相依。

1864年1月,《觊觎王位的人》在克里斯蒂阿尼亚演出,易卜生亲自执导。

1864—1868年　罗马　易卜生36~40岁

1864年4月,普鲁士与丹麦交战,易卜生对挪威政府不肯出兵援助丹麦表示愤慨,奔赴意大利罗马。妻子苏珊娜和儿子西古尔德于同年9月奔赴意大利与其团聚。

1864年6月,易卜生在克里斯蒂阿尼亚公开拍卖财产以还债。

1864年9月16日,易卜生致信比昂松:"罗马这里的写作环境相当美好和平静。我正在写一首长诗(指《布朗德》),还准备写一部悲剧《背教者朱力安》,对此我充满了抑制不住的喜悦。我敢肯定这部戏一定会成功。我希望能在近年春天或者至少在夏天完成这两部作品。"[1]

1864年10月,易卜生在与家人团聚之后,尽管仍依靠微薄的俸禄过活,但身心放松,加入了一些斯堪的纳维亚作家、画家与雕塑家的社交圈。结识了年仅23岁的瑞典青年诗人与外交家库恩特·斯诺尔斯基。他们因由共同的艺术观念、对艺术怀着同样的热情以及对待先驱者的反叛态度而建立起长达一生的友谊。

1865年1月,易卜生访问罗马圣彼得大教堂。

1865年夏秋之际,易卜生村居于阿瑞西亚,构思《布朗德》。

1865年9月,易卜生最终写成五幕诗剧《布朗德》。

---

[1] 易卜生. 易卜生书信演讲集 [M]. 汪余礼, 戴丹妮, 译. 北京: 人民文学出版社, 2012: 21-25.

1865年11月14日，易卜生从丹麦和挪威最大的出版社——金谷出版公司的主管弗雷德里克·海格尔那里收到了一份正式的合同。海格尔是比昂松的出版商，在比昂松的大力举荐下，易卜生（当时还不太知名）才从此走上了比较顺利的道路。① 海格尔打算出版易卜生自《布朗德》以后的所有作品。

1865年冬季，易卜生身患疟疾，无钱医治，在苏珊娜的悉心照顾下，逐渐恢复，然而，勇气的弹簧似乎已经在他胸中啪地折断了。

1866年3月15日，诗剧《布朗德》在哥本哈根面世，大获成功。它的四个版本全都在这一年内售罄，直至今日也仍持续而稳定地被不断售出。在斯堪的纳维亚诸国中，这部剧一直是易卜生所有作品中最著名也最受欢迎的一部。然而，这部剧的成功却没有为易卜生带来财富。3月4日，贫困交加、身体虚弱的易卜生致信比昂松："我感到自己像个疯子般无望地盯着一个漆黑无底的深渊。"②

1866年4月25日，易卜生致信勃兰兑斯（比易卜生小14岁），致以感谢、问候与美好的祝愿。勃兰兑斯在《布朗德》发表后立即做出了积极肯定的评论，是第一个推动确立易卜生文学地位的人。易卜生在1866年以前的作品总表露出痛苦的孤独感，而在1866年，他首次找到了勃兰兑斯这样志同道合的挚友。

1866年5月10日，挪威议会为易卜生颁发"诗人津贴"。随后，易卜生携家人迁居意大利的弗拉斯卡蒂地区，租用了几间便宜房间作为住所，并自己建造了一间书房。

1866年秋季，易卜生在图斯库鲁姆获得创作灵感，匆忙回到罗马，开始全身心地投入《培尔·金特》的创作之中。他将这部作品描述为"一首

---

① 易卜生. 易卜生书信演讲集 [M]. 汪余礼, 戴丹妮, 译. 北京：人民文学出版社, 2012：33.
② 葛斯. 易卜生传 [M]. 王阅, 译. 北京：中国人民大学出版社, 2018：60-63.

长篇的戏剧性的诗,其主要形象是一位带有神话色彩的怪诞人物,来源于现代挪威的乡村生活"。他还说:"《培尔·金特》出现于《布朗德》之后,仿佛是自然而然地到来的。《培尔·金特》写于意大利南部的伊斯基尔岛和索伦托镇。……这首诗中的许多东西来源于我自己青年时期的状况。我自己的母亲——加上必要的夸张——便是奥丝妈妈的原型。"①《培尔·金特》完成于易卜生离开索伦托的那个晚秋,手稿一经完成就立即被寄送至哥本哈根。

1867年11月,五幕诗剧《培尔·金特》出版。

1867年12月9日,易卜生在给比昂松的信中写道:"我的这本戏是诗。如果它现在不是,那么它将来一定是。挪威将以我的这部戏来确立诗的概念。"②葛斯大体上肯定了此剧的艺术价值,他在注解中写道:"时间将在易卜生的作品中产生深刻性,如同它在莎士比亚的作品中产生深刻性一样。最伟大的作品之重要性的生长,如同树木在种植它们的凡俗之人死去之后继续生长一样。"③

1868—1875年　德累斯顿　易卜生40~47岁

1868年5月,易卜生离开罗马,迁居佛罗伦萨度过了6月。然后离开意大利,在贝希特斯加登居住了三个月,开始写作五幕喜剧《青年同盟》。9月,待在慕尼黑。10月,举家迁居德国德累斯顿。

1869年3月,五幕剧《青年同盟》最终完稿,同年9月29日此剧出版,10月18日此剧在克里斯蒂阿尼亚剧场首演。威廉·阿契尔先生对这部乡土气息浓厚的易剧赞赏有加,而埃德蒙·葛斯先生则更喜欢比昂松的喜剧《新婚的夫妇》(1865年)。易卜生受邀出访瑞典首都斯德哥尔摩,

---

① 葛斯.易卜生传[M].王阅,译.北京:中国人民大学出版社,2018:60-63.
② 易卜生.易卜生书信演讲集[M].汪余礼,戴丹妮,译.北京:人民文学出版社,2012:57.
③ 葛斯.易卜生传[M].王阅,译.北京:中国人民大学出版社,2018:60-63.

为期几个月。易卜生应邀参加斯堪的纳维亚语言专家会议，考察瑞典文学艺术，接受瑞典国王颁发的"瑞典勋爵"奖章。9月28日，代表挪威方面出访埃及（途径德累斯顿与巴黎），出席苏伊士运河的开通仪式。11月17日，运河正式开通。在萨义德港，易卜生收到来自挪威的邮件，在获悉《青年同盟》演出失败、演员被嘘下台的消息之后，易卜生写了一首题为《在萨义德港》的诗并寄回挪威作为抗议与回应。伴随着毫不减退的愤怒情绪，易卜生途径亚历山大和巴黎，返回挪威，然后于12月再次抵达德累斯顿。

1870年6—7月，再度出访丹麦哥本哈根，接受"丹麦骑士"勋章。10月，回到德累斯顿。12月，易卜生写了一封"气球信"给瑞典的利姆奈尔夫人，这封韵文书信包含了他埃及之旅的象征性回忆，也影射并讽刺了德国的入侵。12月20日，致信勃兰兑斯："最重要的是来一场人类精神的革命。"①

1871年5月3日，出版《亨利克·易卜生诗集》。7月，在德累斯顿与丹麦文艺批评家勃兰兑斯会晤，讨论文学创作中的重大问题。圣诞节时，完成《朱力安》（后来的《皇帝与加利利人》）的第一部分。

1872—1873年，易卜生积极写作并修改《皇帝与加利利人》，时不时接待一些来自丹麦与德国的学者与文人的造访。此剧于1873年2月完稿，于1873年10月17日在哥本哈根面世。

1872年4月，英国诗人、翻译家与评论家埃德蒙·葛斯把易卜生的作品译介到英语世界的读者，易卜生对此感激不尽。1872年7月，写作诗歌《千年节庆颂》并寄送回国。

1873年，易卜生成为维也纳艺术展览评审委员会理事。

1874年，自1864年以来首次回访挪威。简短地访问了克里斯蒂阿尼

---

① 葛斯. 易卜生传 [M]. 王阅, 译. 北京：中国人民大学出版社, 2018: 66-70.

亚，对挪威学生讲创作体会。获颁"圣奥拉夫奖章"。

1875—1878年　慕尼黑　易卜生47~50岁

1875年4月，从德累斯顿迁居慕尼黑。获"奥斯卡二世勋章"。

1876年，《培尔·金特》在克里斯蒂阿尼亚剧场首演。开始写作散文体戏剧《社会支柱》。

1877年7月，易卜生在慕尼黑完成了《社会支柱》这部剧，此剧于1877年10月在哥本哈根出版，剧本在斯堪的纳维亚畅销。同年11月，此剧在丹麦哥本哈根首演，丹麦观众认为它"太德国了"，几乎同时，此剧也在瑞典和挪威上演，在德国受到了热烈的欢迎。这一年，易卜生的父亲去世。

1878—1879年　罗马　易卜生50~51岁

1878年春季，《社会支柱》在德国柏林五家剧场演出。同年秋季，易卜生从慕尼黑迁居罗马。妻子苏珊娜和儿子西古尔德回挪威探亲。

1879年4月，根据发生在丹麦法庭的一桩年轻已婚女士的案件，开始构思《玩偶之家》。夏季到意大利阿尔玛菲度假，开始着手写作此剧。7月4日，易卜生从罗马致信埃德蒙·葛斯："它（《玩偶之家》）是一部严肃的戏剧，一部真正的家庭剧，处理的是当代社会中的婚姻问题。"[1] 9月，易卜生在阿尔玛菲完成了此剧。10月，三幕剧《玩偶之家》面世，并于出版后两周在哥本哈根演出。葛斯认为，此剧"是一项工程师的实验，旨在揭开道德泥淖的角落，并将这些泥淖排出沟外"[2]。此剧不仅引起了广泛而热烈的讨论（尤其是剧中的台词"没有哪位男性会牺牲他的名誉，甚至为了他爱的人也不行"以及"成千上万的女性为她们所爱的人牺

---

[1] 葛斯.易卜生传［M］.王阅，译.北京：中国人民大学出版社，2018：70-75.
[2] 葛斯.易卜生传［M］.王阅，译.北京：中国人民大学出版社，2018：71-75.

牲了自己的名誉!"），而且在结构与技巧方面，也远远超越了易卜生此前创作的戏剧。

1879—1880年　慕尼黑　易卜生51~52岁

1879年秋季，易卜生从罗马返回慕尼黑。

1880年3月，开始起草，而后放弃了后来成为《海上夫人》的那个剧本。

1880年6月16日，易卜生致信他的德文翻译路德维希·帕萨奇："我所创作的一切，即便不全是我亲身经历过的，也与我内在体验到的一切有着最为紧密的联系。我写的每一首诗、每一个剧本，都旨在实现我自己的精神解放与心灵净化——因为没有一个人可以逃脱他所属社会的责任与罪过。"①

1880年　威廉·阿契尔（24岁）改编了易卜生的《社会支柱》，并使之在伦敦上演。

1880—1885年　罗马　易卜生52~57岁

1880年秋季，易卜生举家从慕尼黑迁居罗马。他打算写一部题为《从希恩到罗马》的自传，后来在出版商海格尔的劝说下放弃了。

1880年年末，比昂松在写给美国读者的信中说："亨利克·易卜生比我们这个时代任何一位剧作家所拥有的戏剧力量都更强大。"②

1881年夏季，易卜生前往索伦托度假，创作《群鬼》。此剧于12月初出版，初版发行一万册。此剧引起了可怕的骚动，在很长时间内都没能公开上演。勃兰兑斯对此剧发表了独立评论，他认为《群鬼》并没有攻击社会，而是以一种更全面、更肯定的立场，认真对待人的责任这一问题。

---

① 易卜生. 易卜生书信演讲集 [M]. 汪余礼, 戴丹妮, 译. 北京: 人民文学出版社, 2012: 190.
② 葛斯. 易卜生传 [M]. 王阅, 译. 北京: 中国人民大学出版社, 2018: 76-80.

1882年1月24日，易卜生致信 *Nyt Tidsskrift* 刊物编辑奥拉夫·斯卡乌兰："他（指比昂松）确实拥有一个伟大的、高贵的灵魂。"① 这一年的整个夏季，易卜生一直待在蒂罗尔的格森萨斯（这个地点现在被官方命名为"易卜生广场"），忙于《人民公敌》的创作。

《人民公敌》于1882年11月出版，大获成功，回应了国人对《群鬼》的反应，也证实了易卜生勇于面对困难的智慧。同年，易卜生的儿子西古尔德在罗马获得法学博士学位。

1883年《群鬼》在瑞典首演。《人民公敌》在克里斯蒂阿尼亚、斯德哥尔摩和哥本哈根上演。

1884年，西古尔德赴克里斯蒂阿尼亚外交部工作。春季，五幕剧《野鸭》的初稿完成于罗马，而后易卜生在格森萨斯对之进行润色，秋季完成定稿。同年11月，悲喜剧《野鸭》面世。此剧在斯堪的纳维亚的所有演出都获得了极大成功。一位目光敏锐的戏剧评论家在评论《野鸭》时说："这位诗人从未展现出如此令人惊奇的力量，它通过逐渐摘下过往的一层又一层面纱吸引着我们，使我们为之心醉神迷。"② 我们发现，当易卜生独处于书房里进行创作构思、沉浸在思想的太平洋之时，他处于这样一个世界之中——"这个世界远比他周围的真实世界更具吸引力、更庞大、也更丰富"③。

1885—1891年　慕尼黑　易卜生57~63岁

1885年夏季，易卜生自1864年以来第二次回访挪威，进驻克里斯蒂阿尼亚。而后在挪威北部城市莫尔德与老朋友瑞典诗人斯诺尔斯基相聚，一起度过了一段愉悦而安静的时光。

---

① 易卜生. 易卜生书信演讲集 [M]. 汪余礼，戴丹妮，译. 北京：人民文学出版社，2012：206.
② PAULSEN J. Samliv med Ibsen [M]. London: Penguin Press, 1906: 30.
③ PAULSEN J. Samliv med Ibsen [M]. London: Penguin Press, 1906: 30.

秋季，易卜生不得不回到克里斯蒂阿尼亚。9月底，他被迫接受由挪威学生联合会以他的名义安排的火炬列队游行。10月初，易卜生抵达哥本哈根，然后，他再度移居慕尼黑。

1886年，易卜生的儿子西古尔德光荣地进入挪威外交部工作，被派往美国华盛顿，任挪威驻美大使。《罗斯莫庄》面世。他说，他思考的是"人性中的高贵"，正是这种人格的"高贵""使我们自由"。

1887年，《人民公敌》在德国柏林首演。《罗斯莫庄》在挪威、丹麦各大剧场上演。《群鬼》在德国上演。2月13日，易卜生致信比约恩·克里斯腾森："此剧（指《罗斯莫庄》）处理的是人性内在的冲突——所有严肃认真的人为了能让自己的生活与自己的信念和谐一致，而不得不经历那种自己与自己的斗争。……人的道德意识——就是我们所谓的良知——往往是非常保守的。它的根通常深植于传统与过去之中。因此就有了个人内部的矛盾冲突。"① 葛斯认为，"罗斯莫的品质，其本质的高贵，在于它高于一种对民主的胆怯与恐惧，并且，它通过实现其个人命运的勇气，展示了它超越一切暂时偏见、接受一切明智与善良事物的眼光"②。9月底，易卜生受邀前往瑞典斯德哥尔摩。

1888年3月，易卜生六十寿辰庆祝宴会。五幕剧《海上夫人》面世，初版发行一万册，很快就售罄了，初稿亦发表于《新评论报》（*Neue Rundschau*）。此剧中有一种使人愉悦的感觉，值得观看，它在斯堪的纳维亚与德国一直都是易卜生最受欢迎的作品之一。

1889年，威廉·阿契尔翻译的《玩偶之家》出版。《玩偶之家》在英国伦敦上演。《群鬼》在德国柏林自由剧场和英国独立剧场演出。《海上夫人》在挪威、瑞典、丹麦、德国上演。从夏季到九月，易卜生在格森萨斯

---

① 易卜生. 易卜生书信演讲集 [M]. 汪余礼，戴丹妮，译. 北京：人民文学出版社，2012：276-277.
② 葛斯. 易卜生传 [M]. 王阅，译. 北京：中国人民大学出版社，2018：94-102.

认识了18岁的维也纳女士爱米丽·巴达奇，他们常常在餐厅里交谈。在易卜生七十岁寿辰那天，他致信巴达奇："在格森萨斯的那个夏天是我一生中最美好最和谐的时光。"①

1890年，易卜生的儿子西古尔德回国，参加挪威政府部门工作。《群鬼》在法国巴黎上演。5月到11月，易卜生在慕尼黑不受打扰地写作《海达·高布乐》。在完成此剧定稿之时，易卜生说："这部剧我主要想做的是描写人性、人的情感和人的命运。"② 在四幕剧《海达·高布乐》面世后的这个冬季，它几乎同时被强烈要求在伦敦、纽约、圣彼得堡、莱比锡、柏林、莫斯科、哥本哈根、斯德哥尔摩与克里斯蒂阿尼亚上演。

1891—1906年　克里斯蒂阿尼亚　易卜生63~79岁

1891年春季，易卜生受邀访问维也纳，邀请者是奥地利宫廷剧场的导演麦克斯·博尔克哈尔德先生，他请易卜生担任《觊觎王位的人》演出的舞台监督，4月，演出大获成功，易卜生受邀参加维也纳的一次公共宴会，宴会一直持续到第二天凌晨四点。而后，他在匈牙利的布达佩斯看到《玩偶之家》的演出收获了雷鸣般的掌声。7月，易卜生依依不舍地离开了慕尼黑，抵达特隆赫姆。随后，在这个夏季，他首次前往了诺德兰德和芬马克的海滨，并亲临北部湾。不多时，便举家迁回了克里斯蒂阿尼亚。在那里，他受到挪威知识分子们的热烈欢迎。秋季，他入住维克多利亚·泰拉瑟的公寓，并派人前往慕尼黑搬运他的家具，此后，除了简短地访问哥本哈根或斯德哥尔摩以外，他再也没有离开过他的祖国，尽管他从克里斯蒂阿尼亚的旧住宅搬迁到了新居所，但新居所仍在克里斯蒂阿尼亚之内。《群鬼》在英国伦敦上演。《海达·高布乐》在德国、丹麦、挪威上演。1890年至1891年，威廉·阿契尔编译了五卷本的《易卜生散文剧》。

---

① 葛斯. 易卜生传 [M]. 王阅, 译. 北京：中国人民大学出版社, 2018：94-102.
② 葛斯. 易卜生传 [M]. 王阅, 译. 北京：中国人民大学出版社, 2018：94-102.

1892年临近12月时，易卜生完成了重返挪威后的首部剧作《建筑大师》，剧本标题页写的日期是1893年。此剧先在德国与英国公演了一段时间，而后，于1893年3月8日傍晚，几乎同时在克里斯蒂阿尼亚的国家剧场和哥本哈根的皇家剧场上演。此剧标志着易卜生作品中的一个新起点。葛斯认为，它"回归到古老的、具有想象力的作品所具有的奇特的、萦绕在心头的美"①，阿契尔先生在说起这部作品"纯粹的旋律"与"英雄主义的诗性场景"时，"兴高采烈，欢欣鼓舞"。易卜生的儿子西古尔德与比昂松的女儿贝尔葛丽特结婚。

1893年，《人民公敌》在伦敦首次公演。《建筑大师》在挪威、德国、英国上演。

1894年，三幕剧《小艾友夫》写于春夏之交，并于当年12月第二周前后面世，初版发行15000册，在两周内全部售罄。这部剧引起如同暴风骤雨般的轰动，是继《群鬼》以来引起评论界争论最为热烈的易剧。

1895年，《布朗德》在斯德哥尔摩首演。《人民公敌》在巴黎公演。《小艾友夫》在挪威、丹麦、德国、法国、英国公演。

1896年，四幕剧《约翰·加布里埃尔·博克曼》面世。《社会支柱》在法国上演。

1897年，《约翰·加布里埃尔·博克曼》在挪威、丹麦、德国、法国、英国、美国公演。

1898年，易卜生准备出版《易卜生全集》。3月20日，七十岁寿辰宴会，易卜生收到来自全世界的祝福，挪威文化界为之集会庆祝。在生日庆典之后，易卜生短暂地访问了哥本哈根，得到丹麦国王的接待，然后又访问了斯德哥尔摩，受到来自各阶层人民的热烈欢迎。当他返回挪威时，医生嘱咐他不能再接见来访者了。然而，易卜生休息了几个月，再次出现在

---

① 葛斯. 易卜生传[M]. 王阅, 译. 北京：中国人民大学出版社, 2018：103-108.

卡尔·约翰·盖德大街上，似乎完全康复了。

1899年9月1日，克里斯蒂阿尼亚的挪威国家剧场由挪威与瑞典国王正式揭牌，剧场为易卜生与比昂松树立了巨大的铜像，并于第二天晚上为他专门举行了宴会，领衔主演的演员大喊"亨利克·易卜生万岁"，观众全场起立，以震耳欲聋的充满热情的嗓音一遍又一遍地重复这句话，宴会上出演了《人民公敌》这部剧，观众以极为狂热的感情不断向他致以最热烈的欢呼，这个令人惊奇的夜晚是易卜生事业的顶峰。12月，易卜生的"戏剧收场白"三幕悲剧《复活日》（《当我们死人醒来时》，剧本封面页上的日期是1900年）面世。此剧以欧洲所有的主要语言同时出版，发行量极大，并由各大剧场多次上演。

1900年，《复活日》在克里斯蒂阿尼亚上演。易卜生第一次中风。

1901—1902年，十卷本的《易卜生全集》（由卡尔·奈茹普编纂）在哥本哈根面世。

就在这十卷本的最后一卷出版之前，易卜生第二次中风。这一次，他再也没有完全康复。

1902年，易卜生青少年时期的戏剧作品《武士冢》（1850年）与《奥拉夫·里列克兰斯》（1856年）由哈夫丹·科特编纂出版。

1904年，易卜生的书信集由科特和朱利乌斯·埃利阿斯共同编纂出版。

1906年5月23日2时30分，易卜生辞世，享年79岁。挪威国王为之举行隆重的国葬典礼，英国首相也代表爱德华七世国王出席。1906年至1908年间，威廉·阿契尔整理、编译了一套12卷本《易卜生选集》（*The Collected Works of Henrik Ibsen*），这使得整整一代英国读者了解、认识了易卜生。

附录二

近百年来易卜生研究论著述评

就易卜生戏剧研究整体而言,国内外研究现状如下:

一、国内研究现状:

易卜生是继莎士比亚之后最先被引介到中国的欧洲戏剧家。中国的易卜生研究滥觞于1907年鲁迅所写的《摩罗诗力说》和《文化偏至论》(两文皆于1908年发表)。鲁迅先生是"力荐易卜生的第一人"[1],从1907年起,他连续写了七篇文章着力介绍易卜生。鲁迅称易卜生"见于文界,瑰才卓识,以契开迦尔之诠释者称","伊勃生(易卜生)之所描写,则以更革为生命,多力善斗,即迕万众不慑之强者也","愤世俗之昏迷,悲真理之匿耀","伊孛生假《社会之敌》以立言,使医士斯托克曼为全书主者,死守真理,以拒庸愚,终获羣(群)敌之謚(谥)",推崇其"而终奋斗,不为之摇"的斗争精神。[2]

阿英在《易卜生的作品在中国》[3]一文里写道,1908年,《学报》第10期上刊载有仲遥《百年来西洋学术之回顾》,言及"伊布孙"。

---

[1] 石琴娥. 北欧文学论:从北欧中世纪文学瑰宝到"当代的易卜生"[M]. 上海:上海社会科学院出版社,2015:91.
[2] 鲁迅. 鲁迅全集:第1卷[M]. 北京:人民文学出版社,1957:44-115.
[3] 阿英. 阿英文集[M]. 北京:生活·读书·新知三联书店,1981:738-743.

1914年，春柳社健将陆镜若在《俳优杂志》（第一期）上发表短文《伊蒲生之剧》。此文根据坪内逍遥的易卜生论，由陆镜若口述、冯叔鸾执笔写作而成。文中记载，易卜生（伊蒲生）的社会剧都是描写欧洲现代社会现实的作品。易卜生改变了欧洲剧坛的趋势，称其为莎士比亚的劲敌，丝毫不为过。其文章魄力以惊人传世。① 文章中介绍了易卜生在世界戏剧史上的地位和《玩偶之家》（《人形之家》）、《人民公敌》、《群鬼》和《海上夫人》等11部剧，刊登了易卜生的照片，但没有具体介绍作品的内容。

1915年11月，《新青年》杂志第一卷第三号刊载陈独秀所著《现代欧洲文艺史谭》，介绍了易卜生、托尔斯泰、左拉等西方作家。陈独秀称托尔斯泰、左拉和易卜生为世界三大文豪；称易卜生、屠格涅夫、王尔德和梅特林克为近代四大代表作家。此外，陈独秀还在此文中介绍了龚古尔兄弟、福楼拜、都德、裴利西、莫泊桑、法布尔、安德雷甫、萧伯纳、高尔斯华绥、豪普特曼和布若等作家。

1918年6月15日，《新青年》杂志第四卷第六号刊出"易卜生专号"，刊载了胡适著《易卜生主义》一文、易卜生的三部剧本《娜拉》（《玩偶之家》，其中，第一幕与第二幕的译者为罗家伦，第三幕的译者为胡适）、《国民之敌》（《人民公敌》，译者为陶孟和）、《小爱友夫》（译者为吴弱男）② 和袁振英的《易卜生传》③。"易卜生专号"头一次较为全面系统地介绍了西方现代戏剧作家、作家思想以及作家的代表作，为此后中

---

① 陆镜若. 伊蒲生之剧 [J]. 俳优杂志，1914（1）：1-7.
② 在《新青年》第四卷第六号（"易卜生专号"）上，只有《玩偶之家》的剧本是全文刊载的，《国民之敌》和《小爱友夫》都是连载的。《国民之敌》直至第五卷第四号才连载结束；《小爱友夫》直至第五卷第三号才连载结束。
③ 该文由胡适加按语，袁振英署名"震瀛"，是用中文撰写的第一篇易卜生传记。1920年2月22日，广东新学生社将这篇文章单独成书出版。1928年由香港受匡出版部多次出版。参见周爽，马建钧. 袁振英在北大的历史留痕 [N]. 北京大学校报，2009-12-15（3）；李继锋，郭彬. 袁振英：陈独秀的得意弟子 [J]. 炎黄春秋，2008（3）：44-51.

国引进与译介其他西方现代戏剧与剧作家提供了范本。胡适在《易卜生主义》中提出"社会最大的罪恶莫过于摧折个人的个性,不使他自由发展"①,主张个性自由与解放,这对中国文艺界接受与理解易卜生产生了至关重要的影响。娜拉的"出走"成为"五四"时期评论《玩偶之家》绕不过去的一个话题。"出走"意味着寻找新的自我,求得精神与灵魂的新生。胡适指出易卜生作品的写实主义意义,他在《易卜生主义》中写道:"易卜生的文学,易卜生的人生观,只是一个写实主义"②,并以易卜生1882年写给友人的书信为佐证"我做书的目的要是读者人人心中都觉得他所读的全是实事"③;然而,胡适不太关注易卜生作品的艺术价值与审美意义。袁振英的《易卜生传》是胡适的《易卜生主义》的补充,它概括性地介绍了易卜生的生平与主要作品,尤其是中期作品。和胡适一样,袁振英也认为易卜生作品的特征是写实主义。

1919—1934年,鲁迅先生先后在《我们现在怎样做父亲》(1919年)、《娜拉走后怎样》(1923年)、《再论雷峰塔的倒掉》(1925年)、《上海文艺之一瞥》(1931年)与《忆韦素园君》(1934年)等文中论及易卜生和他的戏剧,并且,他的一些杂文与短篇小说也具有易卜生式的批判反思精神(但鲁迅先生的文章更符合当时的国情与国人的生存境况),他十分重视易卜生的戏剧在中国的影响。1926年,鲁迅先生发表于《彷徨》小说集中的《伤逝》,多次谈及易卜生和他的戏剧。主人公子君和涓生都很崇拜易卜生,子君也同娜拉一样出走,但她不得不回到自己厌恶的那个家,"子君就是出走之后又回来的娜拉"④。

1921年、1923年(一说,1922年)上海商务印书馆出版了潘家洵翻译、胡适校对的《易卜生集》两卷,收有易卜生剧作5种。1922年10月,

---

① 胡适. 胡适作品精选 [M]. 昆明:云南人民出版社,2021:157-172.
② 胡适. 胡适作品精选 [M]. 昆明:云南人民出版社,2021:157-172.
③ 胡适. 胡适作品精选 [M]. 昆明:云南人民出版社,2021:157-172.
④ 王忠祥. 易卜生 [M]. 北京:华夏出版社,2002:188.

余上沅参考布兰达·马修斯（Brander Matthews）所著《编剧的原则》（The Principles of Playmaking）、《主要的欧洲戏剧家》（Chief European Dramatists）和《戏剧的发展》（The Development of Drama）以《过去二十二戏剧名家及其代表杰作》为题，从埃斯库罗斯的《阿伽门农》开始介绍，一直到易卜生的《玩偶之家》，将他对剧作家及其代表作的介绍发表在《晨报副刊》上，他提倡易卜生戏剧的国民性："国小（小学）如挪威，他竟能因他国民性之坚强进步，遂产生出世人奉为偶像的伊卜生。"[①] 1924年4月7日，余上沅在《爱尔兰文艺复兴运动中之女杰》一文中提出："马丁（指爱尔兰文艺复兴运动的倡导人爱德华·马丁）的旨趣，并不是爱尔兰的复兴，却是伊卜生的复兴"；"中国剧界的运动"趋向是"归向伊卜生"[②]。1925年，茅盾先生撰文写道，"这位北欧文豪（指易卜生）的名字"口口相传，不亚于今日的马克思和列宁[③]。1928年上海商务印书馆出版了刘大杰的《易卜生》和《易卜生研究》。1929年上海春潮书局出版了丹麦布兰德斯（亦译作勃兰兑斯）所著，林语堂先生所译《易卜生评传及其情书》。1931年4月，潘家洵所翻译《易卜生集》5卷又由上海商务印书馆编入"万有文库"出版。1932年，瞿秋白先生发表了恩格斯论易卜生的书信译文[④]，为中国的易卜生研究引入了马克思主义哲学的观点。1933年，曹禺[⑤]从清华大学毕业，他的毕业论文的题目是《论易卜

[①] 关于余上沅对易卜生《玩偶之家》的介绍，参见，易卜生与《傀儡之家》[M]//余上沅. 余上沅戏剧论文集. 武汉：长江文艺出版社，1986：61-64.

[②] 芹献十四：爱尔兰文艺复兴运动中之女杰[M]//余上沅. 余上沅戏剧论文集. 武汉：长江文艺出版社，1986：106-109；刘思远. 国剧运动的戏剧史学研究：以余上沅1922—1926年的戏剧活动为中心[J]. 南京大学学报（哲学·人文科学·社会科学），2016，53（2）：119-127，160.

[③] 石琴娥. 北欧文学论：从北欧中世纪文学瑰宝到"当代的易卜生"[M]. 上海：上海社会科学院出版社，2015：91.

[④] 关于恩格斯论易卜生的这篇较为简短的书信译文，参见高中甫. 易卜生评论集[M]. 北京：外语教学与研究出版社，1982：6-8.

[⑤] 1927年，曹禺在天津南开中学参演《人民公敌》（为避免禁演，该剧更名为《一个医生的故事》）；1928年，曹禺在《玩偶之家》中扮演娜拉。

生》，写作这篇英文论文时，曹禺主要参考了萧伯纳的《论易卜生主义的精华》。1935年是娜拉年①。1942年，郭沫若写的《〈娜拉〉的答案》，可说是"五四"以来关于"娜拉走后怎样"争论的继续②。同年，茅盾写过几篇论易卜生各种剧作的文章，将传入中国的娜拉与中国的娜拉进行了比较。1956年人民文学出版社出版了潘家洵所翻译的4卷《易卜生戏剧集》，收入剧本13种；为纪念易卜生逝世五十周年③，田汉发表演讲评论《玩偶之家》。1958年人民文学出版社出版了潘家洵所翻译的《易卜生戏剧四种》。1963年人民文学出版社又出版了潘家洵翻译《玩偶之家》单行本。1977年，人民文学出版社出版了《易卜生戏剧选》，内收《培尔·金特》《皇帝与加利利人》《玩偶之家》《群鬼》。1978年，曹禺又在《人民日报》发表《纪念易卜生诞辰一百五十周年》一文，认为《玩偶之家》是易卜生最重要的戏剧，他曾经在某种程度上受到易卜生的积极影响，比如创作结构严谨，语言精练，对社会观念发出"锐利的疑问"，但他不得不考虑他的中产阶级背景和资产阶级观点。同年，萧乾在《世界文学》上发表《培尔·金特》一剧的译文，并附有译者"前言"，此剧的中译单行本于1983年由四川人民出版社出版。1986年人民文学出版社策划将潘家洵、林骧华等人的译本结成《易卜生全集》出版，在1986年至1987年，易卜生全集中文版第一、二卷问世。1995年人民文学出版社出版8卷本《易卜生文集》（中文版），其中包含了潘家洵、胡适、萧乾等多人的译文，几乎囊括了易卜生所有戏剧作品，第一卷载有王忠祥先生的"代序"——《易

---

① 这一年，洪深在上海成功地导演了《玩偶之家》；而与此同时，南京左翼剧联的剧组"模范剧社"上演的《玩偶之家》在南京上演三天后遭禁演，扮演娜拉的王平女士被解除了教师职务。此前，1914—1915年，春柳社以日译本为基础演出过"幕表戏"《玩偶之家》；1925年，北京人艺戏剧专门学校的剧团演出了《玩偶之家》，为避免禁演，此次演出一幕到底，没有分幕；1978—1979年，《玩偶之家》被搬上中国电视屏幕。

② 王忠祥．易卜生［M］．北京：华夏出版社，2002：188；郭沫若．《娜拉》的答案［M］//郭沫若论创作．上海：上海文艺出版社，1983：705-710．

③ 同年，中国与挪威双方联合导演了《玩偶之家》，由中国青年剧院演出。此次演出达到了很高的专业化水平，可以看作中国提倡易卜生戏剧艺术的一个里程碑。

卜生和他的文学创作》，系统而深入地评析了易卜生的戏剧、诗歌及其在中国的发展史。1995年5月，挪威王国驻华大使馆和中国翻译工作者协会在北京共同举办了"易卜生学术研讨会"，中挪两国学者参加研讨会的学术论文编辑为《易卜生研究论文集》（孟胜德、阿斯特丽德·萨瑟编选），于1995年以中英两种文字由中国文学出版社出版。1997年，人民文学出版社出版了《易卜生戏剧选》，纳入"世界文学名著文库"，王忠祥先生为其撰写了前言。1999年6月，北京语言文化大学、挪威奥斯陆大学、中国艺术研究院、百花文艺出版社，在京联合举办"易卜生与现代性：易卜生与中国"国际学术研讨会。研讨会论文集《易卜生与现代性的西方与中国》（王宁教授主编）于2001年由百花文艺出版社出版，挪威王国驻中国大使馆文化参赞英格·霍姆作序。2006年人民文学出版社出版3卷本《易卜生戏剧集》，收入潘家洵、萧乾、成时等翻译的剧本15种。

新中国成立后至今"易卜生学"成果颇丰，易卜生作品的主要译著有四本，关于易卜生研究的译著、专著和论文集共有38本（详见参考文献）。作品译著最全面的是王忠祥教授审定、潘家洵先生等翻译的八卷本《易卜生文集》（北京，人民文学出版社，1995年），可贵的是，每个剧本前面都附有剧本内容的介绍和导读。汪余礼老师主译的《易卜生书信演讲集》（北京，人民文学出版社，2012年）和《易卜生的工作坊》（武汉，武汉大学出版社，2016年）参阅了大量外文资料，为国内目前最全面的易卜生私密文献资料与创作札记及手稿，为我们更充分、更深入地认识易卜生和他的思想与创作提供了有益的资源。还有一些重要论著，比如陈瘦竹先生的《易卜生〈玩偶之家〉研究》、茅于美先生的《易卜生和他的戏剧》、高中甫先生编选的《易卜生评论集》、哈罗德·克勒曼的《戏剧大师易卜生》（蒋嘉、蒋虹丁译）、王忠祥先生的《易卜生》以及杰尔查文《易卜生论》（李湘崇等译）。

关于易卜生研究的学术论文（1954—2019年）和会议论文（1983—

2019年）共能查询到419篇。其中，在2012年夏季于特隆姆瑟召开的第十三届国际易卜生大会上，有三分之一的与会人员都是中国学者，这充分证明了中国的易卜生研究已经成功地走向世界，在国际文化交流中占有重要地位；在2015年12月4日至6日召开的"跨界戏剧研究"国际学术研讨会上，香港公开大学的谭国根教授发表的主题演说《性别的立体主义表现：挪威-中国跨国合作的〈玩偶之家〉》视角独特新颖，对新版舞蹈剧《玩偶之家》中娜拉（金星饰演）的表演与舞台呈现做了深入细致地分析，从舞台呈现的维度体现出对娜拉复杂内心与多面性格进行的全新而独到的研究成果，汪余礼先生发表了题为《伦理困境与易卜生晚期戏剧的经典性》的论文演讲，从易卜生晚期戏剧中人物在困境中的选择入手，主要以《罗斯莫庄》和《海上夫人》为例，鞭辟入里地分析了易卜生戏剧成为经典的重要成因，他指出，伦理困境有助于显示人物的内心世界与呈现人物灵魂的多样化运动，有益于实现戏剧性、诗性与哲性的融合，刻画人物内心的深层结构，凸显作品的神性维度，拓展作品的阐释空间，这对于作品的审美价值和伦理价值而言极为重要和关键，是作品之所以成为弥足可珍的经典的重要原因。

关于易卜生研究的博士论文（1980—2019年），在中国，王晓昀、薛晓金、何成洲、刘明厚、李兵、汪余礼、杜雪琴的博士论文（共7篇）以易卜生戏剧为研究对象；汪余礼、杜雪琴的博士后出站报告以易卜生戏剧为进一步研究的对象。本文主要参阅的是汪余礼老师的《双重自审与复象诗学——易卜生晚期戏剧新论》《易卜生戏剧的精髓及其当代意义》和杜雪琴老师的《易卜生戏剧地理空间研究》。硕士论文（1980—2019年）有33篇；中文核心学术期刊论文（1915—2019年）有194篇，其中，中文社会科学引文索引（CSSCI）期刊127篇，含《外国文学研究》45篇，《世界文学评论》18篇。

最近，中国学者在海外发表的学术论文中，有关易卜生研究较具影响力的有：清华大学王宁教授于2017年1月发表在约翰·霍普金斯大学出版的学术刊物 Ariel: A Review of International English Literature 上的 Ibsen and Cosmopolitanism: A Chinese and Cross-Cultural Perspective，文章以独特的视角专门论述了易卜生与世界主义的关系。谭国根（Tam, Kwok-kan）教授的专著 Ibsen and Ibsenism in China 1908—1997: A Critical-Annotated Bibliography of Criticism, Translation and Performance.① 梳理了近现代中国的易卜生戏剧演出史，并对易剧的演出、评论与不同译本做了深入剖析、平行比较与评鉴。欧洲科学院院士、南京大学何成洲教授的论著 Henrik Ibsen and Modern Chinese Drama② 详细论述了易卜生与中国现代戏剧的关系。

二、国外研究现状

在易卜生的祖国挪威，奥斯陆大学于2005年出版了挪文版易卜生戏剧全集，该版本戏剧集是根据金谷出版社出版的十卷本《易卜生文集》（1898—1902年）再版，完全保留原文，未做任何修改。2010年，挪威出版了16卷（每卷上下分册，共计32本）《易卜生全集》［Henrik Ibsens Skrifter（2005—2010），new critical edition］，该版本的易卜生文集不仅囊括了易卜生的所有手稿（出版与未出版的），而且有精彩绝妙的经由名家写作的导读与评论，可谓是当今最全面最详尽评价、鉴赏与分析易卜生作品的文集。

最早将易卜生的作品译介到英语世界的是苏格兰批评家威廉·阿契尔（1856—1924年），他收集、整理易卜生的资料长达25年，编纂了11卷本《易卜生剧作全集》（Ibsen's Complete Dramatic Works），由伦敦的威廉·海

---

① TAM K K. Ibsen and Ibsenism in China 1908—1997: A Critical-Annotated Bibliography of Criticism, Translation and Performance [M]. Hong Kong: The Chinese University of Hong Kong Press, 2001.

② HE C Z. Henrik Ibsen and Modern Chinese Drama [M]. Oslo: Unipub Forlag, 2004.

纳曼出版集团公司于 1907 年出版，后来其内容经多次增补并再版（*The Collected Works of Henrik Ibsen*），现在最新的版本已有 16 卷本（*The Works Of Henrik Ibsen*）。最早将易卜生其人引介到英语世界的是英国诗人埃德蒙·葛斯（1849—1928 年），他也是翻译家、文学史家和批评家。易卜生在与他的通信中对他所著的《易卜生传》表示十分感激，他很遗憾自己不懂英语，否则一定会亲自去英国看看。此外，笔者在挪威奥斯陆大学的易卜生资料数据库中还发现，易卜生戏剧手稿里有没出版的五部剧（不完整的剧本手稿），这五部剧分别是：1. Fjeldfuglen，这是一个复合词，意思是"高原之鸟"，或译为"原上鸟"，现存 1859 年的手稿初稿（22 页）与 1860 年手稿修改稿（20 页）两个版本。高原和鸟的意象在易卜生后来作品中都反复出现。此剧是易卜生为一部歌剧所写的歌词，剧本虽不完整，但它于 2009 年由奥斯陆的残酷剧场（Grusomhetens Teater）进行首次演出，同年，此剧场还上演了《天鹅之歌》一剧；2. Svanhild，相传，这部剧是《爱的喜剧》的前身《斯弯希尔德》（33 页）；3. Rypen i Justedal，《于思特达尔的松鸡》，写于 1850 年，是一部四幕剧的提纲与草稿（52 页），后来，在 1857 年改写为《奥拉夫·里列克兰思》，易卜生写作此剧时笔名为布里恩约尔夫·布雅勒姆（Brynjolf Bjarme），《于思特达尔的松鸡》这个戏剧片段与最终完成的戏剧《奥拉夫·里列克兰思》之间的联系微不足道，后者的绝大部分写于 1856 年的夏季；4. Sancthansnatten，《圣约翰之夜》，易卜生早期乐于承认自己是该剧的作者，但该剧在 1853 年仅上演两次之后便一败涂地，此后，易卜生便矢口否认自己写作过此剧；5. Sigurd Jorsalafarer，《改革者希古尔德》，根据易卜生的书信来看[1]，他创作这一作品，起初是想为海伊瑟（Heise）的歌剧写歌词，但最终没能全部完成。

关于易卜生的生平与传记，影响力较大的主要有以下十种著作：

---

[1] IBSEN H. Letters of Henrik Ibsen [M]. LAURVIK J N, trans. Charleston: Nabu Press, 2011: 201.

Bergliot Ibsen, *De Tre*, Gyldendal, 1949; Henrik Jæger, *The Life of Henrik Ibsen*. Translated by Clara Bell, London: William Heinemann, 1890; Gerhard Gran, *Henrik Ibsen – Festskrift i anledning af hans 70de fødselsdag*, Samtiden, 1898; Edmund Gosse, *Ibsen*, London and New York: Scribner, 1907; Halvdan Koht, *Henrik Ibsen: eit diktarliv*, Aschehoug, Oslo 1928–1929. (2 bind.); Hans Heiberg, 《...født til kunstner》– *Et Ibsen-portrett*, Aschehoug, Oslo 1967; Chans Chejberg, *Henrik Ibsen*, translated from Norwegian by V. Jakuba, Isskustvo, Moscow 1975; Michael Meyer, Vol. 1 – *Henrik Ibsen: The Making of a Dramatist* 1828–1864, Hart-Davis, London 1967, Vol. 2 – *Henrik Ibsen: The Farewell to Poetry* 1864–1882, Hart-Davis, London 1971, Vol. 3 – *Henrik Ibsen: The Top of a Cold Mountain* 1883–1906, Hart-Davis, London 1971, 此版本于1974年由三卷本合并为一卷本再版，浓缩为：Michael Meyer, *Ibsen: A Biography*, abridged by the author, Penguin, London 1974; Robert Ferguson, *Henrik Ibsen. A New Biography*, Richard Cohen Books, London 1996; Ivo de Figueiredo, *Henrik Ibsen – mennesket*, Aschehoug, Oslo, 2006.

爱尔兰戏剧家萧伯纳的《易卜生主义的精华》对易卜生的十六部戏剧进行了详细的美学分析，也进行了较有深度的理论阐释。萧伯纳倡导"讨论剧""问题剧"，尽管对易卜生的戏剧有些误读，但仍不失为一部至关重要的关于易卜生戏剧研究的专著。丹麦学者勃兰兑斯和匈牙利学者卢卡契认为，易卜生的创作是一个连续的过程；哈罗德·布鲁姆和比约恩·海默尔[1]虽然没有直接讨论这个话题，但是他们对剧作和人物的分析其实也隐含了这个意思。因此，这一话题仍值得我们继续深入讨论。

俄国学者普列汉诺夫在其著作《艺术与文学》中以《布朗德》和

---

[1] 布鲁姆. 西方正典 [M]. 江宁康，译. 南京：译林出版社，2011；海默尔. 易卜生：艺术家之路 [M]. 石琴娥，译. 北京：商务印书馆，2007.

《人民公敌》(部分地驳斥了勃兰兑斯)为例,论证了易卜生赢得大部分读者群众的原因不单单在于他的才能,而且更在于:囿于小资产阶级的生存环境与时代条件,他的思想一部分是道德的,一部分是艺术的,但始终是脱离政治的;他没能在道德里找到政治的出路,反映到他的作品里就变成了象征主义和议论性成分,他的"理想人物"只表现出模糊的不确定的"往高处去"的愿望,而不是在坚实大地上"创造天堂";而这些恰恰适合于现代文明世界读者群众的情绪。

德国学者彼得·斯丛狄在所著《现代戏剧理论:1880—1950》一书中将易卜生的晚期剧作《约翰·加布里埃尔·博克曼》作为"易卜生的分析性技巧掩盖了戏剧的危机"的例子,论证了他关于现代戏剧在形式与内容之间呈现出悖论性关系之观点,进而提出"挽救的尝试"与"解决的尝试",提出现代戏剧本质上远离了戏剧性而走向叙事性这一结论。斯丛狄的观点新颖独特,但存在一定的逻辑与方法的问题。

在当代关于易卜生研究的论著中,影响力较大的是杜克大学教授托莉·莫伊(Toril Moi)所著《亨利克·易卜生与现代主义的诞生:艺术、戏剧与哲学》(*Henrik Ibsen and the Birth of Modernism*: *Art*, *Theater*, *Philosophy*)。奥斯陆大学易卜生中心的托尔·莱姆(Tore Rem)教授多年来在多部研究论著[1]和学术刊物上专门论述了易卜生的世界地位、易卜生与现代戏剧、作为世界文学的易卜生、作为世界戏剧的《玩偶之家》、易卜生与莎士比亚、易卜生在英国、在爱尔兰的接受历史、易卜生与英国文学的关系以及易卜生、岛国根性与国际主义的关系;此外,Tore Rem 还为新版的《玩偶之家》译本写序,帮助读者重新认识易卜生对当代社会的深远影响。冰岛学者特罗斯提·奥拉夫松(Trausti Ólafsson)著《仪式视阈下的易卜生戏剧》(*Ibsen's theatre of ritualistic visions*:*an interdisciplinary study of*

---

[1] REM T, FULSAS N. Ibsen, Scandinavia and the Making of a World Drama [M]. Cambridge: Cambridge University Press, 2017:1-294.

ten plays）从宗教神学的视角解读易卜生的主要剧作，亦颇具学术价值。书中有关"娜拉"（Nora）可能源自欧洲北部地区古老的牺牲孩童的祭祀活动的地名的资料比较珍贵，作者对娜拉和希腊女神德墨忒尔之间的密切关联的分析也具一定的研究价值。

  近几年，海外出版发行的关于易卜生研究的论著还有：美国易卜生学者（曾任易卜生协会暨易卜生国际学术委员会主席）Joan Templeton 教授所著 *Shaw's Ibsen：A Re-Appraisal*；挪威文学史教授 Narve Fulsås 和易卜生学者 Tore Rem 教授合著 *Ibsen, Scandinavia and the Making of a World Drama*；挪威哲学学者 Kristin Gjesdal 教授所著 *Ibsen's Hedda Gabler：Philosophical Perspectives*；美国著名人文学者暨雕刻艺术家 Burton Blistein 所著 *The country of the blind：a new interpretation of the plays of Henrik Ibsen*；美国戏剧研究者 Zander Brietzke 教授［曾担任尤金·奥尼尔研究协会主席，并于2004—2010年间担任学术期刊《尤金·奥尼尔评论》（Eugene O'Neill Review）主编］所著 *Action and Consequence in Ibsen, Chekhov and Strindberg*；英国牛津大学教授现代戏剧的 Kirsten Shepherd-Barr 教授所著 *Theatre and Evolution from Ibsen to Beckett*；美国易卜生协会主席、加州伯克利大学的 Mark B. Sandberg 教授所著 *Ibsen's Houses：Architectural Metaphor and the Modern Uncanny*；挪威奥斯陆大学易卜生研究中心主任、斯堪的纳维亚语言与文学系主任 Frode Helland 教授所著 *Ibsen in Practice：Relational Readings of Performance, Cultural Encounters, and Power* 和 *A Global Doll's House：Ibsen and Distant Visions*，Frode Helland 教授与 Julie Holledge 教授合作编著 *Ibsen Between Cultures* 和 *Ibsen on Theatre*；挪威奥斯陆大学的 Ellen Rees 教授所著 *Ibsen's Peer Gynt and the Production of Meaning*；意大利易卜生学者 Giuliano D'Amico 所著 *Domesticating Ibsen for Italy：Enrico and Icilio Polese's Ibsen Campaign*；Erika Fischer-Lichte，Barbara Gronau，Christel Weiler 合编的 *Global Ibsen performing multiple modernities*。

根据挪威国家图书馆易卜生研究数据库记录,在 2006 年易卜生逝世一百周年之际,为了纪念易卜生,全球各国共上演了至少 250 个版本的易卜生戏剧。2014 年 9 月,Erica Wagner 在 The New Statesman 上发表了一篇关于易卜生生平与作品的文章,此文目的在于庆祝英国伦敦巴比肯艺术中心举办的易卜生节庆日和 Penguin 出版集团将于 2014 年 10 月新出版的英文版易卜生剧本集。文中提到,在易卜生节庆日前,伦敦西区上演了《海达·高布乐》《群鬼》和《玩偶之家》,在随后的国际易卜生节上,上演了德国柏林剧场的《人民公敌》(导演:Thomas Ostermeier)将此剧置于环境危机与金融危机的当代背景之下、法国尼斯国家剧场的《培尔·金特》(导演:彼得·布鲁克的女儿 Irina Brook)以及《野鸭》(导演:Belvoir Sydney)。在当代德语剧场里,也时常上演易卜生的剧目。德语剧场的年度大典"戏剧盛会"(Theatertreffen)从 1964 年开始举办,1972 年首次上演易卜生的戏剧,截至 2016 年,共演出易卜生戏剧 28 次。1994 年,盛会邀请了两个版本的《海达·高布乐》演出,分别由 Jürgen Kruse 与 Andrea Breth 执导。2003 年,盛会邀请了两个版本的《玩偶之家》演出,分别由 Thomas Ostermeier 和 Stephan Kimmig 执导。2016 年,盛会最佳十大演出作品中有两部易卜生的剧作,分别是维也纳城堡剧场(Burg Theater)的《约翰·加布里埃尔·博克曼》和瑞士苏黎世剧场(Schauspielhaus Zürich)的《人民公敌》。

国外研究易卜生的学术论文,主要发表在挪威奥斯陆大学易卜生中心主办的学术刊物《易卜生研究》(Ibsen Studies)与美国斯堪的纳维亚研究协会主办的学术刊物《斯堪的纳维亚研究》(Scandinavian Studies),加拿大多伦多大学出版的学术刊物《现代戏剧》(Modern Drama)和美国约翰·霍普金斯大学出版的学术刊物《新文学史》(New Literary History)中也有部分重要的关于易卜生戏剧研究的论文。较有代表性的易卜生研究论文有:马丁·艾思林著《易卜生与现代戏剧》、阿瑟·米勒著《易卜生与当今戏剧》、汉学家斯蒂文·塞基著《易卜生与希特勒》、詹姆斯·麦克法兰著《易卜生晚期戏剧的情境与意义》、理查德·谢克纳著《易卜生晚期戏剧中的闯入者》、哈夫丹·科特著《莎士比亚与易卜生》、哈佛大学学者马丁·普契纳教授著《歌德、马克思、易卜生与世界文学的创造》、耶鲁大学戏剧系学者艾礼娜·福可思教授著《奥尼尔的"诗人"与易卜生的"野鸭"》、加拿大英属哥伦比亚大学戏剧教授艾罗厄·杜尔巴赫著《诱入迷途：论〈罗斯莫庄〉的煞尾》、纽约市立大学戏剧与比较文学系教授马文·卡尔森著《易卜生、斯特林堡与先父遗传》、美国易卜生协会主席琼·泰姆普丽敦教授著《易卜生的遗产——兼及易卜生如何成为现代戏剧之父》、奥斯陆大学斯堪的纳维亚文学系教授、易卜生研究中心主任弗洛德·海兰德著《易卜生与尼采：〈建筑大师〉》等。

在 2016 年 4 月 17 日于波兰克拉科夫召开的"文学与建筑"国际学术会议上，Kłańska Maria 发表了题为 Funkcja motywów architektonicznych w dramacie "Budowniczy Solness" Henrika Ibsena（Function of architectonic motifs in "The master builder" by Henrik Ibsen）的论文，这篇关于易卜生的《建筑大师》中建筑母题功能的论文收录于由 Godlewicz-Adamiec Joanna 和 Szybisty Tomasz 编著的论文集 Literatura a architektura 中，是易卜生研究领域较新的学术成果。

日本学者冈本佳子发表于东京大学大学院综合文化研究科超域文化科学专攻的学术刊物《超域文化科学纪要》的论文《演劇活動の「自己評価」としての評論：初期ルカーチにおけるターリア協会と『近代演劇発展史』の関連について》（Theory as Self-Reflection of Theater Practices: Lukacs' The History of the Development of Modern Drama as it Relates to Thalia Society）中论述了卢卡契的《现代戏剧发展史》与易卜生晚期剧作之间的紧密联系，是亚洲易卜生研究领域较新的学术成果。

法国学术期刊《日耳曼研究》（Études Germaniques）2007 年第 4 期

(总期第 248 期）专门以"易卜生·文本与舞台"（Actualité d'Ibsen. Le Texte et la Scène）为主题刊载了长达 128 页的 20 篇文章，分别从多重视角评析了易卜生的多部戏剧与易卜生的剧作手法。

参考文献

一、中文文献

（一）易卜生作品

［1］易卜生. 易卜生文集：第六卷［M］. 潘家洵, 译. 北京：人民文学出版社, 1995.

［2］易卜生. 易卜生戏剧选［M］. 潘家洵, 等译. 北京：人民文学出版社, 1997.

［3］易卜生. 易卜生精选集［M］. 王忠祥, 编. 北京：北京燕山出版社, 2004.

［4］易卜生. 易卜生戏剧集［M］. 潘家洵, 译. 北京：人民文学出版社, 2006.

［5］易卜生. 易卜生书信演讲集［M］. 汪余礼, 戴丹妮, 译. 北京：人民文学出版社, 2012.

［6］易卜生. 易卜生的工作坊：现代剧创作札记、梗概与待定稿［M］. 汪余礼, 等译. 武汉：武汉大学出版社, 2016.

（二）专著

［1］袁振英. 易卜生传［M］. 香港：受匡出版部, 1928.

［2］刘大杰. 易卜生［M］. 上海：商务印书馆, 1928.

[3] 刘大杰. 易卜生研究 [M]. 上海：商务印书馆，1928.

[4] 勃兰兑斯. 易卜生评传及其情书 [M]. 林语堂，译. 上海：春潮书局，1929.

[5] 杰尔查文. 易卜生论 [M]. 李相崇，王以铸，译. 北京：作家出版社，1956.

[6] 中国人民对外文化协会对外文化联络局. 文化交流资料：1956年纪念的世界文化名人易卜生 [M]. 北京：中国人民对外文化协会对外文化联络局，1956.

[7] 陈瘦竹. 易卜生"玩偶之家"研究 [M]. 上海：新文艺出版社，1958.

[8] 爱克曼. 歌德谈话录 [M]. 朱光潜，译. 北京：人民文学出版社，1978.

[9] 黑格尔. 小逻辑 [M]. 贺麟，译. 北京：商务印书馆，1980.

[10] 鲁迅. 鲁迅全集 [M]. 北京：人民文学出版社，1957.

[11] 阿英. 阿英文集 [M]. 北京：生活·读书·新知三联书店，1981.

[12] 茅于美. 易卜生和他的戏剧 [M]. 北京：北京出版社，1981.

[13] 高中甫. 易卜生评论集 [M]. 北京：外语教学与研究出版社，1982.

[14] 马克思，恩格斯. 马克思恩格斯论文学与艺术：上 [M]. 陆梅林，辑注. 北京：人民文学出版社，1982.

[15] 瓦西列夫. 情爱论 [M]. 赵永穆，范国恩，陈行慧，译. 北京：生活·读书·新知三联书店，1984.

[16] 克勒曼. 戏剧大师易卜生 [M]. 蒋嘉，蒋虹丁，译. 长沙：湖南人民出版社，1985.

[17] 尼柯尔. 西欧戏剧理论 [M]. 徐士瑚，译. 北京：中国戏剧出

版社,1985.

[18] 商务印书馆编辑部. 汉译世界学术名著评论集:第1集 [M]. 北京:商务印书馆,1988.

[19] 刘明厚. 真实与虚幻的选择:易卜生后期象征主义戏剧 [M]. 上海:同济大学出版社,1994.

[20] 孟胜德,萨瑟. 易卜生研究论文集 [M]. 北京:中国文学出版社,1995.

[21] 中共中央马克思恩格斯列宁斯大林著作编译局. 马克思恩格斯选集:第4卷 [M]. 北京:人民出版社,1995.

[22] 苑容宏. 响彻欧洲的门声《玩偶之家》导读 [M]. 成都:四川教育出版社,1997.

[23] 倪梁康. 胡塞尔选集:上 [M]. 上海:上海三联书店,1997.

[24] 瓦西列夫. 情爱论 [M]. 赵永穆,范国恩,陈行慧,译. 北京:生活·读书·新知三联书店,1997.

[25] 歌德. 歌德文集:第1卷 [M]. 北京:人民文学出版社,1999.

[26] 冯至,韩耀成,等. 冯至全集:第11卷 [M]. 石家庄:河北教育出版社,1999.

[27] 王忠祥. 易卜生 [M]. 天津:新蕾出版社,2000.

[28] 董健. 序 [M] //周安华. 20世纪中国问题剧研究. 北京:中国戏剧出版社,2000.

[29] 王宁. 易卜生与现代性:西方与中国 [M]. 天津:百花文艺出版社,2001.

[30] 王忠祥. 易卜生 [M]. 北京:华夏出版社,2002.

[31] 阿罗频多. 薄伽梵歌论 [M]. 徐梵澄,译. 北京:商务印书馆,2003.

[32] 王宁,孙建. 易卜生与中国:走向一种美学建构 [M]. 天津:

天津人民出版社，2004.

[33] 朱光潜. 西方美学史 [M]. 北京：人民文学出版社，2004.

[34] 石琴娥. 北欧文学史 [M]. 南京：译林出版社，2005.

[35] 莎乐美. 阁楼里的女人：莎乐美论易卜生笔下的女性 [M]. 马振骋，译. 上海：华东师范大学出版社，2005.

[36] 田民. 莎士比亚与现代戏剧：从亨利克·易卜生到海纳·米勒 [M]. 北京：中国社会科学出版社，2006.

[37] 斯丛狄. 现代戏剧理论：1880—1950 [M]. 王建，译. 北京：北京大学出版社，2006.

[38] 石琴娥. 北欧文学大花园 [M]. 武汉：湖北教育出版社，2007.

[39] 海默尔. 易卜生：艺术家之路 [M]. 石琴娥，译. 北京：商务印书馆，2007.

[40] 聂珍钊，陈智平. 易卜生戏剧的自由观念：中国第三届易卜生国际学术研讨会论文集 [M]. 北京：外语教学与研究出版社，2007.

[41] 刘明厚. 不朽的易卜生：百年易卜生中国国际研讨会论文集 [M]. 北京：中国戏剧出版社，2008.

[42] 陈惇，刘洪涛. 现实主义批判：易卜生在中国 [M]. 南昌：江西高校出版社，2009.

[43] 何成洲. 对话北欧经典：易卜生、斯特林堡与哈姆生 [M]. 北京：北京大学出版社，2009.

[44] 李兵. 现代戏剧之父：易卜生心理现实主义剧作研究 [M]. 成都：四川大学出版社，2009.

[45] 王忠祥. 建构文学史新范式与外国文学名作重读：王忠祥自选集 [M]. 武汉：华中师范大学出版社，2009.

[46] 黑格尔. 法哲学原理 [M]. 北京：商务印书馆，2009.

[47] 刘明厚. 跨文化的比昂逊与当代中国 [M]. 上海：上海大学出

版社，2011.

［48］聂珍钊，周昕．易卜生创作的生态价值研究：绿色易卜生国际学术研讨会论文集［M］．武汉：华中师范大学出版社，2011.

［49］布鲁姆．西方正典［M］．江宁康，译．南京：译林出版社，2011.

［50］宗白华：艺境［M］．北京：商务印书馆，2011.

［51］孙建，赫兰德．跨文化的易卜生［M］．上海：复旦大学出版社，2012.

［52］邹建军．易卜生诗剧研究［M］．广州：世界图书出版广东有限公司，2012.

［53］莎乐美．阁楼里的女人：莎乐美论易卜生笔下的女性［M］．马振骋，译．上海：上海人民出版社，2013.

［54］王弼，韩康伯．周易注疏［M］．北京：中央编译出版社，2013.

［55］魏宁格．最后的事情［M］．温仁百，译．南京：译林出版社，2014.

［56］石琴娥．北欧文学论：从北欧中世纪文学瑰宝到"当代的易卜生"［M］．上海：上海社会科学院出版社，2015.

［57］刘勰．文心雕龙［M］．上海：上海古籍出版社，2015.

［58］汪余礼．双重自审与复象诗学：易卜生晚期戏剧新论［M］．北京：中国社会科学出版社，2016.

［59］葛斯．易卜生传［M］．王阅，译．北京：中国人民大学出版社，2018.

［60］易卜生与《傀儡之家》［M］//余上沅．余上沅戏剧论文集．武汉：长江文艺出版社，1986.

［61］芹献十四：爱尔兰文艺复兴运动中之女杰［M］//余上沅．余上沅戏剧论文集．武汉：长江文艺出版社，1986.

(三) 论文

(1) 学位论文

[1] 谭国根. Ibsen in China 1908-1997: A Critical-Annotated Bibliography of Criticism, Translation and Performance [D]. 厄巴纳-香槟伊利诺伊大学, 1984.

[2] 王晓昀. 易卜生与中国 [D]. 上海: 复旦大学, 1991.

[3] 刘明厚. 论易卜生的后期戏剧 [D]. 北京: 中央戏剧学院, 1993.

[4] 薛晓金. "易卜生主义"及其对中国话剧的影响 [J]. 戏剧, 1997 (3).

[5] 何成洲. Ibsen and Modern Chinese Drama [D]. 奥斯陆: 奥斯陆大学, 2020.

[6] 李兵. 易卜生心理现实主义剧作研究: 一种弗洛伊德主义的语境 [D]. 北京: 中央戏剧学院, 2005.

[7] 汪余礼. 易卜生戏剧的精髓及其当代意义 [D]. 武汉: 武汉大学, 2011.

[8] 杜雪琴. 易卜生戏剧地理诗学问题研究 [D]. 武汉: 华中师范大学, 2013.

(2) 期刊论文

[1] 陆镜若. 伊蒲生之剧 [J]. 俳优杂志, 1914 (1).

[2] 胡适. 易卜生主义 [J]. 新青年, 1918, 4 (6).

[3] 袁振英. 易卜生 (Henrik Ibsen) 传 [J]. 新青年, 1918, 4 (6).

[4] 王忠祥. 易卜生及其戏剧在"五四"前后 [J]. 外国文学研究, 1979 (2).

[5] 王忠祥. 易卜生的创作与"易卜生主义" [J]. 外国文学研究,

1985（4）．

[6] 蹇昌槐．易卜生与戏剧的"近代突破"[J]．外国文学研究，1988（4）．

[7] 王宁．易卜生剧作的多重代码[J]．外国文学研究，1995（4）．

[8] 王忠祥．易卜生戏剧创作与20世纪中国文学[J]．外国文学研究，1995（4）．

[9] 李鸿泉．易卜生与女权主义[J]．外国文学研究，1996（3）．

[10] 宋剑华．胡适与"易卜生主义"[J]．徐州师范学院学报，1996（1）．

[11] 何成洲．女权主义的发展：从易卜生到萧伯纳[J]．外国文学研究，1997（2）．

[12] 王宁．易卜生剧作的意义重构[J]．外国文学研究，1997（3）．

[13] 钟翔．读易卜生的诗作札记[J]．外国文学研究，1997（3）．

[14] 何成洲．试论易卜生的"社会问题剧"及其对中国话剧启蒙的影响[J]．外国文学研究，1998（1）．

[15] 钟翔．郭沫若对易卜生的接受：重读《〈娜拉〉的答案》[J]．外国文学研究，1998（3）．

[16] 王宁．易卜生研究的后现代视角：《野鸭》的个案分析[J]．文艺研究，1999（2）．

[17] 钟翔．"南方淑女"与"北方海盗"：评易卜生诗剧《武士冢》[J]．外国文学研究，2000（1）．

[18] 徐燕红．海达·高布乐的女性视角透视[J]．外国文学研究，2000（1）．

[19] 王忠祥．论《罗斯莫庄》的"悲剧精神"和象征意象[J]．外国文学研究，2003（2）．

[20] 克努特·布莱恩希尔德斯瓦尔，宋丽丽．从怪异美学视角论《培尔·金特》剧中的身份危机 [J]．外国文学研究，2003（2）．

[21] 何成洲．影响抑或互文性？——论《朱丽小姐》、《海达·高布乐》和《三姐妹》[J]．外国文学研究，2003（2）．

[22] 王宇．作为艺术家的易卜生：易卜生与中国重新思考 [J]．外国文学研究，2003（2）．

[23] 宋丽丽．论易卜生的《爱情的喜剧》中的反讽特征 [J]．外国文学研究，2003（2）．

[24] 杨挺．奥尼尔与易卜生 [J]．外国文学评论，2003（4）．

[25] 阚洁，何成洲．试论北欧新浪漫主义文学 [J]．外国文学研究，2003（4）．

[26] 孙建．易卜生戏剧中的悲喜剧内涵 [J]．外国文学研究，2003（6）．

[27] 杜娟．易卜生研究的状况与发展趋势：王忠祥教授访谈录 [J]．外国文学研究，2004（1）．

[28] 杨建．乔伊斯与易卜生 [J]．国外文学，2005（4）．

[29] 王忠祥．"人学家"易卜生及其戏剧文学创作的世界意义："易卜生国际学术研讨会"开幕词 [J]．外国文学研究，2005（5）．

[30] 王忠祥．关于易卜生主义的再思考 [J]．外国文学研究，2005（5）．

[31] 李会学．易卜生戏剧中婚姻男女地位与关系的变迁 [J]．中南民族大学学报（人文社会科学版），2006（6）．

[32] 傅谨．易卜生的灵魂飘在中国上空 [J]．中国图书评论，2007（1）．

[33] 聂珍钊．不朽的易卜生与易卜生研究新发展 [J]．国际学术动态，2007（2）．

[34] 刘明厚. 博克曼：自由生存困境中的囚徒 [J]. 戏剧艺术, 2007（5）.

[35] 吴学平. 易卜生对王尔德戏剧创作的影响：以《玩偶之家》与《温德米尔夫人的扇子》为例 [J]. 广西社会科学, 2007（6）.

[36] HELLAND F. 原始而强悍的批判：从《群鬼》看易卜生的政治观 [J]. 上海戏剧, 2007（11）.

[37] 李兵.《群鬼》，回到罗马 [N]. 中华读书报, 2007-12-26.

[38] 马丁·艾思林, 汪余礼. 易卜生与现代戏剧 [J]. 戏剧（中央戏剧学院学报）, 2008（1）.

[39] 胡静. 易卜生与现代中国戏剧思潮 [J]. 外国文学研究, 2008（2）.

[40] 王宁. 超越"易卜生主义" [J]. 中国图书评论, 2008（3）.

[41] 汪余礼.《罗斯莫庄》：奔腾的白马与夜半的太阳：兼析该剧对戏剧艺术本质与潜能的探掘 [J]. 艺术百家, 2008（3）.

[42] 李继峰, 郭彬. 袁振英：陈独秀的得意弟子 [J]. 炎黄春秋, 2008（3）.

[43] 邹建军. 易卜生诗歌的伦理主题 [J]. 南京师范大学文学院学报, 2006（4）.

[44] 邹建军. 易卜生诗歌的政治情结 [J]. 西南石油大学学报（社会科学版）, 2009, 2（1）.

[45] 王娜. 从叙事真实视角论培尔·金特的主体危机 [J]. 世界文学评论, 2009（1）.

[46] 薛晓金."易卜生主义"及其对中国话剧的影响 [J]. 戏剧, 1997（3）.

[47] 高丹. 诗意的栖居：论《培尔·金特》中的三重地理空间建构 [J]. 世界文学评论, 2009（2）.

[48] 邹建军. 三种向度与易卜生的诗学观念: 对易卜生诗歌的整体观察与辩证评价 [J]. 外国文学研究, 2009, 31 (2).

[49] 丁扬忠. 哲理 诗情 象征: 论易卜生象征主义戏剧 [J]. 戏剧 (中央戏剧学院学报), 2009 (3).

[50] 汪余礼. 易卜生晚期戏剧中的生态智慧 [J]. 外国文学评论, 2009 (3).

[51] 汪余礼. 从《建筑大师》看易卜生晚期的深层生态观 [J]. 信阳师范学院学报 (哲学社会科学版), 2009, 29 (4).

[52] 李兵. 从《建筑大师》看易卜生剧作中的"妖性" [J]. 外国语文, 2009, 25 (4).

[53] 王忠祥. 绿色之思 道德之艺: 易卜生戏剧《野鸭》的现代阐释 [J]. 信阳师范学院学报 (哲学社会科学版), 2009, 29 (4).

[54] 王忠祥. 世纪挪威文学与北欧文化巨人 [J]. 外国文学研究, 2009, 31 (5).

[55] 陈爱敏. 女性主义、个人主义, 还是资本主义？——谈对易卜生《玩偶之家》的误读 [J]. 南京师范大学学报 (社会科学版), 2009 (6).

[56] 王宁. "被译介"和"被建构"的易卜生: 易卜生在中国的变形 [J]. 外国文学研究, 2009, 31 (6).

[57] 周爽, 马建钧. 袁振英在北大的历史留痕 [N]. 北京大学校报, 2009-12-15 (3).

[58] 艾罗尔·杜尔巴赫, 戴丹妮. 二十世纪的西方易卜生批评 [J]. 戏剧 (中央戏剧学院学报), 2010 (1).

[59] 何成洲. 易卜生与跨文化戏剧 [J]. 复旦外国语言文学论丛, 2010 (1).

[60] 谭咪咪. 论《咱们死人醒来的时候》中的文学地理意象及其隐

喻意义 [J]. 世界文学评论, 2010 (1).

[61] 邓岚. 《海上夫人》中爱情与地理空间的关系 [J]. 世界文学评论, 2010 (1).

[62] 周钢山. 论《海上夫人》的两种地理意象及象征意义 [J]. 世界文学评论, 2010 (1).

[63] 邹建军. 无爱的悲剧：布朗德形象本质新探 [J]. 华南师范大学学报 (社会科学版), 2010 (3).

[64] 王宁. 探索艺术和生活的多种可能：易卜生《培尔·金特》的多重视角解读 [J]. 当代外语研究, 2010 (2).

[65] 吴海超. 易卜生诗歌的文学地理学研究 [J]. 世界文学评论, 2010 (2).

[66] 谭芳. 海洋：易卜生后期戏剧的中心意象 [J]. 世界文学评论, 2010 (2).

[67] 钟云霞. 《咱们死人醒来的时候》的两重地理空间 [J]. 世界文学评论, 2010 (2).

[68] 高音. 苏尔维格的祈祷和培尔·金特的哲学 [J]. 中国戏剧, 2010 (8).

[69] 汪余礼. 《当我们死人醒来时》的复合结构与终极关注 [J]. 世界文学评论, 2011 (1).

[70] 汪余礼. 人类精神生态的症结与出路：易卜生后期戏剧的深生态学解读 [J]. 艺苑, 2011 (2).

[71] 汪余礼. 易卜生晚期戏剧与"易卜生主义的精华" [J]. 戏剧艺术, 2011 (5).

[72] 汪余礼. 《海上夫人》：异体自剖与艺术家的自我镜像：兼论该剧所开创的新方向 [J]. 艺苑, 2011 (6).

[73] 汪余礼. 从《易卜生书信演讲集》看易卜生的人生观与戏剧观

[J].世界文学评论.2012（1）.

[74] 王忠祥，杜雪琴.《外国文学研究》与多维视阈中的易卜生评论[J].外国文学研究.2012，34（1）.

[75] 曹山柯.人生长恨水长东:《群鬼》的生态伦理解读[J].外国文学研究，2010，32（5）.

[76] 汪余礼.易卜生晚期戏剧的复象诗学[J].外国文学研究，2013，35（3）.

[77] 汪余礼.重审"易卜生主义的精髓"[J].戏剧艺术，2013（5）.

[78] 汪余礼."深沉阴郁的诗"与"不可能的存在":对《海达·高布乐》的审美感通学批评[J].武汉大学学报（人文科学版），2014，67（3）.

[79] 汪余礼.《布朗德》:以悖反思维创构的复调诗剧[J].长江学术，2015（2）.

[80] 马丁·普契纳，王阅.歌德、马克思、易卜生与世界文学的创造[J].长江学术，2015（4）.

[81] 汪余礼.易卜生对中国当代话剧创作的启示意义[J].武汉大学学报（人文科学版），2016，69（6）.

[82] 刘思远.国剧运动的戏剧史学研究:以余上沅1922—1926年的戏剧活动为中心[J].南京大学学报（哲学·人文科学·社会科学），2016，53（2）.

[83] 汪余礼.伦理困境与易卜生晚期戏剧的经典性[J].华中学术，2017，9（1）.

[84] 汪余礼，王阅.试论易卜生现代剧创作的"秘密":从《易卜生的工作坊》说起[J].戏剧（中央戏剧学院学报），2017（5）.

[85] 汪余礼，王阅，弗洛德·海兰德.当代易卜生研究的问题与方

法：奥斯陆大学弗洛德·海兰德教授访谈录［J］. 外国文学研究，2018，40（5）.

二、西文文献

（一）易卜生本人著作

［1］IBSEN H. Samlede Værker：I［M］. København：Gyldendalske Boghandels Forlag，1898.

［2］IBSEN H. Letters of Henrik Ibsen［M］. LAURVIK J N，trans. Charleston：Nabu Press，2011.

［3］IBSEN H. Abydos：A Fragment［M］. Translated by HOLLANDER L M. Philadelphia：Poet Lore，1909.

［4］IBSEN H. Speeches and New Letters［M］. Boston：Gorham，1910.

［5］IBSEN H. Speeches and New Letters［M］. London：Palmer，1911.

［6］IBSEN H. The Collected Works of Henrik Ibsen：I［M］. ARCHER W，trans. New York：Charles Scribner's Sons，1911.

［7］IBSEN H. Hundreårsutgave：Henrik Ibsens Samlede Verker［M］. Oslo：Gyldendal，1928－1957.

［8］IBSEN H. The Oxford Ibsen［M］. London：Oxford Univeristy Press，1962.

［9］IBSEN H. Letters and Speeches［M］. New York：Hill and Wang，1964.

［10］IBSEN H. Speeches and New Letters［M］. New York：Haskell，1972.

［11］IBSEN H. Ibsen：The Complete Major Prose Plays［M］. FJELDE R，trans. New York：Plume Books，1978.

［12］IBSEN H. Ibsen's Selected Plays［M］. New York：W. W. Norton &

Company, 2003.

[13] IBSEN H. Henrik Ibsens Skrifter [M]. Oslo: Aschehoug, 2005.

[14] IBSEN H. The Master Builder and Other Plays [M]. London: Penguin Classics, 2015.

[15] IBSEN H. A Doll's House and Other Plays [M]. London: Penguin Classics, 2016.

[16] HELLAND F, HOLLEDGE J. Ibsen on Theatre [M]. London: Nick Hern Books, 2018.

（二）易卜生传记

[1] MEYER M. Henrik Ibsen: The Making of a Dramatist, 1828—1864 [M]. London: Rupert Hart-Davis. 1967.

[2] MEYER M. Henrik Ibsen: The Farewell to Poetry, 1864—1882 [M]. London: Rupert Hart-Davis, 1971.

[3] Henrik Ibsen: The Top of a Cold Mountain, 1883—1906 [M]. London: Rupert Hart-Davis, 1971.

[4] JAEGER H B. The Life of Henrik Ibsen [M]. BELL C, trans. London: William Heinemann, 1890.

[5] JAEGER H B. Henrik Ibsen, 1828—1888: Et literært livsbillede [M]. Chicago: A. C. McClurg, 1901.

[6] GOSSE E. Henrik Ibsen [M]. New York: Charles Scribner's Sons, 1915.

[7] GRANG. Henrik Ibsen: Liv og verker [M]. Oslo: H. Aschehoug & Company, 1918.

[8] KOHT H. Henrik Ibsen: Eit Diktarliv [M]. Oslo: H. Aschehoug & Company, 1928.

[9] KOHT H. The Life of Ibsen [M]. MCMAHON R L, LAASEN H A,

trans. New York: W. W. Norton, 1931.

［10］IBSEN B. De Tre: Erindringer om Henrik Ibsen, Suzannah Ibsen, Sigurd Ibsen ［M］. Oslo: Gyldendal, 1948.

［11］HEIBERG H. Ibsen : A Portrait of the Artist ［M］. TATE J, trans. London: Allen & Unwin, 1969.

［12］HEIBERG H. Ibsen : A Portrait of the Artist ［M］. TATE J, trans. Florida: University of Miami Press, 1969.

［13］MEYER M. Ibsen: A Biography ［M］. London: Penguin Books, 1974.

［14］CHEJBERG C. Henrik Ibsen ［M］. JAKUBA V, trans. Moscow: Isskustvo, 1975.

［15］MEYER M. Ibsen: A Biography ［M］. London: Cardinal, 1992.

［16］FERGUSON R. Henrik Ibsen: A New Biography ［M］. London: Richard Cohen Publications, 1996.

［17］HEIBERG H. "... født til kunstner": Et Ibsen-Portrett ［M］. Oslo: Aschehoug, 2003.

［18］MEYER M. Henrik Ibsen: En Biografi ［M］. MAGNUS P, ANDERSSEN O-S, ØRJASæTER J, trans. Oslo: Gyldendal, 2006.

［19］FERGUSON R. Henrik Ibsen. Mellom Evne og Higen ［M］. Oslo: Cappelen, 1996.

［20］FIGUEIREDO I D. Henrik Ibsen-Mennesket ［M］. Oslo: Aschehoug, 2006.

［21］FIGUEIREDOI D. Henrik Ibsen-Masken ［M］. Oslo: Aschehoug, 2007.

（三）易卜生研究者的专著

［1］RILKE R. M. Die Aufzeichnungen des Malte Laurids Brigge ［M］.

Leipzig: Wallstein Verlag, 1927.

［2］ SHAWB. The Quintessence of Ibsenism ［M］. London: Constable and Company Limited, 1932.

［3］ BEYER H. Nietzsche og Norden II ［M］. Bergen: John Griegs Boktrykkeri, 1959.

［4］ VALENCY M. The Flower and the Castle ［M］. New York: Universal Library, 1966.

［5］ JOHNSTONB. The Ibsen Cycle ［M］. Boston: G. K. HALL & CO, 1975.

［6］ CLURMAN H. Ibsen ［M］. London: Palgrave Macmillan , 1978.

［7］ DURBACH E. Ibsen and the Theatre ［M］. London: Palgrave Macmillan, 1980.

［8］ JOHNSTON B. To the Third Empire: Ibsen's Early Drama ［M］. Minneapolis: University of Minnesota Press, 1980.

［9］ TAMMANY J E. Henrik Ibsen's Theatre Aesthetic and Dramatic Art ［M］. New York: Philosophical Library, 1980.

［10］ DURBACH E. Ibsen the Romantic ［M］. London: Palgrave Macmillan, 1982.

［11］ SZONDI P. On Textual Understanding and Other Essays ［M］. MENDELSOHN H, trans. Minneapolis: University of Minnesota Press, 1986.

［12］ HEMMER B. Contemporary Approaches to Ibsen ［M］. Oslo: Scandinavian University Press, 1987.

［13］ JOHNSTON B. Text and Supertext in Ibsen's Drama ［M］. Philadelphia: Pennsylvania State University Press, 1989.

［14］ JOHNSTON B. Ibsen Cycle: The Design of the Plays from Pillars of Society to When We Dead Awaken ［M］. Philadelphia: Pennsylvania State University Press, 1992.

［15］ MCFARLANE J. The Cambridge Companion to Ibsen ［M］. Cambridge: Cambridge University Press, 1994.

［16］ TEMPLETON J. Ibsen's Women ［M］. Cambridge: Cambridge University Press, 1997.

［17］ SHEPHERD-BARR K. Ibsen and Early Modernist Theatre: 1890—1900 ［M］. London: Praeger, 1997.

［18］ TAM K K. Ibsen and Ibsenism in China 1908—1997: A Critical-Annotated Bibliography of Criticism, Translation and Performance. ［M］. Hong Kong: The Chinese University of Hong Kong Press, 2001.

［19］ KITTANG A. Ibsens Heroisme ［M］. Oslo: Gyledendal, 2002.

［20］ SZONDI P. Versuch Über das Tragische ［M］. Palo Alto: Stanford University Press, 2002.

［21］ HE C Z. Henrik Ibsen and Modern Chinese Drama ［M］. Oslo: Unipub Forlag, 2004.

［22］ MOI T. Henrik Ibsen and the Birth of Modernism: Art, Theatre, Philosophy ［M］. Oxford: Oxford University Press, 2008.

［23］ TEMPLETON J. Munch's Ibsen: A Painter's Visions of a Playwright ［M］. Washington: University of Washington Press, 2008.

［24］ ÓLAFSSON T. Ibsen's Theatre of Ritualistic Visions: An Interdisciplinary Study of Ten Plays ［M］. New York: Verlag Peter Lang, 2008.

［25］ TAM K K. Ibsen and the Modern Self ［M］. Hong Kong: Open University of Hong Kong Press, 2010.

［26］ D'AMICO G. Domesticating Ibsen for Italy: Enrico and Icilio Polese's Ibsen Campaign ［M］. Torino: Università degli Studi di Torino, 2013.

［27］ REES E. Ibsen's Peer Gynt and the Production of Meaning ［M］. Oslo: Center for Ibsen Studies, 2014.

[28] SHEPHERD-BARR K. Theatre and Evolution from Ibsen to Beckett [M]. New York: Columbia University Press, 2015.

[29] SANDBERG M B. Ibsen's Houses: Architectural Metaphor and the Modern Uncanny [M]. Cambridge: Cambridge University Press, 2015.

[30] HELLAND F. Ibsen in Practice: Relational Readings of Performance, Cultural Encounters, and Power [M]. London: Bloomsbury Methuen Drama, 2015.

[31] HELLAND F, BOLLEN J, HOLLEDGE J, et al. A Global Doll's House: Ibsen and Distant Visions [M]. London: Palgrave Macmillan, 2016.

[32] MOI T. Revolution of the Ordinary: Literary Studies After Wittgenstein, Austin, and Cavell [M]. Chicago: University of Chicago Press, 2017.

[33] TEMPLETON J. Shaw's Ibsen: A Re-Appraisal [M]. New York: Palgrave Macmillan, 2018.

[34] FULSAS N, REM T. Ibsen, Scandinavia and the Making of a World Drama [M]. Cambridge: Cambridge University Press, 2017.

[35] GJESDAL K. Ibsen's Hedda Gabler: Philosophical Perspectives [M] Oxford: Oxford University Press, 2018.

[36] BLISTEIN B. The Country of the Blind: A New Interpretation of the Plays of Henrik Ibsen [M]. New York : Peter Lang, 2018.

（四）期刊论文与报刊评论

[1] REINERT O. Double Review of The Ibsen Biographies of Meyer and Heiberg [J]. Modern Drama, 1972 (2).

[2] ASKELAND L. Review [J]. The American-Scandinavian Review, 1972 (1).

[3] MASON M, WISENTHAL J L. Shaw and Ibsen: Bernard Shaw's The Quintessence of Ibsenism and Related Writings [J]. The Canadian Journal of I-

rish Studies, 1981 (7).

[4] MOI T. "First and Foremost a Human Being": Idealism, Theatre, and Gender in A Doll's House [J]. Modern Drama, 2006, 49 (3).

[5] YSTAD V. Suicides in Ibsen's Plays [J]. Norwegian Journal Suicidologi, 1999 (2).

[6] JANSS C. Review of Overgangens Figurasjoner by Lisbeth Pettersen Wærp [J]. Norsk Litteraturvitenskapelig Tidsskrift, 2004 (1).

[7] LAAN V F F. Ibsen and Nietzsche [J]. Scandinavian Studies, 2006, 78 (3).

[8] JANG K H. Shaw on Ibsen and Ibsenism in Shaw [J]. The Journal of Modern British and American Drama, 2008, 21 (2).

[9] LEON C. Conceptual Correspondences between Henrik Ibsen's Rosmersholm and Friedrich Nietzsche's Thus Spoke Zarathustra [J]. Philology and Cultural Studies, 2011 (1).

[10] WANG Y. Solvejg and Her Sisters: A Study on the Implicit Genealogy of Virtue - Based Chinese Morality in Ibsen's Plays [J]. DramArt. Nr, 2016 (5).

[11] AALEN M. Stray Thoughts: Seeking Home: Henrik Ibsen's Peer Gynt Read in Light of Wilfred Bion's Ideas [J]. The International Journal of Psycho-analysis, 2017, 98 (2).

[12] GOSSE E. Ibsen, The Norwegian Satirist [N]. Fortnightly Review, 1873-01-01.

[13] MARTIN K. First Influence [N]. New Statesman, 1967-12-08.

[14] KRUUSE J. The Young, Black Man [N]. Jyllands-Posten, 1967-12-19.

[15] MCFARLANEJ W. Ibsen's Bildung [N]. Times Literary Supplement,

1968-05-02.

[16] GALLIENNE E L. Ibsen: The Shy Giant [N]. Saturday Review, 1971-08-14.

[17] MARVELB A. New Ibsen Biography Accounts for His Life, But Not for His Genius [N]. The National Observer, 1971-08-23.

[18] BRADBROOK M C. More a Poet Than a Social Philosopher [N]. Times Literary Supplement, 1971-09-10.

[19] FJELDE R. Triple Review of The Ibsen Biographies of Koht, Meyer and Heiberg [N]. New York Times, 1971-10-03.

[20] HOUM P. Parodic and Superficial in Nine Hundred Pages [N]. Dagbladet, 1971-12-03.

[21] KRUUSE J. The Lion's Diet and Defecation [N]. Jyllands-Posten, 1971-12-08.

[22] NYGAARD J. Conventionally about Ibsen [N]. Aftenposten, 1971-12-23.

[23] DAHL W. The Person Henrik Ibsen: But The Author? [N]. Arbeiderbladet, 1972-01-11.

[24] MOI T. Ibsen's The Master Builder [N]. The Guardian, 2010-12-04.

[25] WAGNER E. Ibsen-Mind out of Time, Critic at Large [N]. New Statesman, 2014-09-25.

后 记

说实话，写作这篇博士论文的过程，实乃一场漫长而艰苦的精神对话，我在博导汪余礼老师的督促与指导下，反复地阅读、翻译、回应、拒绝和接受易卜生戏剧中的人物，在各种对立力量之间不断地体验其神秘的吸引力与其中包含的复杂人性，从中获得对那些无法解释的戏剧行动的解释。我想让读到论文的人们感受到老师们连结东西方学术研究理论的赤诚之心。这既是我的硕导欣慰地送我走上攻读博士道路的原因，也是我的博导一直对我严格要求的期望。非常感谢学界前辈们一直以来的鼓舞、信任、包容、理解以及厚爱！特别感谢我的导师汪余礼教授在我通过盲审之后，继续督促我根据盲审专家的意见继续修改和完善论文！尽管大家对我的努力评价较高，但此文所作的粗浅讨论其实只能算得上是一种理论尝试，距离真正的理论建构还很遥远。对于形象谱系中"四象"的讨论的确需要进一步深入查阅中国传统文化中的象数思维理论，透彻理解《易经》中核心的"变"的理念，深入探讨中国传统文献中的变化观与黑格尔、马克思笔下运动、变化、发展观点的联系。有学者认为，"象"构成了《易经》的基本世界，万象并非静态已然的存在，而是一直处在生生流转、潜隐转化的鲜活敞开状态与历程中。这一点的确和黑格尔、马克思关于事物（世界）变化发展的观点非常契合。道阻且长，任重道远。我会继续沿着这条路不断努力、继续加油的。

特别要感谢我的博士指导老师汪余礼老师，他无私地将自己珍藏的挪文原版易卜生戏剧全集（奥斯陆，2005年版）和许多珍贵的文献资料借给我复印扫描，为论文写作节省了大量的查找资料的时间，也为博士阶段的学习和研究提供了极大的帮助。由于我常年不住学校宿舍，有时为了尽快阅读这些资料，一些文献是汪老师花费大量的个人时间扫描传送到我的邮箱的，对此，感激之情无以言说。在这些弥足珍贵的精神宝藏中，有一本十分重要的词典——劳拉·汉森编纂的《挪威语实用词典》，它是我学习北欧语言的第一本入门工具书——它就像那无边的海洋里照亮航路的灯塔一样，为我指明方向，不断地给我希望。在博士阶段初期，汪老师就让我们参与了他主持的武汉大学2015年度自主科研项目"易卜生如何推进/超越莎士比亚的悲剧艺术"课题组，并鼓励我们参加国际会议（如2015年12月的"跨界戏剧研究"国际学术研讨会）与学术研讨会活动（如武汉大学艺术学系青年学者论坛），让我们开拓视野，启发式地指导与培养我们，让我们在良好的学术氛围中更加积极上进，从而进一步开展学习与学术活动。我要向汪老师表示由衷的谢意，特别是缘于他对我一次又一次的耐心答疑，使得我免于一直翻阅那浩如烟海、令人目不暇接、可能使人厌烦易卜生研究的二手文献；我还倍感荣幸地获赠汪老师的私人藏书——英国诗人埃德蒙·葛斯著《易卜生传》，并且能在汪老师的指导下完成了此书的翻译工作，虽然这本小书仅有244页（中译文约26万字），但它提供与补充了易卜生私密文献中关于易卜生本人在当时的生平活动信息与较为可靠准确的历史信息，我要感谢汪老师所提供的机缘与教益。平日里，不管稿件大小，汪老师在阅读稿件之后，总会提出许多有益的建议，不仅让我的文章增色不少，而且让我从修改建议中获益匪浅，从而更深入地理解生活与做人的道理。汪老师是一位师德高尚并且乐于助人的人，我要感谢他拓展了我对易卜生研究与世界的关系的认识与理解。与汪老师相遇，是一场与流转在历史时空中的学术思想进行潜心交流的美好机遇，也是我与那个"超越自我的自我"的重逢。有汪老师做我博士论文的指导,我感到非常幸运,内心里也很感激命运对我的眷顾。

关于"形象谱系"这个概念,起初是汪余礼老师受到谭霈生先生"对易卜生戏剧人物进行分类研究"这一项建议的启发而提出的,后来我在汪老师的指导下逐渐在博士论文中一步步落实。在此,非常感激谭先生的启发与鼓舞,也非常感谢汪老师细致耐心地反复指点!正是在汪老师的耐心指导下,我才逐渐对作家易卜生的独特生命历程与情感体验有了越来越清晰的认识与理解,也逐渐认识到将个人生命活动与时代发展、人类共同命运紧密结合起来的重要性与必要性。同时,十分感激我的硕士指导老师彭万荣教授,不管是硕士论文还是博士论文的课题选择,他都一直支持我选择自己感兴趣的研究课题,不断鼓励我勇于探索,敢于创新,我感到了莫大的温暖!从硕士论文《电影字幕翻译初探》到博士论文所做的《易卜生戏剧人物形象谱系研究》,尽管文献工作十分繁难,所涉及的理论也较为艰深,但彭老师一直肯定其研究价值,并对我的努力给予了肯定,也在研究过程中提出了细致的改进意见和建议,这使我感受到如慈父般的无微不至的关怀,让我无以为报。

十分幸运的是,在我博士二年级刚开始的一个月,我得到为曾经两度担任国际戏剧评论家协会副主席的卡丽娜教授(保加利亚籍)担任口译与笔译的机会,为此我提前阅读了她以及同领域内学者写作的大量文献和评论,在与她的交流中,我重新认识了戏剧、戏剧评论与生活的关系,从她对人性深度的理解中,我逐渐感悟到文学在伦理层面至关重要的缘由,也从她的写作方法中领悟到一些十分受用的技巧。卡丽娜教授向我打开了一扇通往未知世界的新的窗口,让我从这个窗口中开阔了视野,也让我在认识她、理解她、与她交流的活动中重新认识了为人与治学的内涵,我为能有这样一位杰出的学者出现在我有限的生命里感到幸运,我非常珍惜与她"相遇"的一个月时间,也深深地感激学院的安排与各部门的配合。

在我博士三年级（2018年3月）时，挪威奥斯陆大学易卜生研究中心的弗洛德·海兰德教授受邀访问了我校，并进行了一场关于"一部全球的《玩偶之家》与数码戏剧"的精彩讲座。在汪余礼老师的指导与带领下，我们采访了这位远道而来的贵宾。两位老师一见如故，相谈甚欢。我们也非常感谢汪老师为我们带来这次增长见识与开阔眼界的机会！

在我博士四年级（2018年12月）时，我有幸在导师汪余礼教授的引荐下，加入了南京大学何成洲教授的课题组。我们在汪老师的指导下，开展"当代欧美戏剧理论前沿问题研究"（2018年度国家社科基金艺术学重大项目）子课题项目"基础研究"的研究活动，目前正在翻译杜克大学托莉·莫伊教授的哲学专著《亨利克·易卜生与现代主义的诞生：艺术、戏剧与哲学》（牛津大学出版社，2006年版），译著将在两年内由北京大学出版社或三联书店出版（本人参译第三部分，目前译文已有六万余字）。在此也非常感谢何成洲教授以及托莉·莫伊教授本人对我们的信任，将如此重要的项目交由我们完成。由衷地感谢！

我还非常感谢老一辈学者郑传寅老师的关怀与指导，以及浙江大学（原华中师范大学）的聂珍钊老师、华中师范大学的朱卫红老师和上海师范大学的陈红老师一直以来的鼓励与帮助，还有中南财经政法大学的谢群老师和王娜老师的厚爱与照顾，感谢武汉大学外语学院的戴丹妮老师和谢小红老师的关心、鼓励与支持，以及本院的彭万荣老师、黄献文老师、王文斌老师、杨红菊老师、方志平老师、黄蓓老师、邓黛老师、吴靓老师、洪一鸣老师、薛峰老师、蒋涛老师、简敏老师、王珊老师、王杰红（笔名王杰泓）老师、师娘雷媛老师一直以来的帮助与支持，以及湖北大学的安鲜红老师就翻译问题所做的指导与交流和湖北中医药大学的刘娅老师在生活方面的深切关怀与温馨鼓舞。同时，感谢刘丹丽院长、丁康书记、刘涛副院长、李海波副书记、易栋老师、文鹏老师、马立老师、潘志兵老师、涂麟俊老师、张亦旸老师和魏尚娥老师对我的深切关怀与不断鼓舞！

后记

在此，我也非常感谢远在大洋彼岸的几位不愿留名的博士与博士生，在我查找资料的初期，尽管相隔万里，但是他们尽其所能将我需要的原版资料寄与我，使我在写作阶段满怀期待与动力，在挪文版原始资料与二级文献的收集方面成为我坚强的后盾，尽管所得数据仍然有限，但心中对大家的支持与鼓舞不胜感激，难于言表。感谢各位同窗好友的陪伴！在短暂却美好的生命片段里，遇见与我一起奋斗、共同学习与努力的你们，且命运给予我的礼物。谢谢你们的支持、鼓励与关怀！有你们在，我感到自己很幸运。

同时，诚挚地感谢武汉大学图书馆！对科研而言，图书馆是极为重要的学术机构，不仅为我们查找资料提供了许多资源与线索，而且馆内数据库和文献传递功能的确让我们便捷高效地阅读了许多文献。临近毕业，我最舍不得的就是这么好的图书资源。希望在校生们好好珍惜这无价的图书资源，珍惜你们的青春。

对于未来即将走上攻博道路的后辈们，我会一直为你们加油鼓劲的！我想对你们说的是：当我们身后不到十米处有一头狮子向我们怒吼狂奔的时候，我们除了向有求生希望的方向不回头地狂奔，其他的什么也顾不上；对于我们而言，这头狮子就是博士论文。既然我们下定决心，那么即便未来充满荆棘，我们也应毫不犹豫地坚持到底。"不忘初心、牢记使命"，这是我们的理想，也是我们的信念。在治学道路上，我们还应认识和理解到英国美学家柏克说的这一点："一个人只要肯深入到事物表面以下去探索，哪怕他自己也许看得不对，却为旁人扫清了道路，甚至能使他的错误也终于为真理的事业服务。"青山常在，细水长流，我们相信，秉持这样的学术信念，我们未来的治学之路一定会走得稳健且长远。

王阅